1. Auflage Oktober 2020

2. Auflage November 2020

© 2020 Paul, Marcel J.

Herstellung und Verlag: BoD – Books on Demand, Norderstedt

ISBN: 9783752605464

Marcel J. Paul

Flowers and Dandelions

Erzählungen und Gedichte

Marcel J. Paul, geb. 1998 in Berlin-Biesdorf, ist ein deutschsprachiger Schriftsteller der Lyrik und Prosa. Neben dem Charakteristikum, anders zu sein, ist es für ihn essentiell, die Welt zu verbessern. Sein Debütwerk *» Die Banalität der Andersartigkeit «* (2015) steht maßgeblich für sein Streben, steife Instanzen der Gesellschaft zu durchbrechen. In seinem zweiten Werk *» Die Manifestation des Glücks «* (2018) verarbeitet er persönliche Erfahrungen in Kombination mit gesellschaftlichen Denkmustern. Seit Oktober 2017 studiert er an der Friedrich-Schiller-Universität in Jena und versucht, nicht allzu viel Geld auszugeben.

Gewidmet den Menschen,
die lieben.

Gewidmet denen,
die ihr Herz öffnen.

VORWORT

» Um sagen zu können: ›Ich liebe dich‹, muss man
zunächst sagen können: ›Ich‹. «
— Ayn Rand

Liebe Leserinnen und Leser,

auf den ersten Blick mag der Titel dieses Buches vielleicht etwas verwirrend klingen: » *Flowers and Dandelions* «
oder eben: » *Blumen und Löwenzahn* « ist sicherlich kein
Name, der häufig in Buchläden aufzufinden ist. Und
tatsächlich: wenn man näher über den Titel dieses
Werkes nachdenkt, sich gar dazu animiert, sich länger
damit auseinanderzusetzen, könnte man meinen, dass
sich all das ziemlich widerspricht. Auch Löwenzahn hat
eine Blüte, selbst wenn man sie sich wohl nicht unbedingt in eine Vase stellen würde. Allerdings gehe ich
davon aus, dass diese Erkenntnis nicht in jedem Bereich
unseres Lebens einen Platz findet. Wenn Sie selbst
nachdenken: welche Blumen sehen Sie vor Ihrem Auge,
wenn ich hier über ebenjene schreibe? Es würden mit
Sicherheit *Dahlien, Rosen* oder *Ranunkeln* sein — aber auf
keinen Fall, unter gar keinen Umständen, haben Sie an
Löwenzahn oder *Gänseblümchen* gedacht.

Menschen sind sicherlich eine Spezies, die es
wert ist, erforscht zu werden. Jeder Einzelne ist ganz
besonders, unikal, und dafür geschaffen, die Welt zu
bereichern. Doch leider hat ein Gedanke Einzug gefunden, dass bestimmte Menschen nicht zu beachten, sie
nicht einzigartig *genug* sind und am besten aus der
großen weiten Welt verschwinden sollten. Sie seien wie
Unkraut. Sie seien ein Fehler, der nicht gewürdigt werden
sollte.

In dieser Tradition sieht sich nun auch dieses
Werk, das für all jene Menschen geschrieben worden ist,
die sich eher als Unkraut, statt als blühende Rose verstehen. Dieses Buch richtet sich an all jene Menschen,

die morgens vor dem Spiegel stehen, an ihren Bauch fassen und denken: »*Wieso?*«. Es richtet sich an alle, die auf ihren Unterarmen und Oberschenkeln Narben sehen, die sie sich selbst hinzugefügt haben. Und natürlich ist das Buch auch für all jene geschrieben worden, die das Glück haben, sich *nicht* derartig fühlen zu müssen. Es ist für jene, die glücklich sind und vielleicht hiermit verstehen können, was es heißt, *anders* zu sein.

Viele Menschen erzählen uns im Laufe des Lebens, dass es wichtig sei, individuell zu sein. Und ja, ich bin davon ebenfalls überzeugt. Wer sich seiner selbst hingibt, anstatt fremden Idealen zu folgen, bleibt sich treu und kann von sich behaupten, immer ›selbst‹ gewesen zu sein. Die Aufgabe, die hinter dieser endlichen und endgültigen Entscheidung, sich selbst zu akzeptieren, steckt, wird häufig aber missachtet, ignoriert und vor allem nicht wahrgenommen. Es ist eine Aufgabe, die mehr Kraft benötigt, als man es vielleicht denken vermag. Vielleicht ist es auch gar nicht so *gut*, so *einfach*, individuell zu sein, wie viele es behaupten. Gibt es Probleme, gibt es Tücken, die sich damit in Verbindung setzen lassen? Ganz gleich, welche Perspektive man einnimmt: *alles* hat seine Vor- und Nachteile.

In diese Situation reiht sich häufig das Gefühl von Liebe ein. Ist man mehr wert, nur weil man geliebt wird? Es ist offensichtlich, dass viele zu einer Antwort neigen, die diese Frage bekräftigt. Doch über welche *Liebe* wird dabei gesprochen? Ist es die Liebe, die von anderen Personen ausgeht — oder sollte hierbei nicht eher die eigene Liebe, die Selbstliebe, betrachtet werden? Wie glücklich kann sich ein Mensch schätzen, der sich selbst liebt. Wie soll man von anderen Leuten Zuneigung erfahren, wenn man selbst dazu unfähig ist? Wie viele Probleme könnten gelöst werden, wenn wir die Kraft, die wir in unsere eigene Kritik stecken, in die Liebe unserer selbst investieren würden?

Wir sollten anfangen, uns selbst zu lieben — nicht nur unseretwegen, sondern auch wegen derer, denen wir noch begegnen. Es ist niemals zu spät, sich zu akzeptieren und als blühender Löwenzahn in der Vase auf dem Marmortisch seinen Platz zu finden. Wir müssen nur an uns glauben und verstehen, dass eine Unterscheidung zwischen ›*Blume*‹ und ›*Unkraut*‹ lediglich von denjenigen gefällt worden ist, die zwischen ›*gut*‹ und ›*böse*‹ differenzieren.

ZUR AKTUELLEN LAGE

Am Himmel leuchten so gülden die Sterne
meinem Herzen ganz nah, doch weit in der Ferne
Hier unten wein' ich ganz bittere Tränen
wünschte, ich könnte den Kummer erwähnen

Den Kummer meiner eisigen Augen
von einem Körper, dessen Taten nichts taugen
Ich stehe hier unten und sehe nach oben
seh' in die Sterne und höre mich loben:

» Die Welt ist so schön mit güldenen Sternen
Es ist wie ein Wunder, wann werd' ich es lernen?
Es kann doch nicht sein, wann werd' ich es seh'n:
Unser Glück ist zu lieben, wie wir's auch dreh'n «

BRIEFE EINES ANDEREN

Fräulein
Fanny **Lüders**
Straße am Dorf 35
8400 Ostende

iebe Fanny,

dass es dir derzeit mit Carl nicht gut geht, tut mir sehr
leid. Ich kann nachvollziehen, wie sich eine solche Entfernung anfühlen muss und es tut mir ebenfalls weh,
wenn ich von dir lese, dass du derzeit nicht glücklich
bist. Gerade, weil ich dich doch als einen solch fröh-
lichen Menschen kennengelernt habe und es wohl nicht
zu dem Bild passt, das ich von dir erhalten habe. Aber
Zeit verändert wohl viele Dinge, und ja, wahrscheinlich
ist das auch normal und eventuell sogar gut. Kein
Mensch ist durchweg glücklich. Schade, nicht?

Dennoch versteh' ich nicht, warum ihr euch
nicht öfter sehen könnt? Zwischen Ostende und
Dunkerque ist es doch nicht immens weit, oder täusche
ich mich?

Gerade, wenn man zum ersten Mal in einer
Beziehung ist, fühlt man wohl dieses » auf-und-ab «, was
du so treffend beschrieben hast, am stärksten, denke ich.
Zeit scheint manchmal sehr, sehr lang und ich kann verstehen, dass sie dir, bis ihr euch wiedersehen könnt, zu
schleppend vorangeht. Aber, so hast du es ja selbst verfasst, ist die Zeit so schnell vorüber, wenn ihr euch dann
seht. Lass dir wirklich nicht eure gemeinsamen Stunden
verderben, nur weil du weißt, dass das alles enden muss.
Das tut einem nicht gut. Ich habe damit früher auch
angefangen: Einer der ›Gründe‹, weshalb es mir heute
nicht mehr wohl ergeht. Genieße den Augenblick, das
gelingt dir sonst auch sehr gut, denke ich. Nichts wieder-

holt sich im Leben und wer weiß, wie es beim nächsten Mal ist. Es kann so viel geschehen. Erlaube dir, glücklich zu sein, auch wenn es die Gesellschaft » überheblich « nennt. Das hast *du* und das hat auch *er* verdient.

Du sagtest, dass du mühselig zu ihm gehst, erdrückend beladen, und dir soziale Beziehungen plötzlich schwerfallen. Wie meinst du das? Denkst du, er kommt dir nicht entgegen? Und von welchen Beziehungen sprichst du? Zeit ist immer endlich, Liebes. Das hat positive wie negative Aspekte. Vergiss das nicht. Geh' in die Natur, rede mit Carl und, um Himmels Willen, genieß' die Zeit. Atme und lebe! Sprich doch mit Anna, sie hat sicherlich immer ein offenes Ohr und einen guten Rat für dich. Du bist nicht alleine, das verspreche ich dir. Aber auch du, denke ich, musst solche Erfahrungen machen. Das muss jeder, Sasett hat das auch alles erlebt. Ich denke, wichtig ist, dass du dir treu bleibst und dein Leben nicht nach ihm ausrichtest. Ich weiß, wenn man verliebt ist, ist das alles viel schwerer und kaum in Worte zu fassen. Aber erinnere dich: er liebt dich und du ihn, das ist ein Wunder, das ist Glück, das ist die Glückseligkeit, die du verdient hast. Und es muss dir auch nicht unangenehm sein, ›viel‹ von dir zu schreiben. Mach es, bitte, sonst wird das nicht gut für dich enden. Das wird dir nicht gut tun. Sprich dich aus, es gibt nichts, wofür du dich schämen musst oder etwas, was dir unangenehm sein sollte.

Euer Zusammentreffen am Wochenende habe ich übrigens auf Photographien gesehen, die deine Frau Mama mitgebracht hat, als wir uns getroffen haben. Es ist so schön, dass ihr alle zusammensitzt und miteinander reden könnt. Das ist viel wert. Darauf kommt es im Leben an.

Zu deinem zweiten Abschnitt: Ist denn meine Liebe so sehr anders? Verhält sie sich so ungleichmäßig zu anderen, dass ich deshalb zum Arzt gehen muss? Bin ich so komisch, dass ich wegen der Art meiner Liebe behandelt werden sollte? Klingt das nicht auch für dich *seltsam*? Ich verstehe es nicht. Ich verstehe so vieles nicht.

Ich musste über deine Worte schmunzeln: » Nicht genug sein, daneben stehen, und im Gegensatz dazu alles nehmen, was möglich ist, stolz machen und am Ende trotzdem unglücklich ankommen. « Ja, ja, verdammt, genauso fühlt es sich an. Es ist immer dasselbe, überall. Du hast gefragt, woher ich die Kraft habe? Ich denke, es ist Gewöhnung. Es ist nicht so, dass ich das nicht kenne. Du kannst dir vorstellen, wie oft ich versucht habe, Freunde zu finden, geliebt zu werden. Glaubst du, das ist möglich bei mir? Eine ›normale‹ Familie? Das wird nicht funktionieren, es funktioniert nicht. Ich werde das, was ich mir über Jahre erträumt habe, nicht erreichen. Es wird nicht geschehen. Das setzt mir sehr zu. Glaubst du, es gab jemals eine Person, die gedacht hat: » Jim ist attraktiv «? Glaubst du, es gab auch nur *eine* Person, die mir hinterher gesehen hat und den Blick nicht abwenden konnte? Ich glaube es auch nicht. Man gewöhnt sich daran, bestimmte Dinge nicht mehr zu erwarten. Irgendwann habe ich deshalb aufgehört, mich anzustrengen. Ich habe aufgehört, mich um mich selbst zu kümmern, wieso auch nicht, es gibt ja keinen Grund, es zu tun. Warum sollte ich um etwas kämpfen, das für andere eine Selbstverständlichkeit ist? Warum? Dazu fehlt mir die Kraft und es macht mich wirklich, wirklich kaputt. Das Schlimme daran ist: Ich wollte immer ›anders‹ sein, individuell, das war mir immer so wichtig gewesen. Doch heute habe ich nichts mehr. Ich habe keine Zugehörigkeit. Ich bin alleine, weil ich ein so ›spezieller‹ Mensch geworden bin. Jeder sagt dir immer: sei bloß du selbst, die anderen existieren schon, und eben so weiter. Aber, verdammt, nein, das sollte man nicht machen. Zumindest nicht so, wie ich es getan habe. Ich bin *anders* und habe nichts, womit ich mich verbunden fühle. Ich habe keinen Halt, weil ich einfach *komisch* bin. Mich verbindet nichts mehr, weil ich so ›indi-

viduell‹ bin. Und dann gibt es Leute, die öffentlich sagen, sie seien wie ich, anders, individuell, während sie sich vor Freunden und Beziehungen kaum retten können. Liegt der Fehler bei mir oder denken solche Leute wirklich, sie seien speziell, nur weil sie zwei verschiedene Paar Schuhe tragen? Aber vielleicht sollte ich mir diese Frage auch gar nicht stellen. Es ist eine Beleidigung. Ich glaube, viele Menschen verstehen *das* nicht. Sie verstehen *mich* nicht und jeden, dem es wie mir ergeht. Ich schäme mich so sehr dafür, ›ich‹ zu sein. Ich hasse mich und niemand versteht es. Ich bin so hässlich. Ich bin nicht so, wie man sich mich wünscht. *Wieder bin ich es, der jemanden enttäuscht.*

Aber keine Sorge, ich werde mich niemals derart aufgeben, dass ich mich für andere verändere. Das werde ich niemals tun. Ich werde mit diesem ›Schiff‹ untergehen. Denn im Endeffekt ist es immer dasselbe: Wie soll mich jemand lieben, wenn ich es selbst nicht kann? 43 sind es. 43 Narben zeigen mir, wie sehr ich mich nur hassen kann. Wie es jeder tut, wie es so viele getan haben. Das Leben ist sicherlich nicht fair. Ich habe mit alldem damals begonnen, weil ich dachte, dass mir der gemeinsame Hass auf meine Person Freunde bringen würde. Aber danach fragt keiner, daran denkt niemand. Keiner denkt, dass ein Junge derartig zerbrechen kann. Jungs geschieht sowas nicht. Ein Indianer kennt schließlich keinen Schmerz und wer weint, ist ein Mädchen. Jungs nehmen auch schließlich keine Tabletten, um abzunehmen. Jungs sind nicht so. Sei glücklich, dass du ein Mädchen bist. Scheinbar muss man noch entdecken, dass auch Männer keine Bollwerke sind. Die Zeit ist dafür aber vielleicht noch nicht reif genug.

Es ist so widerlich, was ich alles getan habe, um dazuzugehören, um dünn, um schön zu sein. Ich wollte so wie *die* sein, die sie angehimmelt haben. Ich wollte begehrt werden, ich wollte jemand sein, der geliebt wird. Ja, danach habe ich wohl schon immer gesucht. Und weil es nicht so war, weder bei Fremden, noch bei meiner Familie, habe ich angefangen zu fragen: Warum? Warum war es so, warum musste es geschehen, warum ich? Und schließlich kam ich dazu, dazu kommen wohl die meisten, zu fragen: » Warum bin **ich** so? « Nicht nur, dass mein Vater mir das oft genug vorgeworfen hat, war es auch für mich selbst viel zu schlimm, weil du dafür keine Begründung hast, du findest keine Antwort. Und das macht dich fertig, du findest keine plausible Erklärung. ›Warum‹ führt so viele Menschen dazu, sterben zu wollen. Glaubst du, irgendeiner hat das verdient? Ganz gleich, ob es hier um mich geht oder nicht: Wie kann man sowas zulassen, ein Gott, andere Menschen? Wie kann sowas passieren? Ich bin kein Einzelfall und doch fühlt es sich so an.

Und ja, ich habe versucht, das alles auszudrücken, zu sagen, was mir zusetzt und wie es mir ergeht. Aber außer: » *Dann wehre dich!* « habe ich nie eine Antwort bekommen. Plötzlich war alles still. Plötzlich waren Vorwürfe der Anker meiner Persönlichkeit, an den ich mich geklammert habe. Man hat mir niemals zugehört und niemals gezeigt, dass ich es wert bin, beschützt zu werden. Diese Achtlosigkeit war schlimmer als alles, was geschehen ist. Nicht zu spüren, es wert zu sein, davor geschützt zu werden, ist der Dolch, der sich in dein Herz rammt und sowas merkst du dir. Das vergisst du nicht. *Verdammt*, das vergisst du nicht. Deshalb habe ich auch irgendwann nicht mehr gesprochen, vielleicht, um nicht mehr enttäuscht zu werden und als ›schwach‹ zu gelten. Und du siehst: Es interessiert keinen. Denkst du, jemand fragt danach und interessiert sich dann *wirklich* dafür? Warum sollten sie auch? Es gibt so viel, das ich ihnen vor den Kopf werfen könnte. Ich muss meinen Wert finden. Ist es das, was man ›*Egoismus*‹ nennt?

Du erkennst hier zwei Seiten von mir: die, die dir alles erzählt und sehr dankbar dafür ist, dass du ihr zuhörst, die sich hier die Seele ausweint im Wissen, dass sich doch nichts ändert und stets die Angst haben muss, dass du das alles falsch verstehst. ›*Selbstmitleid*‹ ist die Erfindung einer Gesellschaft, die sich um nichts und niemanden kümmern möchte. Menschen wie wir werden nicht geliebt. Die Aufgabe, die wir haben, die uns alle eint, ist die Begrenzung unseres Schadens. ›*Wir*‹ verlieren — seit Anbeginn der Zeit. Am Ende all jener Verluste, der Freunde, des Glücks, der Liebe, stehen *wir*. Schlussendlich werden wir *uns* verlieren. Jeder auf seine ganz eigene Weise.

Die zweite Seite wirst du bei den Gästen des Festes stehen sehen: ich lächele und sage, es gehe mir gut. Menschen wie *ich* haben das perfektioniert. Nicht, weil wir das witzig finden, sondern weil ›*wir*‹ keine Lust darauf haben, falsches Interesse zu beantworten. Für ›*uns*‹ interessiert sich keiner, schon gar nicht an Tagen wie diesen, wo alle glücklich sein wollen. Es ist Dank genug, dabei zu sein, schließlich hat jeder sein eigenes Päckchen zu tragen und niemand ist deshalb etwas besonderes. Und ja, vielleicht hast du Recht, vielleicht platzt das alles irgendwann. Aber wenigstens hört man dann noch etwas von mir. Ich habe schon immer große Auftritte bevorzugt. Sei dir sicher, auch ›*wir*‹ haben Träume.

Bei deinem letzten Absatz habe ich wieder lachen müssen: Ja, ich glaube dir, ich glaube es dir sofort, dass sie für dich eine große Stütze waren. Das mussten sie vermutlich auch sein. Eine arbeitende Familie mit zwei Kindern wird kaum Zeit haben, sich um *alle* zu sorgen. Deshalb verstehe ich, dass du so denkst und gebe dir Recht. Sie waren eine großartige Hilfe, wenn sie dich an deinem Geburtstag besucht haben und bei deinen Wettkämpfen dabei gewesen waren, dir Theaterkarten und Haustiere geschenkt haben. Ich glaube es dir wirklich. Und ja, die Frage kann ich dir beantworten: ich vergleiche mich immer mit dir. Immer. Immer. Denk' aber niemals, dass ich dir irgendetwas davon nicht gönne. Ich möchte es immer und immer wieder betonen: Du hast so viel Talent und du kannst dich glücklich schätzen, so viel Zeit mit ihnen verbracht zu haben, so viele Erfolge erlebt und so viele Momente geteilt zu haben. Ich war vermutlich einfach nicht der richtige für sie. Vermutlich hatten sie einfach keine Zeit für zwei Kinder gleichzeitig, vielleicht ist *das* der plausible Grund. Oder glaubst du, dass sie sonst vergessen hätten, dass ich Bücher veröffentlicht habe? Das werde ich ihnen niemals verzeihen. Es gibt so viele Ereignisse, angefangen mit der Postkarte, die natürlich *du* zuerst bekommen hast (und ja, ich schmunzle auch). Wie kann es sein, dass die eigene Familie vergisst, dass ihr —, dass ich, wie kann man jemanden nur vergessen? Wie? Erkläre es mir. Aber gut, sie haben es nicht einmal gelesen. Was soll ich auch erwarten? Das Wort ›Enttäuschung‹ ist die Aufdeckung, nenn' es Auflösung, einer Erwartung. Ich setze einfach zu viel voraus. Das war wirklich das Schlimmste von allem, was sie getan haben: *mich zu vergessen. Das* war das widerlichste, das traurigste und verletzendste. — Davor habe ich so sehr Angst.

Es geht mir auch nicht darum, ob und wie andere auf derselben Stufe standen oder nicht, verdammt, es geht doch darum, dass ich beide gleich gerne habe und um mich gehabt hätte: mit dem gleichen Respekt, mit der gleichen Achtung, wie du es erhalten hast. Du siehst: ich vergleiche mich mit dir, ja, das tue ich. Ja, das war auch schon immer so und das hat niemals aufgehört. » Nicht genug sein, daneben stehen und im Gegensatz dazu alles nehmen, was möglich ist, stolz sein und am Ende trotzdem unglücklich ankommen. « Wieder einmal triffst du ins Schwarze. Ich habe einfach keine Kraft dafür, um etwas zu kämpfen, das für andere selbstverständlich ist.

So vieles tut weh, wirklich, das tut es. Ich war schon immer der Zweite neben dir, immer. Das ist definitiv nicht deine Schuld und dafür kannst du nichts. Aber bitte, schätze es wert. Genieß' es. Sie sind und waren für mich immer so wichtig gewesen wie für dich. Das ist bis heute so und hat sich seitdem nicht verändert. Deshalb sage ich auch nichts, weil das alles viel schlimmer werden könnte. Davor habe ich große Angst, weißt du. Ich ertrage es lieber, als zu riskieren, dass ich sie nie mehr wiedersehe. Ich bin der Zweite, nicht nur bei ihnen. Das ist so oft der Fall. Damit muss ich mich abfinden. Ich liebe mich nicht, weil meine Familie es nie getan hat, Fremde gesagt haben, dass man mich nur hassen kann. Ich bin hässlich — äußerlich und nun vermutlich auch innerlich.

Ich habe es geschafft, dass sich ein Bild von mir etabliert hat, dass ich faul bin und viel esse. Mehr ›wissen‹ sie anscheinend nicht von mir. Das klärt dann auch, warum wir immer über *dich* reden. Ich wollte immer so viel mehr sein: *ein guter Mensch.* Aber den sieht keiner, nicht mal mehr ich selbst. Ich bin eben nur *Jim.* So ist das. Ich bin der, der viel isst, während du Wettkämpfe bestreitest und gewinnst, da kann ich nicht mithalten. Ich war nie der Junge, den man sich gewünscht hat. Ich war nie der Junge, der ich sein wollte und von dem ich träumte, weil ich lieber ›individuelle‹ Ziele verfolgt habe. Konkurrenz warst du nie, du ranntest schon immer als erste durch das Ziel. Darauf kannst du sehr stolz sein, ich bin es auch.

Vergewissere dich, dass ich diesen Brief schrieb, während ich geweint habe. Das alles tut mir sehr weh und ich wünschte, die Realität wäre anders. Aber das Leben ist nicht fair. Das war es noch nie.

Ich drücke dich, wenn auch nur in Gedanken

STADTGESCHICHTEN
Gewidmet Guben

Ich saß vor dem Fenster und blickte hinaus:
Es war mir wie Winter. Ich erspähte ein Haus
Durch Büsche und Hecken bahnt' sich ein Weg
» Diese Stadt hat stürmische Zeiten erlebt «

Ich blickte durch Tage des vergangenen Lebens
und fühlte Verlangen, ein starkes Bestreben
die Zeit zu erfassen und in mir zu binden
Ich wollte es machen: *ihre Geschichte erfinden!*

Zwischen Häusern und Bäumen ganz wenige Worte
von Stuben und Menschen am *so schönen* Orte
Es gleicht einem Märchen, doch sind diese Zeilen
von mir nur erträumt, sie lang' nicht verweilen

WARUM?

Kann man sich schätzen
wenn kein and'rer es tut?
Hört man in Sätzen
was in einem ruht?

Kann man sich ehren
an all diesen Tagen?
Man kann sich nicht wehren
— muss alles ertragen

So liebe nur dich, ja *du* sollst es tun
doch wie soll man's schaffen?
Niemand sagt es, und nun?

Warum ich mich mag?
Es vergeht kein Tag
an dem ich nicht frag':

» Warum sollt' ich es tun? «

15. April 2018

ABENDSONNE

Oh, was für ein Glück
zu sehen sie fliegen
Und ich weich' zurück
erblicke sie siegen

Sie trotzen dem Wind
mit mächtigem Flug
» Seht nur, wie viele! «
Doch niemals genug

Sie steigen nach oben
in die drohende Nacht
Sie zeigen mir Proben
und der Himmel entfacht!

Sie sind stolze Künstler
und präsentieren uns hier!
Die Nacht wird gleich finster
Sie spielen mit mir

Wir stehen und sichten
die Vögel hier siegen
Wir träumen und dichten
mit ihnen zu fliegen

26. Juni 2018

AM HORIZONT DER HIMMEL

ES GLICH EINEM SONDERBAREN WUNDER, einem so schicksalsträchtigen, dass nach all der Zeit die blendende Sonne wieder über dem Horizont ihre warmen Strahlen ausbreitete und das *Ende* eines schier widerwärtigen Regimes voller widerwärtiger Schandtaten bekundete. Der Lichtschimmer traf dunkle Wolken, erleuchtete ausgebrannte Ruinen, einstige Heimaten, und schien auf die Häupter all jener, die in diesem Moment zu ihm hinaufsahen. Und so monumental dieser Augenblick vielleicht auch wirken vermochte, er von dem ein oder anderen bis heute mythisch verklärt werden kann, war es doch ganz nebensächlich, *wer* in diesem Moment unter diesem gottesgleichen Lichte stand. Es war egal geworden, welcher Standpunkt vertreten, welche Opfer gegeben wurden, wofür ein jeder gekämpft hatte, durch welche Charakteristiken das eigene Weltbild gezeichnet war. Plötzlich hatten *alle* Menschen das gleiche Glück, die gleichen Spielbretter, denselben Neuanfang. Ehre und Gewissen standen gleichauf mit Verbrechen und unzähligen Gräueltaten. Es war die legendäre ›*Stunde Null*‹, in der der Gesamtheit aller Deutschen, die mehrheitlich das System unterstützt und deren Opfer ignoriert hatten, die Unschuld gegeben wurde. Die Ablehnung der kollektiven Schuld diente dem *Vergessen*, dem Vergessen all jener unmenschlichen Handlungen, die von denen begangen worden waren, die zur selben Zeit in ebenjenen Himmel sahen wie die, die unter ihm einst ihre himmlische Erlösung fanden. Ein *Vergessen und Vergeben*, damit sowohl die unbestraften Täter als auch die ungesühnten Opfer alles hinter sich lassen konnten. Die Täter wurden beschenkt, die schlimmsten Taten menschlicher Existenz vergessen und erneut wurden Opfer zu Geschändeten. Es wäre auch viel zu viel verlangt gewesen, zu erwarten, dass sich alle ihrem Gewissen vollkommen hingegeben hätten. Doch die, die es dennoch taten, die allen Mut zusammennahmen, die sich in die Gefahr des nahenden Todes brachten, nur um Gerechtigkeit walten zu lassen, *ach*, die waren es nicht wert, genannt zu werden — vielleicht in einem Nebensatz, als Name einer Parallelstraße und vielleicht mit einem: » *Danke* «.

Es war ein undefinierbares Glück gewesen, dass nach all den Jahren ein Ende für die Ländereien gefunden wurde, die in erbitterten Schlachten all jene folterten, töteten und verfolgten, die sich gegen das Konstrukt ihrer Ideologie gestellt hatten. Josephine, ihre Mutter und der Sohn überlebten, weil sie sich in einem kalten Luftschutzbunker retten konnten, während so viele andere in ihren Häusern verbrannten, im Keller ertranken und in Räumlichkeiten, die viel näher waren, als man vielleicht zu denken vermag, kläglich erstickten und ihren Schöpfer entgegentraten. Es war mehr als nur ein einziges Mal gewesen, dass sie in der Nacht von den schreienden Sirenen ihrer Stadt geweckt wurde und mit einem kleinen Koffer zur Fichtestraße sechs rannte. Durch die Dunkelheit ihrer Zeit, unter einem feuerroten Himmel, lief sie an umherirrenden Menschen vorbei. Vielleicht würde Josephine ihre Gesichter ein letztes Mal erblicken, bevor entweder sie oder die anderen verkohlt und entwürdigt am Straßenrand lägen.

Einige von ihnen stolperten über kleine Gesteinsbrocken, ehemalige Häuserfragmente, die verstreut auf aufgeplatzten Straßen lagen. Viele husteten und andere blieben liegen. Betagte und Kranke liefen langsam über die Straße, in Decken gehüllt, während sich erste Schatten am Himmel dunkel abzeichneten. Es waren die Deutschen gewesen, die man nun in der Mitte des Geschehens sah. Nun gab es keine Juden mehr, die man bei ihrem Abtransport belächeln konnte, nun waren es keine Demokraten mehr, die von den Deutschen beschuldigt wurden. In einem flammenden Inferno wurde aus einer einst blühenden Metropole das Tor zur Unterwelt. Sodom und Gomorrhas letzten Auswüchsen blickte man entgegen, die Straßen verwandelten sich in den Styx, zu dessen Ufern sich das deutsche Volk bereitwillig versammelte. Die Abgründe der Stadt und ihrer Bewohner brachen auf, selbst für den letzten Blinden war es nun unmöglich gewesen, das Unheil zu übersehen, welches jeder einzelne herbeibeschworen hatte. Zu alledem kam nun auch noch der Bombenhagel, der die ganze Stadt in Trümmer legte. Kein Schritt konnte mehr vor den anderen gesetzt werden, keiner konnte mehr so tun, als würde er nichts wissen. Der Asphalt brach, tiefe Schneisen traten auf, niemand konnte sich dem Übel mehr entziehen. Das Unheil lechzte nun auch nach dem Leben derjenigen, die bis zu diesem Zeitpunkt die Gewinner in dieser Partie gewesen waren. Die schwarze Hand des Schicksals zeigte mit ihren Klauen auf alle — egal, welcher Ideologie und welchem Gewissen sie gefolgt waren. Glühende Feuerbälle hagelten vom Himmel hinab, Häuser stürzten ein und das Geschrei der Täter hallte durch die unendlichen Straßen ihrer selbstverschuldeten Zukunft.

Am Horizont weitete die Sonne ihre Strahlen aus und schien mit ihrer Sorglosigkeit über die vom Krieg zerstörte Hauptstadt. Sie leuchtete genauso hell, genauso erhaben, wie sie es *vor* den großen Schlachten getan hatte. Ihr Schatten streifte die Hügel und Berge ebenso wie die vollbeladenen Waggons und Heilanstalten. Es war, als hätte sich trotzdem nichts verändert. Es schien, dass dieselben Täter weiterhin in der Politik sitzen würden, die Regierung mitbestimmten, dass die Täter Richter, dass die Täter Bundeskanzler werden könnten. Die fahrlässige Etablierung der Verleumdung unter dem Deckmantel der Demokratie machte es möglich. Denn egal, wie viele Ruinen sich über Leichen häuften und wie viele zerstörte Existenzen sich mit der Angst vor der Zukunft unter sie mischten, alles blieb beim Alten: *Die Deutschen lernten nicht dazu.*

Unter den Trümmern trat langsam Josephine hervor. Auf ihren Wangen war noch etwas Staub aus vergangenen Zeiten. Ruß bedeckte ihre Haare, mitten auf der Straße stand sie zwischen Trümmern und Scherben. Es zwitscherten einige Vögel, während sich erste Menschen umsahen, was mit den Gebäuden und mit ihrem Leben geschehen war. Ein grau-gemusterter Mantel bedeckte Josephines schmalen Körper, einige Wunden und Narben zierten ihr Gesicht. Sie stand neben unzähligen ausgeräucherten Wohnungen, ausgebombten Häusern und vergasten Existenzen. Es knisterte, als jemand über die Glassplitter der Schaufenster lief. *Und doch war es ruhig.* Hinter ihrem Rücken brannte ein letztes Haus aus, die standhaftesten Bäume, die umgefallen waren, wurden mühsam an den Straßenrand geschafft, wo sie keiner mehr erblicken sollte. Inmitten der aufgeplatzten Wege aus Teer lagen verstümmelte Leichen, zum Teil verkohlt, viele waren sehr dünn. Unter ihnen befanden sich kleine Kinder, junge Männer, die in den letzten Kriegstagen alles für den Führer aufgegeben hatten, für den Heilsbringer, für den, der über den ›Lebensraum im Osten‹ philosophierte, für den, der zwischen den ›Seinen‹ und den ›Anderen‹ unterschied. In ihren Träumen, die sie mit ganz vielen anderen noch jahrelang teilen würden, rennen sie ihm weiterhin hinterher, kämpfen für ein reinrassiges Deutschland, die Eugenik und den industriellen Massenmord. *Sie erhoffen sich andere Dinge.*

Ein dunkelblaues Halstuch mit brauner Kordel zierte die Helden des Führers. Am Straßenrand waren sie jedoch nur wenige von vielen dieser Tage, mehr blieb ihnen nicht übrig. Ihre blutverschmierten Gesichter blickten ebenso wie das von Josephine hinauf in den wolkenlosen Himmel. Es war still, im Hintergrund ertönten keine Geschosse mehr. Die Patronen ihrer Mauser-Karabiner waren aufgebraucht, kein Panzer rollte mehr durch die Straßen mit den riesigen Löchern, die durch Granaten verursacht worden waren. Einige Menschen hatten metallene Eimer in den Händen, irgendwo stürzte ein Haus ein, jemand schrie. Die Hoffnung von Josephine glich in diesem Moment jeder anderen. Sie alle teilten sich eine Einstellung: *Sie hatten daran keine Schuld gehabt.*

Die Zeitung hatte es berichtet. Das Tageblatt schrieb, der Krieg sei vorbei. Nach wochenlangen Kämpfen, in denen junge Männer für ihr Vaterland ihr Leben ließen, hätte man die letzten Barrikaden und Stützpunkte durchbrochen, die Flagge der Sowjetunion auf den Trümmern der deutschen Ideologie freudig gehisst. Mehr noch, man hisste sie auf dem ersten Opfer seinerzeit, auf einem Bauwerk, das für seine demokratischen Werte weltberühmt gewesen war. Auf den Eckpfeilern des Reichstagsgebäudes erstrahlte die rote Flagge der sowjetischen Befreier. Die Alliierten hatten gewonnen, der Gedanke an Vergeltung leitete ihre Schritte. Die Siegesgöttin triumphierte mit mahnendem Gesichtsausdruck, während sie die Liste all jener Opfer in den Händen hielt, denen in diesen Tagen unschuldig das Leben genommen wurde. Es sind die Namen derer, die in diesen Tagen verstümmelt, gefoltert und massakriert wurden, während alle, so viele andere, nur zusahen und lieber schwiegen, als sich dagegen aufzurichten: Die, die ihre Freunde und Familie verrieten, die Nachbarn und Menschen, die sie gar nicht kannten, ihnen allen sollte der Prozess gemacht werden. Haben sie das Ganze nicht beäugt, dann waren sie die Täter und gingen mit den Mitteln der Umsetzung konform. Die Siegesgöttin blendete die Schuldigen mit ihren Taten. In ihren Augen strahlte das Licht der Wahrheit, während sie die Namen der Märtyrer vorlas. Lediglich die wenigen einzelnen, die so sehr gegen die Entwürdigung des Menschen gekämpft hatten, sollte der Stolz und der ewige Ruhm zuteil werden. *Doch ihr Andenken verstummte.*

Das erste Opfer entblößte sich nun als größter Sieger. Es waren jene jungen Männer, die die neue Flagge hissten, deren Familien, Freunde und Bekannte in Scheunen gesperrt und angezündet wurden, während die Täter nur zusahen und zu den Todesschreien lachten. In Rage kämpften die Krieger; ohne Rücksicht auf Verluste. So war es ganz egal geworden, ob die Gefallenen auf der gegnerischen Seite oder in der Heimat zu beklagen waren. Denn je mehr jede Nation opfern musste, desto größer war der Hass und die Zerstörungswut auf seine Gegner. Blut ergoss sich nicht nur in den weiten Feldern der Smolensker Höhen, wo man hungernd und frierend auf dem erkalteten Boden lag, nein, auch in den Städten aller Welt stapelten sich die Toten über die Erfolge des Heeres. Es war ein Krieg der Völker, ein Wettkampf der Stärkeren, die Schlacht der Rassen, die von der schwächsten begonnen wurde und dazu verdammt war, zu verlieren. Die Soldaten waren nicht mehr als Marionetten, Spielfiguren, die ihren Zug beendeten und anschließend geschlagen wurden. Kriegsfelder wurden zu Spielbrettern, Soldaten zu einfachen Bauern. Wer Grenzen überschritt, der starb. Wer das Spielfeld verließ, wurde disqualifiziert. Sie kämpften außerhalb großer Städte, zur Belustigung und Unterhaltung, als Machtinstrument weniger Obrigkeiten. In der Kälte gaben sie ihr Leben den Schüssen. Es war ein Krieg der Ungerechtigkeit und der bloßen Zerstörungswut. Noch nie hatte die Welt so viel Schande ertragen. Es war ein Krieg, der unendlich viele Tote forderte, weil unendlich viele Menschen ihre Arroganz nicht unter Kontrolle halten konnten.

Heute stehen die Opfer über ihren Mördern, über denen, die ihnen so viel Unrecht angetan hatten. Doch der Himmel blickte über alle, egal, welchen Standpunkt sie vertraten. Alle genossen das Licht der aufgehenden Sonne. *Sie hatten daran keine Schuld gehabt.*

Josephine verlor in diesen Tagen ihren Mann. Ihr Gatte war ebenfalls in den russischen Weiten verschwunden, in den Kriegswirrungen und Irrungen. Er habe für sein Vaterland sein Leben gegeben, so schrieb man ihr. Bis heute hat man seinen Körper nicht gefunden. Bis heute spiegelt *er* das Schicksal vieler junger Männer wider, die ruhelos und ohne Grab entschwanden. Ein nationales Staatsbegräbnis für den ›stolzen *Volksheld*‹ gab es allerdings nicht. Er war nur einer von vielen gewesen, niemand interessierte sich für den gefallenen Tribut, der anfänglich noch so sehr geschätzt und umworben wurde.

Es war ein offizieller Brief gewesen, den man Josephine übergab, ein Brief mit dem eisernen Kreuz und den Eichenblättern auf der rechten Seite des Briefkopfes. Er kam als Einschreiben an. Der Postbote hatte es gesehen, lange bevor Josephine es tat. In diesem Moment schluckte er und wischte sich mit einem alten Taschentuch die Perlen von der Stirn. *Diesen* Tod hatte er sicher *nicht* gewollt, als auch *er* die Partei mit dem so authentischen Mann wählte, weil er ihnen so vieles versprach. *Einfache Lösungen in schwierigen Zeiten.* Ein faschistischer Halt in einer Welt voller Demokraten und Gemeinschaften, die im ›Bund der Völker‹ zusammenkamen. So sah die Lösung des Postboten aus, einem ganz normalen Mann, der von gar nichts wusste, nichts hinterfragte und sein Leben einsam und alleine lebte. Seine Freunde verbrachten die Tage in vollen Zügen und er genoss es, zur ausgewählten Rasse zu gehören. Den Brief wollte er nicht übergeben; nicht Josephine, nicht ihrem Sohn und auch nicht ihrer Mutter. » Das Überleben der Rasse erfordert Opfer «, erinnerte er sich dann. *Er hatte daran keine Schuld gehabt,* er *war nur Postbote.*

Es waren ungeklärte Umstände gewesen, in denen Josephines Mann in der Stille der Zeit verschwand. Lieber sollte man mutig als lebendig sein, lieber für das deutsche Volk sein Leben geben, als egoistisch an sich selbst zu denken. Man hatte nicht weiter forschen können, er war dann eben nicht mehr lebendig, dieser ›Tote Volkskörper‹. Vielleicht traf ihn eine Bombe, vielleicht ein Schuss — aber ganz sicher war es kein Verrat gewesen. Wie hätte man ihn auch hintergehen können, wenn er doch sein Todesurteil selber wählte? Auch *er* schenkte Kreuz, Herz und Verstand den Faschisten bei den Reichstagswahlen 1933.

In der russischen Hügellandschaft wurde schließlich seine komplette Kompanie aufgerieben, keiner überlebte die Rache der Geschändeten. Aus Furcht vor weiteren Toten hörte Josephine später, dass Friedrich Paulus, Oberbefehlshaber des sechsten Bataillons, in Stalingrad mit seiner Brigade zum Gegner übergelaufen sei. Die Armee war sodann nicht *mehr* als Hitlers Soldaten, dumpfe Bauern, sie trugen keine Namen mehr, sie hatten keine Geschichte, kein Gewissen, sie waren einfach nur wie Spielfiguren auf einem Schachbrett in schwarz-weiß. Wer ausbrach, der starb; wer kämpfte, entkam nicht. » Paulus hat sich ergeben «, schrieb der Stürmer; genauso, wie er davon schrieb, welch' Hochverrat es am Vaterland gewesen sei, dass man sich dem bolschewistischen Gegner hingab, ohne zu kämpfen: ein Verrat an der Rasse, ein Verrat an Josephines Mann, ein Verrat an der Ideologie. Wie egoistisch konnte es nur sein, dass man den Drang hatte, sich dem Tode zu entziehen? Das Volk war viel wichtiger als man selbst. Das Volk war es, welches ›Ja‹ schrie, als man es fragte, den ›totalen Kriege‹ zu beginnen. Sie wollten es so, die, denen man glaubte, dass sie dann später angeblich nichts gewusst hatten. Den Tätern schenkte man die *Unschuld*, den Opfern das *Vergessen*. Und die, die dagegen sprachen, die verstummten mit den Tagen und Wochen, mit den Jahren immer mehr. Sie waren nicht mehr geschützt, sie waren nicht dem Volk zugehörig, sie waren staatenlos, staatenlose Bürger und Bürgerinnen in einem determinierten Stück Land diesseits des Rheins. Wer hatte auch überhaupt das Recht, sich gegen das Volk, gegen sich selbst, gegen die gewählte Politik zu richten? Warum sollte man davon ausgehen, dass sich Menschen verändern, die schon vor Jahren die gleiche mentale Reife erreichten? *Schließlich wählt man nicht so lange, bis allen das Ergebnis passt.*

Unermesslich viele Kritiker und sonstige Intellektuelle wurden gefangen genommen, unabsehbar viele deportiert, verschleppt in weite Orte, in Orte fern der Heimat. In stundenlangen Fahrten standen sie neben Kindern und Betagten, die sich in Decken hüllten, bevor ihre Kraft abhanden kam und sie vor Erschöpfung starben. Es waren nicht nur Rudolf Breitscheid und die Familie Frank gewesen, es war auch Jenny Cohn, Drogistin deutscher Staatsangehörigkeit aus der Königsstraße 18. Sie, die von Millionen Kugeln getroffen wurde und in sich zusammensackte, während das Blut aus ihrem Körper und die Träne aus ihrem Auge lief. *Die Massenerschießungen überlebte sie nicht.* Es war der deutsche Arzt Arno Philippsthal, ein Widerstandskämpfer, der am 21. März aus seiner Arztpraxis abgeholt wurde und unter Beifall der Zusehenden in das Auto der SA-Männer stieg. *Er sollte die Oberfeldstraße in Berlin nie wieder betreten.* Wer weiß schon, wen die Familie Fischl in den letzten Minuten ihres Lebens noch kennenlernen durfte. Sie kamen am 4. März 1943 mit dem 34. Osttransport im Vernichtungslager Auschwitz an. *Nicht mal ein Todesdatum erinnert mehr an die Mutter, an ihre Töchter, ihren Sohn und seine Frau.* Wer kann es nachempfinden, wie es sich anfühlt, in der nächsten Minute Bekannte sterben zu sehen, weil ihre Körper nicht von Nutzen sind? Die verschiedenen Konzentrations- und Vernichtungslager mit ihrem industriellen Massenmord im neuen Lebensraum östlich der Oder brannten sich jedoch nicht so sehr in das Gedächtnis der Bevölkerung ein wie die Bombenangriffe auf *unschuldige* deutsche Städte oder die unschickliche Behandlung, die den meisten nach der Kapitulation zuteil wurde. Dass Emil Roth bei der Daimler-Benz AG in Marienfeld zwangsverpflichtet war und einen Stundenlohn von 76 Pfennig erhielt, bevor er und seine Frau Emilie im 14. Osttransport das Generalgouvernement Polen erreichten und dort getötet wurden, wird wohl in keiner Erinnerung mehr lebendig sein. Auch, dass seine Nachbarin Hedwig Metzen im Ghetto Piaski ihr Leben verlor, die fünfköpfige Familie Plaut nach Riga verschleppt und am dortigen Blutsonntag ermordet wurde, ist wohl nicht mehr von Bedeutung. Hermann Jakob Bier kämpfte im Ersten Weltkrieg für das deutsche Vaterland und erhielt für seinen heldenhaften Einsatz das eiserne Kreuz, doch es schützte ihn nicht vor seinem Tod im Lager Westerbork.

Josephine blickte in den Himmel und fragte sich, was nun wohl alles auf sie zukommen würde. Sie hatte das Bild des Führers schon lange aussortiert, sein Buch im Ofen verbrannt, als die Rote Armee hinter Fürstenwalde ihren Weg in die Hauptstadt einschlug und die letzten wehrfähigen Soldaten unter sich begrub. Ungeachtet dessen war der Führer immer noch präsent gewesen. Sein Bild lag zerbrochen in ausgebombten Zimmern, im Justizpalast der Richter, bei Ärzten und bei den Bürgern. Irgendwo fand es sich immer: im Regal, auf dem Kamin, ganz offensichtlich oder in einer kleinen Ecke, die niemand mehr betrachten wollte. Es sollte die Deutschen noch jahrelang erinnern, wie *gut* diese Zeiten gewesen waren, was es alles unter ihrem Führer *nicht* gegeben hatte. *Alles war so glorreich gewesen, denn endlich bekamen die Deutschen, was sie verdienten.*

Als die Soldaten aus dem Osten die Stadt erreichten, sah man plötzlich viele weiße Fahnen aus den Fenstern hängen. Zuerst kamen sie von denen, die mit Leib und Seele von einem Krieg der Rassen sprachen und meinten, es gäbe genetische Unterschiede zwischen jenen und anderen. Sie waren die ersten, die ihre Fahne dem Wind angepasst hatten. Sie wurden weder in den Krieg eingezogen, sie verloren nicht ihr Leben, kämpften nicht für ihre Ideologie, sondern saßen in verschiedenen Ministerien, schützten sich und die Familie, bekamen das Geld und den Erfolg der Soldaten zugesichert. Während Millionen Menschen um sie herum starben, lachten sie und aßen ihren Kaviar. *Wahrlich, dieses Leben musste glorreich sein. Das war es wohl, was die Deutschen als preußische Tugend verstanden und sie derart überlegen machte.*

So wurde es schließlich stiller, die Angst vor Veränderung und Gerechtigkeit zog durch die Straßen. Wie die Strahlen der Sonne erfasste das Urteil jedes einzelne Haus, jedes einzelne Fenster, jeden einzelnen Menschen — mochte er auch noch so tief in seinem Keller gesessen haben. Einige üppige Hausfrauen hörte man schließlich im Laden schimpfen: » *Das* haben wir *nicht* gewollt «. Dann gingen sie in ihren Pelzmänteln und ihren Einkaufstaschen zurück nach Hause, sangen das Deutschlandlied und wiegten sich in Unschuld. *Sie* waren mit Sicherheit nicht *diejenigen*, die sich diesem Kriege zu verantworten hatten. *Sie hatten daran keine Schuld gehabt.*

Josephines Jungen teilte man mit, er habe es seinem Vater nun auch gleichzutun. Er habe sein Land zu verteidigen, die Stadt, in der er aufwuchs — alles für den Führer. Er habe es seinem Vater gleichzutun: zu kämpfen und zu sterben. Er sollte eine Schachfigur werden. Er sollte sein Leben für die Ideologie eines Mannes opfern, der schon vor mehreren Tagen sein Dasein zwischen Betonwänden in neun Metern Tiefe beendete; zusammen mit einem anderen Mann, seiner Gattin und ihren sechs Kindern. Kleine Jungs sollten vor großen Panzerabwehrkanonen üppige Damen schützen, die sich keiner Schuld bewusst gewesen waren. Sie sollten für die Verteidigung jener Frauen sterben, die in der Metzgerei einkauften, um schließlich dem tapferen Enkel zu sagen, wie wichtig es doch sei, was er für das Vaterland täte. Er war ihr ganzer Stolz, während sie mit dem Kriege nichts zu tun hatten; außer dem Regime ihre Stimme zu geben. Plötzlich, als er dann an ihre Türe klopfte, wollte niemand mehr Krieg. Schließlich verweigerte Josephines Sohn den Befehl und seine Mutter entschloss sich, in den Untergrund zu gehen. Sie tat es jenen gleich, die sie einst verachtete, deren Tod sie einst bejubelte, die in ihren Augen Feinde der arischen Rasse waren. Menschen hatten einen unterschiedlichen Wert — daran glaubte Josephine noch lange. Das Modell von ›Gut und Böse‹ war ein einfaches System, wenn man auf der falschen Seite stand. Nun war die Zeit gekommen, in der schließlich sie das Opfer wurde und erst dann verstand, aus ihrem eigenen Egoismus heraus, wie schandhaft plötzlich dieser Hass gewesen war. Erst als sie selbst realisieren musste, wie sie andere behandelte, konnte sie nachvollziehen, was sie eigentlich verbrochen hatte.

Wie in Trance setzte sie Schritt für Schritt zittrig über die aufgeplatzten Wege aus Teer. Sie lief durch die Straßen und sah ihren alten Krämer, der vor wenigen Jahren die erträglichsten Verkäufe ihres Bezirks machte. Heute stand er mit einem Reisigbesen auf der Straße, kehrte den Staub und die vielen kleinen Glasscherben ein, die aus seinen Fenstern gebrochen waren. Josephine blickte in Häuser und Gesichter, die vor vielen Monaten noch so unschuldig ausgesehen hatten, die an einen Endsieg glaubten und all ihre Angehörigen dafür verloren. Sie standen gemeinsam mit Josephine am Straßenrand und sahen sich an. Sie sahen auf die kaputte Kirche, das eingefallene Gerichtsgebäude, die ausgebrannten Theater und schwiegen über die vielen Leichen, die sie allesamt umgaben. Schließlich stieg Josephine über die Trümmer, fiel beinahe, doch sah hinauf zu ihrem Himmel. Es war ihr ganz privater, ihr ganz eigener Augenblick, den sie sich nun genommen hatte — zusammen mit den ganzen anderen, die, jeder für sich, verantwortlich dafür gewesen waren, was mit ihnen geschah. Welches Glück mussten sie gehabt haben, diesen Tag noch zu erleben. Sie waren keine Opfer einer Bombe geworden, sie waren keine Opfer der Gerichtsprozesse unter Roland Freisler. Sie waren nicht das Opfer einer Untergrundbewegung gewesen, die für Gerechtigkeit wie Gewissen einstand und deshalb verfolgt wurde. Josephine war kein Opfer einer falschen Religion, einer falschen Herkunft oder einer falschen Sexualität geworden. Sie gab sich allem Unrecht hin und der Dank dafür war, dass sie überlebte. Sie erhielt die Freiheit derjenigen, die sich gegen Josephines Ideologie aufbegehrten, die den Mut hatten, zu kämpfen. *Plötzlich standen Führer und Widerstandskämpfer auf annähernd gleicher Ebene. Josephine würde sie alle als ›stolze Deutsche‹ betiteln.*

Josephine war Sachbearbeiterin der Deutschen Bank in Berlin gewesen. Sie war eine einfache Angestellte, die den ganzen Tag mit Tippen an der Schreibmaschine verbrachte. Sie hatte nichts zu verlieren. Es war der erste August im Jahr 1941 gewesen, kurz nachdem der Große Krieg zu Russland begonnen wurde, als nun auch ihr Mann das Spielfeld betreten sollte. Es war der Moment, als ihre so heile Welt, in der sie gerne lebte, ihren ersten kleinen Riss erhielt. Ihr so schönes Familienleben, ihre Idylle, zerbröckelte in ihrer Hand und sie hatte keine Möglichkeit, das Schicksal zu verändern. Erst jetzt realisierte sie, was so viele vor 1939 schon befürchteten. Sie erkannte, was tausende Menschen bereits durchstanden, wovon sie verschont blieb, nur weil sie Glück *gehabt hatte. Vor Jahren wurde ihr zugesichert, ihr Mann würde nicht eingezogen werden. Er war ja ein Vater, er war Lehrer des Jungengymnasiums. Doch am ersten August, da war das plötzlich alles anders. Da galten die Versprechungen nichts, da war der ›Gute Wille‹ ihres Mannes plötzlich nichtig, da war seine Aufgabe schon wieder neu besetzt und er hinter feindlichen Linien. Aus König wurde Bauer, Körper siegte über Geist, es war ein sich wiederholendes Spiel. Das Wissen war weniger wert als der tapfere Körper eines mutigen Ariers, der sein Leben für sein Lande gab und dafür nicht einmal einen Grabstein erhielt. Nichts erinnerte mehr an diesen arischen Volkskörper; lediglich seine Einstellung und seine Hemden verweilten in Josephines Wohnung, direkt neben dem Führer, direkt neben dem Parteibuch der NSDAP.*

Zwei Jahre hatte es gedauert, bis er von seinem Leid erlöst wurde. Zwei Jahre kämpfte er tapfer und mit Stolz an der Grenze zur Sowjetunion fürs Vaterland, für das Leben seiner Josephine und seines Sohnes. Ein stolzer Deutscher war er selbst dann, als er sich vor den Schüssen und Granaten im Graben zurückzog, Frauen vergewaltigte und die russischen Kinder verprügelte, weil sie seine Sprache nicht verstanden. Mit Sicherheit hatte er dabei in Träumen an seine eigene *Familie gedacht. Er hatte auch* dann *an sie denken müssen, an den Sohn und seinen geliebten Führer, während er hungernd und frierend auf dem kalten Winterboden lag. Er musste an sie alle gedacht haben, als er sich an den lodernden Flammen und den schmerzerfüllten Schreien der Frauen und Kinder in den angezündeten Scheunen erwärmte.*

Das Leben war grausam, Josephine wusste es. Das Leben hatte ihr alles genommen, weil Josephine und so viele andere sich dazu entschieden hatten. Sie wollten den Ruhm, den Wohnraum im Osten, jemanden, der sagte, dass sie an den Übeln dieser Welt nicht Schuld gewesen waren. Im Rausch des Gedankens ›besser zu sein‹, setzte sie voller Verachtung ihr Kreuz, um endlich Juden, Homosexuelle, Sinti und Roma, Arbeitsscheue und widerliche Demokraten feierlich zu vernichten. Globale Probleme — einfache Lösungen. Das wollte sie, das wollten alle. Schnelle Lösungen, ohne viel Diplomatie. *Ein Deutscher redet nicht, er marschiert ein.* So einfach sollte es sein. Aber in dieser Art von Kartenspiel gab es auch immer die andere Seite, die andere Seite des Tisches und die andere Seite der Karte. Das Schicksal war *so grausig* und *ungerecht* zu dieser Frau, die mit Sohn und Mutter bei den Trümmern ihrer Existenz stand — sie hatte alles verloren. Womit hatte *sie* das nur verdient?

Josephine gehörte zu den *Hinterbliebenen* einer Politik, die sich um nichts und niemanden sorgte, zu einer Politik, die die Menschen manipulierte, sie gegen andere aufbrachte und später nichts bereute. » Ich plädiere auf Unschuld «, würde Josephine von den Leuten hören, die die obersten Offiziere einer gescheiterten Diktatur darstellten. *Sie* hätten schließlich *niemanden* umgebracht und nichts von den sogenannten » Konzentrationslagern « gehört, geschweige denn, was dort geschah. Sie alle hätten nichts davon gewusst, Eichmann und Heydrich waren nur Bekannte, Himmler eine treue Seele, mit der sie an einem Tisch saßen — zur Wannseekonferenz und anderen abendlichen Dîners. Sie spielten zusammen Karten und Schach, tauschten Informationen über den menschlichen Körper aus, den man in Auschwitz ganz genau erkundete. Sie waren wie Josephine gewesen: nichts besonderes. *Sie hatten niemanden umgebracht, sie hatten keine Schuld.*

All das hörte Josephine, als sie die Backsteine ihrer alten Wohnung in der Jahnstraße vierundvierzig in einen

brüchigen Karren hievte. Später würde man sie als glo-
riose Trümmerfrau bezeichnen. Und die Menschen, die
dann so stolz auf die Taten, die Tatkraft dieser *Nach-
kriegsheldinnen,* gewesen waren, würden ganz vergessen,
dass es vor dem Nationalsozialismus Frauenwahlrecht
gegeben hatte. Josephine fand in diesen Tagen eine alte
Taschenuhr, die ihrem Vater gehörte und die er ihr in
den späten Zwanzigern geschenkt hatte. Erinnerungen
trafen aufeinander. Ihre alte Kommode brach in sich
zusammen. Die Standuhr, die sie so sehr mochte, war
durch die etlichen Brandbomben verkohlt. Alte Bilder
ihrer Vergangenheit lagen unter dem Schutt zerstörter
Gebäude und im Ofen war noch die warme Asche des
verbrannten Buches. Das Hitlerreich begrub alles unter
seinen Trümmern, was Josephine lieb gewesen war.
Schwere Brocken mussten gemeinsam gehoben werden,
während die meisten nur daneben standen und zusahen
oder sich als Opfer titulierten. Sie fand so viele schöne
Dinge, einen Handspiegel, den sie bei ihrer Flucht in
den Bunker zurücklassen musste. Als sie ihn zuletzt in
ihrer Hand hielt, da lebte noch der Mann, da war sie
noch glücklich, da war sie sich des Ausmaßes bewusst;
aber nicht, dass es auch sie *treffen sollte.*

Und Josephine musste sofort an jene denken,
die aus Schlesien vertrieben wurden. Sie musste an die
Opfer denken, die in den vollbesetzten Zügen starben
und nicht wussten, wohin es ging. Sie musste an *die*
denken, die aus Pommern flohen, die aus ihren Wohnungen vertrieben wurden, weil die Rote Armee die
Karten neu verteilte und auch sie *dem* aussetzen wollte,
was ihre Heimat in den Ländereien des Ostens an-
gerichtet hatte. Die Zustimmung zum Faschismus war
im Wahlkreis Ostpreußen am höchsten gewesen. Die
Zahl derer, die bei der Flucht über die Ostsee ertranken,
ebenso. Eines hatten die bedauernswerten Ostpreußen
jedoch mit den anderen gemein, mit den übrig geblie-
benen Deutschen: Es einte sie alle der Verlust ihrer
Heimat, der Verlust ihrer Vergangenheit. Es einte sie

dieselbe *unglückliche* Entscheidung. Sie alle riefen: » Heim ins Reich! «, und so kam es dann auch. Sie alle gingen heimwärts, dorthin, wo sie hingehörten. Sie alle waren *Opfer* einer Politik, die sie in *diese* Lage brachte. Sie erhielten, was sie wählten. Sie bekamen, was sie verdienten. Die Gerechtigkeit war es selbst, die ihnen ihr Geschenk überreichte. *Es war nur nicht so schön verpackt gewesen, aber das kannten sie inzwischen.*

Und so sah Josephine in den Himmel, gespannt darauf, was die Zukunft ihr noch bringen würde. Sie sah zum Horizont und zum ersten Mal seit Tagen war dort keine Artillerie, die mit Stalinorgeln den Himmel rot verfärbte. Sie sah zum ersten Mal die unendliche Weite der Hoffnung, des Glücks. Sie sah den Himmel und die endlose Freiheit, die Zukunft, und sie glaubte, in den Wolken ihren Walter zu sehen. Am Horizont erstreckte sich nach so vielen Jahren endlich wieder der Himmel. Die Gewalt und Angst, die das deutsche Land nur für einen Bruchteil am eigenen Leib erleben musste, war hinfort gewesen. Dennoch stand es nun auf den Trümmern seiner Ruinen und betitelte sich als ›Opfer‹.

Josephine, ihr Kind und ihre Mutter gingen mit Frohsinn in die Zukunft, mit Frohsinn liefen sie ihrem Schicksal entgegen. Wohlbehütet werden sie sich für die Mythen interessieren, die sich um die Bombardierung deutscher Städte ranken, um die heldenhaften Trümmerfrauen, um die Juden, die die NSDAP wählten und um die Zahl der Ermordeten im Holocaust. Doch so vieles war ungewiss. Würde es dort einen *konservativen* Kanzler geben, der den Verfasser der Nürnberger Gesetze als Berater seiner Regierung einstellte? Würde es einen Kanzler geben, der selbst NSDAP-Mitglied gewesen war?

Josephine sah in den Himmel, zum Horizont, und alle Menschen Hand in Hand nach vorne gehen. Sie blickten zusammen in eine ungewisse Zukunft.

Nummer Zwei

Ein Häuschen steht allein im Wald
es ist noch nicht sehr lange alt
Dort drinnen wohnt ein junger Mann
der noch so vieles schaffen kann

Er kann schreiben, lesen, lachen
doch was helfen ihm die Sachen?
Was bringt ihm diese Reih'?
Er ist und bleibt die Nummer *zwei!*

Niemand mag es, wie er ist
ihn deshalb mit den andern misst
So ist und bleibt er stets der Zweite
steht im Leben an der Seite

Die erste Wahl wird niemals *er*
Er ist allein im großen Meer
Niemand weiß: » Er ist was wert «
» *Das* ist, was das Leben lehrt! «

Das Schicksal von dem Mann
der noch so vieles schaffen kann
bleibt ein Fasse ohne Loch
Ich frag': » Wie lange schafft er's noch? «

26. Mai 2018

Träume im Kopf

Im Kopf sind zwei Menschen: Sie lieben zu zweit
Sie teilen die himmlische Zärtlichkeit
Sie lieben sich sehr und sehen sich an
fühlen einander, verschwinden und dann:

Sie liegen beisammen und fassen sich an
Sie lieben zusammen und küssen sich dann
Sie sind nicht alleine, sie sind nicht wie ich
nicht einsam, nicht trostlos — Sie trauern um mich

Ich träume so oft, träume von Weiten
träume von endlosen glücklichen Zeiten

04. Dezember 2017

ER

Als das Hause sie betraten, gingen sie sofort zu *ihr*.
Als im Raume sie dann standen, sprachen sie zuerst
von *ihr*.

Als die Sitze eingenommen wurden, gab man *ihr* den
besten Platz.
Als sie beisammen aßen, gab man *ihr* den ersten Teller.
Als einander alle fragten, war *sie* die erste Antwort.

Als sie hofften und auch wünschten, war *sie* das beste
          Glück.
Als sie einander schrieben, las man immer erst von *ihr*.
Doch als sie alle gingen, da ging dann einzig *er*.

FAMILIE IPATJEW

ALS MAN AM 30. APRIL 1918 die russische Zarenfamilie nach Jekaterinburg verschleppte, erhielt der
Name ›Ipatjew‹ seinen ersten bitteren Beigeschmack in
der Geschichte der menschlichen Schöpfung. Fortan
erschien er mit der Erinnerung, dass elf Menschen ihr
grauenhaftes Ableben in blutigen Bajonettstichen fanden. Die Historie eines altehrwürdigen Namens wurde
durch elffachen Mord unwiderruflich besudelt. Es war
das russische *Ipatjew-Haus* gewesen, welches zum finalen
Hinrichtungsort der sieben Mitglieder der Zarenfamilie
sowie ihrer Diener und Bediensteten wurde. Es waren
die *Ipatjews*, die die Helden dieser Erzählung werden
wollten. Die wohl größte Wende der Weltgeschichte und
die noch viel größere um den Namen ›Ipatjew‹ begann
mit Wladimir Iljitsch Lenin, dem Anführer der Okto-
berrevolution.

Denn obwohl das Volk den Tod ihrer unbe-
liebten Herrscher, die später erst zu den Verdammten,
dann zu den Heiligsten gehören sollten, nicht be-
trauerte, empfand ein jeder *anstandsvolle* Bürger doch viel
Abscheu und Abneigung darüber, die Henker zu seinen
näheren Bekannten zu zählen und sie in die Mitte der
Gesellschaft aufzunehmen. Die Mörder wurden zu Aus-
geschlossenen, obwohl sie lediglich *das* taten, was sich
ein jeder ihres Volkes erwünschte. Die Familie rannte als
erste durch das Ziel, doch glücklich wurde jemand anderes. Sie gewannen, doch den Lorbeerkranz erhielten
sie nicht. Die *Ipatjews* waren die Sieger dieser Geschichte, deren Anerkennung ihnen durch die Fehler
anderer vorenthalten blieb. Versagen, Irrtümer und
Mängel erklärten sie je zu ihren Feinden, die sie fortan
zu besiegen hatten. In ihren Imaginationen führten sie

einen Krieg, symbolisch gegen *die Anderen*, die durch eine *Fehlentscheidung* zur Reinkarnation des Bösen erhoben wurden. Nicht die Taten *dieser* Familie waren der Makel ihrer Geschichte gewesen, es waren *die Anderen*, die die Bestimmung der Familie prägen sollten. *Die Anderen* waren der Fehler in ihrer Biografie. Die Ipatjews erhielten den ersten Preis und brauchten sehr lange, um diesen wieder abzutreten. Sie waren sich sicher, nie wieder würden sie eine solche Medaille um ihren Halse legen. Nie wieder würden sie etwas für andere Leute tun, nie wieder jemandem ihr Vertrauen schenken. Nie wieder würden sie sich um jemanden sorgen, von dem sie dachten, dass er nicht zu ihnen gehörte. Fortan sollte es nur noch ›*die Ipatjews*‹ und ›*die Anderen*‹ geben.

Ein ganzes Jahrhundert waren die Ipatjews schließlich geprägt von Schicksalsschlägen, scheinbar die göttliche Strafe all jener Gräueltaten, die die russische Königsfamilie durch die Hand der Ipatjews erleben musste. Träger und Geflüchtete des verfluchten Namens starben weiterhin, Jahrzehnte nach den grausamen Morden, auf unerklärliche Weise, Väter verschwanden in dunklen Wäldern, die Mütter gaben ihr Leben dem Kindbettfieber. Die Schlinge der Medaille zog sich immer weiter zu. Sie waren nicht mehr glücklich und sollten die Achtung in der Gesellschaft für eine lange Zeit preisgegeben haben. Auf den Gassen behaupteten einige Leute bereits, die Familie wäre es nie gewesen, nie waren sie glücklich, nie zufriedene Leute. Es waren die gleichen, die ebenfalls darüber sprachen, dass diese Familie aus Rache ihre Brunnen vergiftete, dass sie ihre Kinder fing und tötete, die meinten, ihr Tod würde die Welt viel besser machen. Ein *Fehler* zeichnete die Familie für hundert Jahre, ein *Irrtum* legte ihre Bestimmung fest. ›*Fehler*‹ hatten bei den Ipatjews eine ganz besondere Bedeutung erhalten und der Umgang mit ihnen sollte ihr Schicksal bestimmen. Nie wieder wollten sie einem Makel derartig Beachtung schenken, dass er sich in der Mitte ihres Kreises wiederfinden konnte.

Durch Kriege und Verschleppungen gezeichnet, findet man die heutigen Namensträger weit über die gesamte Welt verstreut. Sie sind unter uns, die Ipatjews, und es ist wahrscheinlich, dass ein jeder zumindest einen von ihnen kennt. Jedes Jahr, am selben Datum, welches sie sich vor vielen Jahren aussuchten, treffen sie sich und präsentieren ihre Stärke und ihren Stolz, den ein jeder hart erarbeitete. Sie präsentierten einander in Sankt Petersburg, in Deutschland oder an der Côte d'Azur und waren der Meinung, es gäbe keine Besseren als sie.

Die Ipatjews waren eine sehr stolze Familie. Sie standen zu sich selbst, zu ihrem Schicksal, zu dem, was sie taten und zu dem, was alles noch geschehen würde. *Fehler* waren nichts Schlechtes, sie lernten aus ihnen und konnten sie dadurch ein zweites Mal vermeiden. ›*Leben heißt lernen‹* war ihre Devise. Wer einen Fehler nicht bemerkte, beging einen zweiten. » *Irrtümer* existieren. Doch wir können entscheiden, ob wir sie beachten und ihnen eine Bühne bieten. «

Die Ehre war der Familie höchstes Gut. Die Schandtaten, die sie erlebten, war das Elixier, das sie zu dem machte, was sie heute waren: stolz und voller Hass auf all diejenigen, die seinerzeit nicht den Namen ›*Ipatjew‹* getragen hatten. Der Ruf wurde ihre wahre Medaille, ihr Andenken eine Auszeichnung. Denn *diese* Personen waren die Opfer gewesen, die Mitglieder *dieser* Familie waren die eigentlichen Geschändeten. Sie wurden eine eingeschworene Gemeinschaft, die erst durch jene Feindseligkeit zum Leben erwachte und jeden verfluchte, der sie dazu trieb, nicht mehr glücklich werden zu können. Schlussendlich waren *sie* die Verfolgten und dadurch ebenso stolze Personen, die Leid und Glück in unausgewogenen Verhältnissen bekamen. *Sie hatten sich damals* selbst *mit den Bajonetten erstochen.* Auf diese Weise erhielten sie seinerzeit auch die Überzeugung, dass das Glück der Welt ungerecht verteilt gewesen wäre. Hatten sie es nicht, so wäre es woanders und immer bei den Falschen. Sie wollten es zurück. Es war ein Ziel, auf welches man sich seit Jahren fokussierte. Wem etwas gebührte, der sollte es bekommen. Doch die Definition für ›*Verdienst*‹ fehlte in den Ausführungen ihrer Manifestationen.

Genauso verschieden wie diese unterschiedlichen Lebensideale waren, hatten auch ihre Mitglieder eine außerordentliche Vielfalt vorzuweisen, so, wie es fast in jeder Gemeinschaft üblich zu sein scheint. Auf diese Art und Weise war diese Blutlinie, diese Familie, wie sie sich selbst nannten, eben auch sehr eigen, etwas skurril und doch vielmehr sonderlich. Die Verbundenheit war bei ihnen besonders markant. Nicht nur dadurch, wie sehr sie sich untereinander kannten und enge Bündnisse schmiedeten, die sie zu ihren Wünschen und Träumen führen sollten, auch war es die unbestreitbare Ähnlichkeit all ihrer Auffassungen, dass das Leben ein Spiel gewesen war. Wer nicht gewann, verlor. Der, der es verdiente, erhielt einen Preis. Die Rachsucht nährte den Boden für die Familie, ein Faktor, der ihre kommenden Handlungen maßgeblich beeinflussen sollte, jeden für sich, jeden auf seine ganz eigene Weise, die Schwächsten als auch die Stärksten. Denn es existierten ebenso viele Vorstellungen wie Personen, die sich schließlich alle zusammen begegneten. So viele Charaktere, so viele *Persönlichkeiten*, die untereinander ihre Bestimmung erhielten. *Die Ipatjews* — Eine Familie mit Schicksal, eine eingeschworene Gemeinschaft.

Doch auch Zwietracht und Missgunst war bei den Mitgliedern keine Seltenheit, ausgelöst durch die dennoch vorhandene Individualität einzelner Personen. An dieser Stelle der Erzählung wird es nur ein einziges Schicksal sein, das Bedeutung finden wird und wohl mit der göttlichen Bestimmung verknüpft gewesen war, die nun, gerade hier, gerade hier in diesem kleinen Moment, in diesem kleinen Leben, erneut auftrat. Sie prägte die Familie schon seit Jahrhunderten, auch dieses Mal sollte die Bestimmung die Blutlinie erneut auseinanderreißen.

Es wäre wohl bis heute unentdeckt geblieben, wäre diese Erzählung nicht niedergeschrieben worden. Denn viele hatten die Hoffnung gehabt, dass sich ihr Bann aufgelöst hätte, dass ihnen ihr Mal abhanden gekommen wäre, an diesem Gedanken hielten sie fest. Ihr Schicksal wäre vielleicht verflogen, vielleicht war es jahrzehntelang nur ein *Traum* gewesen, eine *Einbildung*. Sie glaubten nicht mehr an einen übersinnlichen Fluch, an göttliche Kräfte. Sie vertrauten keinen Gegebenheiten, die keinen rationalen Grund aufwiesen. Sie waren kluge Leute gewesen und kluge Leute machen keine dummen Fehler. Sie marschierten in Reih und Glied, niemand hätte sie aufhalten können. Wer im Weg stand, wurde vernichtet. ›*Rücksicht*‹ wurde ein Fremdwort, eine leere Phrase, die in dieser Erzählung eine ganz besondere Bedeutung erhalten würde. Doch wider ihrer Auffassungen webte die göttliche Bestimmung der Ipatjews *unaufhörlich* das Netz zu der Melodie aus Tschaikowskis Schwanensee und die Familie tanzte fröhlich im Gleichschritt zu ihrem Schicksal. Das Gemälde einer starken Familie thronte über ihnen, der Anspruch auf Vergeltung leitete ihre Schritte. Anstelle eines goldenen Opernsaals gab es nur blankes Laminat, statt einer Bühne lange Tische und aus dem blutrünstigen Antagonisten wurde der bleiche Mikail, der seinen letzten Auftritt vollzog. Ihre Zeit war gekommen und sie präsentierten ihr Stück, das sie schier lange geprobt hatten, jeder für sich, jeder auf seine ganz eigene Weise. Die Szene verwandelte sich, die Vorhänge wurden aufgerissen.

Am hinteren Ende des großen Saals befand er sich, der junge Mikail. Aufmerksam sich unterhaltend, fast schon unbemerkt, verhielt er sich höflich und entgegnete bedachte Worte. Er saß dort, er war einer von ihnen gewesen, etwas schüchtern, schlank, er hatte kurze und knappe Haare. Er war ein Gezeichneter, er war ein geborener Ipatjew. Durch *ihn* floss ihr *Blut*. Er war einer von vielen, er war einer von hunderten. *Mikail*

Petrow — Ein auswechselbares Zahnrad in einem Uhrwerk, dessen Rost immer auffälliger wurde.

Mikail war markant, nicht normal, so, wie schließlich der Rest, und doch nur einer von vielen. Er war *anders*, denn er hatte die Hoffnung gehabt, etwas bei den Ipatjews zu verändern, etwas, das sie vielleicht von ihrem grausigen und selbstauferlegten Schicksal erlösen könnte. Er kämpfte dafür. Er wollte die Welt für sich wie alle anderen verändern und tat dies den restlichen seiner Familie gleich. Denn *alle* wollten ihren Namen verändern, ihr Schicksal, und *alle* sehnten sich nach Erlösung. Die Frage, die *alle* gemeinsam leitete, war niemals das » *Warum?* « gewesen. Im Mittelpunkt hatte immer nur das » *Wie?* « gestanden. Denn was ihn von den anderen so maßgeblich unterschied, war lediglich die Frage des Verständnis' gewesen. Zwar glichen sie sich demnach sehr in ihrem Bestreben und in ihrem Kraftaufwand, Dinge durchzusetzen, doch hatten ihre Motive unterschiedliche Ursprünge. Wollten die einen Leichtigkeit, plädierte *der Andere* auf Gerechtigkeit. Jedoch schien sein Vorhaben ausweglos. Er war umzingelt von ihnen, von seinem Vermächtnis, ein vollkommener Ipatjew zu werden. Das Schicksal war für ihn vorherbestimmt. Er sollte jemand werden, dessen Blut schwärzer als Pech war, durchtrieben und gezeichnet von der Zeit, gefesselt und gefangen im Kreislauf des Lebens. Die Ipatjews hatten etwas anderes vor und sie wussten davon. Es kämpften zwei Ideen und zwei Ideale stritten sich um den ersten Platz. Mikail wurde bekannterweise nie Sieger, er rannte *nie* als erster durch das Ziel — und dennoch hatte auch *er* einen Preis erhalten, mit dem er nun umzugehen versuchte. Er bekam einen Preis, eine Auszeichnung, die er ein Leben lang um seinen Hals hängen sah. Wie sollte er Leute besiegen, die seit Jahren meisterhaft darin gewesen waren, sich Helden und Heldinnen zu nennen? Wie eine Schlinge wurde auch *seine* Medaille immer enger, während andere zunehmende Freiheit spüren konnten.

Mikail, dessen Mutter Marija den Namen Ipatjew von ihrem Vater erbte und ihn durch die Heirat mit Timur Petrow schließlich verlor, war der zweitjüngste einer Stammlinie von Gezeichneten. Er hatte eine ältere Cousine, Ljudmilla, die ihre Karriere in Lipezk in einer Hospitaleinrichtung vollführte und eine jüngere, Fjodora, die in gesamt Russland als berühmte Sportlerin in die Geschichte eingehen sollte. — Zumindest träumten Dina und Grigorij derartig, sahen so vieles in ihrer Enkelin, bewunderten sie, nahmen ein so gutes Mädchen in ihr wahr und waren folglich so stolz, dass sie ihre siegreiche Enkelin in sämtlichen Gesprächen als erste benannten, ganz gleich, ob Fjodora dabei war oder mit Mikail zusammen oder er nur alleine. Dina und Grigorij wussten, wie sie ihre Enkelin in Szene zu setzen hatten. Sie wussten, wie sie ihre Prioritäten verteilen mussten.

Dina und Grigorij Ipatjew, Eltern von Marija und Anna, waren die Großeltern von drei gleichen Enkeln, von drei gleichen Enkeln, die ein gleicher Name verband und doch, jeder für sich, einen ganz eigenen Sinn erfüllte: Eine verführte, die andere rühmte und der letzte wurde ausgeschlossen. Die Geschichte eines Namens fand seinen tragischen Wandel in drei menschlichen Körpern. Es waren Ljudmilla, Fjodora und Mikail, die die jüngsten Schicksale der Ipatjews in sich vereinten. Ein Name, der nun nach mehreren hundert Jahren allmählich aus den Köpfen und Hinterlassenschaften der Erdenbürger verschwand. Aus den Träumen der Familie entschwanden ihre Ziele und Ideale allerdings nie.

Als Vorreiter von Gedankengängen, wie er in seiner Shkola liebevoll genannt wurde, war Mikail ein Künstler, Entdecker, vielleicht auch ein Abenteurer. Wie sehr wurde er von anderen Leuten bewundert, die ihn nicht kannten, die seine Energie und seinen Mut sahen, die seine Visionen bejubelten und ihn dafür lobten, wie er doch war, die sich in seinen Worten so sehr verlieren konnten. Doch ganz egal, was er tat, wie sehr auch *er* für seinen Ruhm und seinen Stolz kämpfte, man ihn als ehrvoll und wichtig erachtete, die Ipatjews hatten für ihn und seine Lösungsansätze nichts übrig gelassen: kein freundliches Wort, kein Interesse und vor allem keine Liebe. Wie sollten sie das auch machen? Sie hatten zwar eine Wahl, aber keine Möglichkeit! Ihre Bewunderung galt jemand anderem. Sie schenkten all ihre Aufmerksamkeit und Anerkennung einer Person, die viel schneller, viel ruhmreicher und *viel* besser war als er. Einsam sank er dann zusammen und dachte: » So viele werden von Leuten geliebt, die es nicht müssten. Ich nicht mal von denen, die es sollten. « Verzweifelt waren aber auch die anderen: Warum tat er das, was er machte, warum hätte er nicht etwas mit ›Anstrengung‹ tun können? Etwas, das es wert war, bewundert zu werden?

Mikail Petrow, ein Ahne der Ipatjews, der genauso unbedeutend in seiner Familie war, wie der Bann seiner Vorfahren im gegenwärtigen Wissen seiner Mitmenschen. Niemand kannte, was er erlebte. Niemand ahnte, dass er ein Ipatjew gewesen war.

Er kam viel zu spät hinter die Bedeutung seines Namens und verstand auch erst *dann*, warum es so war, wie er es erlebte. Durch seine Neugier entdeckte er etwas, das er lieber unentdeckt gelassen hätte. Wieder war *er* es, seine Eigenschaften, die ihn in eine weitere ausweglose Lage brachten. Wie gerne wäre er sodann in einer anderen Familie geboren worden, vielleicht in einer anderen Zeit. Wie hörte man ihn fluchen: *Er wolle kein Ipatjew mehr sein! Er habe es nicht verdient, so ungerecht, so ignorant behandelt zu werden!* Er ertrug es nicht, ganz gleich, was man von ihm denken mag, doch niemanden interessierte es. Alles, was er wollte, löste sich auf, all seine Fantasien. Der Wunsch nach Erstaunen, wie Peter der Große oder Katharina, all das entschwand ihm nun. Es glitt ihm aus der Hand. Er wollte so viel mehr, so sehr strengte er sich an, um des Wissens Macht zu erhalten. Doch seine Planung ging nicht in Erfüllung. Der Wunsch blieb ein

Traum, seine größte Stärke war seine größte Schwäche geworden. Er hätte alles sein können, *alles*, nur nicht er selbst. Die Ipatjews kämpften für ihren Ruhm, den ihnen jemand anderes erbringen sollte. Es war eine schnelle, einfache Lösung, der sich alle verschrieben, bis auf Mikail.

Denn die Ipatjews hatten für seine Fantasien keine Zeit gehabt, keine Zeit für Kitsch, keine Zeit für Gerechtigkeit und vor allem keine Zeit für Mikail. Musste er sich so in den Vordergrund stellen? Wann war man denn gerecht zu *ihnen* gewesen? Mit welcher Begründung sollten *sie* dieses Mal Gerechtigkeit erweisen? *Wer* könnte es von *ihnen* fordern? Warum sollten *sie* etwas tun, was sich der Schwächste von ihnen wünschte? Was zählte, war die Ehre und die hatte Mikail *nicht*. Er hatte sie schon längst verspielt. Was zählte, war der Stolz der Großmütter, die mit Pelz und Perlenkette umher stolzierten, der Stolz, ein Ipatjew zu sein, der Stolz, eine Schlange als Wappen zu haben, der Stolz der Männer, männlich zu sein. Sie hatten ihre Welt von Vorurteilen und Träumen, die sich auf ihre eigene Einfachheit beschränkten. Aber waren sie keine Idioten, keine Blöden, nein! Unter ihnen befanden sich Akademiker, die die Welt mit Zahlen beschreiben konnten, Techniker, rationale Vordenker, die dachten, die Welt verstanden zu haben. Sie waren auch Seefahrer, Beamte des Staates gewesen. Sie waren auf der *gesamten* Welt verstreut, aber keiner war wie Mikail, keiner wollte Mikail verstehen und auf keinen Fall, unter gar keinen Umständen, wollte jemand wie Mikail sein. Er war nicht wie *sie*. Und obwohl Mikail so dankbar darüber gewesen war, nicht zu sein wie die, denen er seine Gefühle verdankte, entkam auch *er* seinen eigenen Trieben nicht, dazugehören zu wollen. Es war ein endloses Leiden zwischen Sehnsucht und Schande, das er in sich austrug.

Die ganze Familie lebte vom gewünschten Traum an Fjodora, ja, sie ernährten sich gar regelrecht von ihm.

Fjodora, ihr aus Gold geschaffener Mensch, viel besser, viel stärker, viel ehrvoller und *viel* erfolgreicher als Mikail. *Sie* war die neue Ipatjew, eine Ikone, das Schaubild für den *neuen* Namen. Ein neuer Glanz umringte sie. Der ersehnte Ruhm war ein Teil von *ihr* geworden, egal, welcher Misserfolg sie begleitete. Egal, wie klein oder groß ihre Leistung gewesen war, Fjodora war die Auserwählte. *Sie* war Fjodora, *sie* war die, die man zuerst benannte, der man Blumen schenkte und schickte, die in der Lokalzeitung auf dem Titelblatt war, die, die nicht Mikail hieß und auch nicht, unter gar keinen Umständen, wie Mikail lebte. Während *er* in seinen Büchern nach Antworten suchte, rannte *sie* stets als erste durchs Ziel. Während *er* seine Zeit in Galerien verschwendete, schenkte man *ihr* goldene Pokale. Mit *seiner* Fähigkeit konnte Mikail für die Familie nie gewinnen. Egal, welche Preise er bekommen hätte, egal, vor welchem Publikum er sich bedanken würde, egal, welche akademischen Grade er erreichte, seine Leistung konnte die Familie immer mit der Subjektivität der Schönheit entschuldigen. Wer konnte schon entscheiden, was gut gewesen war? Sein Werk war ihnen nicht real genug. Fjodoras Leistung drückte sich in Zahlen aus, in objektiv-fassbare Werte, die man messen und bestimmen, die man einer Hierarchie unterordnen konnte. Mikails Werk bedurfte nur einer läppischen Interpretation, die keiner Arbeit würdig gewesen war. Die Familie bestand schließlich aus Akademikern und Akademiker bevorzugen Zahlen. Auch Mikail war nur eine Nummer in der Reihenfolge ihrer Güte. Sie waren keine Blöden, nein! Die Familie war vieles, aber sicherlich nicht dumm. Sie waren die, die man » *Ipatjew!* « nannte.

Fjodora betrieb ihre Leidenschaft schon seitdem sie klein gewesen war. Sie war der Stolz der Ipatjews geworden, der Stolz von Anna und Jewgenij, ihren Eltern. Sie war auch der Stolz ihrer Schwester Ljudmilla und doch war sie nur vier Monate jünger als der bleiche

Mikail. Es trennte sie so wenig voneinander. Das einzige, das sie scheinbar daran hinderte, gleich zu sein, war Fjodoras Beliebtheit, bei allen, bei jedem, der sie erblickte. Bei Kristina und Serafima, den Töchtern von Wasilij, dem Bruder Grigorijs. Vor allem aber war das so vollkommene Mädchen der Stolz von ihren Großeltern. Deshalb war es auch *sie*, die von ihrer Babushka so viel Herzlichkeit empfing. *Sie* war es aber auch, die den ganzen Druck der Familie auf sich lud. Und Mikail dankte es ihr. Er dankte und er verachtete sie im gleichen Maße. Hatte er jemanden zu bemitleiden, der *seinen* Traum lebte? Jenen, den er erst letztens aus seinen knöchrigen Händen gleiten sah, weil er nicht ihr *Glück* besaß und falschen Interessen folgte? Wie gerne wollte er dort stehen, wo sie ihren Platz gefunden hatte. *Sie* stand im Mittelpunkt des Geschehens und würde wohl niemals nur eine von vielen werden. Während *sie* von den schillerndsten Personen ihrer Familie umrungen wurde, stand *er* nur daneben.

Umso erstaunlicher mag es für den ein oder anderen klingen, dass Mikail und Fjodora zwar genauso verschieden waren wie benannt, worauf jeder in dieser Familie selbstverständlich Wert legte, dies aufzuzeigen, doch begegneten sie sich einander mit Respekt und Ehrfurcht, erzählten sich all diese Dinge, die sie wahrnahmen und Mikail fand in Fjodora stets eine gute Freundin. Mikail und Fjodora, sie waren so verschieden und dennoch Kämpfer gleichen Niveaus, gleichen Ranges und gleicher Kraft. Doch nur eine erhielt den Preis, den sich der andere wünschte. Denn für ihren Dedushka und ihre Babushka war das nicht ersichtlich, da sah die Realität ganz *anders* aus. Sie wollten keine *Fehler*, sie wollten keinen Mikail. Sie hatten nicht gleich zu sein, sie *waren* es auch schlussendlich nicht. Es war eine Selbstverständlichkeit geworden, es ihn spüren zu lassen; die eine besser, der andere schlechter. Vor ihnen waren sie verschieden; verschieden in Wert, in Respekt und verschieden in ihrer Liebe. Fjodoras Schwester hatte ihren

Tribut bereits gezollt: Sie lebte so, wie man es sich von ihr wünschte und damit war sie eine Ipatjew, wie man es sich erhoffte.

War Mikail verrückt geworden, war das normal? Hatte seine Mutter vielleicht doch Recht gehabt, wenn sie sagte, er würde alles nur dramatisieren? Vielleicht war er aber auch zu sehr auf sich fokussiert, er sollte sich nicht derartig in den Vordergrund drängen. Vielleicht war er ja doch nicht so wie Fjodora. Vielleicht war er wirklich nur Mikail. Er war anders und doch ein Ipatjew, auch er wollte Ruhm und Stolz erhalten, eines Tages Sieger sein. Aber er war ein Ipatjew ohne Wert und ganz ohne Ehre. Bildete er es sich nur ein, wenn sie Besuch und Geschenke erhielt und er alleine blieb? Er war alleine; alleine als einer von hunderten.

Der Clan der Ipatjews war versteift darauf gewesen, den Ruhm zu erhalten, für den er so lange gekämpft hatte; wie viel er dafür ertragen, wie viel er gegeben hatte. Mit Mikail würde die Gemeinschaft ihr ersehntes Ziel, ihren letzten Schritt, nicht erreichen. Mikail war für sie schließlich nur einer von vielen gewesen. — So dachten zumindest die, die noch mitbekamen, wie man einen leibhaftigen Ipatjew behandelte. Stolz hatte er zu empfangen, Ehre, Ruhm für sein Wissen und seine Macht, die Welt zu verändern. Dabei war es lediglich die Art der Leistung, die so unterschiedlich geachtet wurde. Es war nicht die Kraft gewesen, die hinter der Leistung stand, sondern nur das Resultat. Stimmte es nicht, ja, so war die Leistung in ihrem Maße nicht bewundernswert, die Arbeit es nicht würdig. Genau dies umrahmt wohl den Höhepunkt dieses Dramas. Denn in der Gazeta erblickte man sie beide. Dort war Mikail nicht unbekannt, ein Fakt, der in dieser Erzählung bis jetzt vorenthalten wurde, doch mildert es wohl nicht weniger den Umstand, in dem sich die handelnden Personen befanden. Den einen sah man in der Literatur, die andere im Sport. Es glich einer Schmach, dass man sie nicht gleich behandelte. Es glich einer Tragödie, in die Mikail gestoßen wurde. Mikail, der Mikail, der sich selbst doch als so gut erachtete und deshalb nie damit gerechnet hatte. Der, der so vieles tat, um anerkannt zu werden. Es war nichts wert, seine Mühen, seine Anstrengungen vergebens. Doch lieber würde er sterben, als sich zu verändern. Er war Mikail Petrow, — mit diesem Namen würde er auch gehen. Er würde eines Tages in einer braunen Kutte seinem Richter gegenüberstehen und auf all seine Taten mit Stolz hinuntersehen, für die die Familie keine Zeit und auch kein Interesse gehabt hatte.

Oh, wie schlug das Schicksal der Ipatjews um. Von den Geächteten der Gesellschaft, von denen, die zu den Ausgestoßenen gehörten und so viel Leid ertrugen, waren sie es nun, die die Schandtaten an sich selbst verübten. Wie Ying und Yang schmiedeten sie das Schicksal ihrer Nachkommen, genau wie einst ihre göttliche Bestimmung. Das Schicksal ihres Namen reichten sie durch ihre eigenen Taten weiter. Den Geist des Schreckens luden sie auf Mikail. Er war das erste und letzte Opfer der neuen Ipatjews. Man mag es auch als Ironie des Schicksals beschreiben, den Kreislauf des Lebens, der sich vor den Augen aller Beteiligten abgespielt hatte. Denn warum musste die russische Zarenfamilie sterben? Was hatte die Menschen damals veranlasst, die Ipatjews auszugrenzen? Waren es nicht dieselben Gründe, die die Ipatjews gegenüber Mikail hatten? Schicksale werden weitergereicht, Opfer werden zu Tätern und Dinge geschehen, die man selber nie verüben würde.

Mikail schrieb viel, Mikail hatte Literatur veröffentlicht, er war begnadeter Sänger, ein Poet. Er war Koch und Schauspieler zugleich gewesen. Aber all das reichte nicht aus, um den Schatten der Einfältigkeit von den Ipatjews zu lösen. Er war eben kein Sportler, er war eben nicht wie *sie*. Er war nicht wie *Fjodora*. Er rannte nie als *erster* durch ein Ziel. Er stand nie auf dem ersten Siegertreppchen, sondern guckte nur von unten hinauf. So wurde Mikail schließlich sehr krank, aber auch *das* genügte nicht, um ihn wenigstens in seinen letzten Tagen wertzuschätzen. Es reichte nicht aus, um nachzudenken, es reichte nicht für Interesse und, unter gar keinen Umständen, reichte es dafür, etwas zu verändern. Das Schicksal des Namens schlug zu. Mikail war viel, viel bewegte ihn, aber es war stets zu wenig. Er reichte nie aus, nie war er gut genug. Und dennoch darf diese Erzählung nicht als ein Konkurrenzkampf oder als eine Geschichte voller Neid betrachtet werden. Es ist eine Schilderung, die lediglich *das* wiedergibt, was wirklich geschehen ist. Diese Erzählung ist der verzweifelte Versuch, die Nebenfigur in einen Protagonisten zu verwandeln. Es war das Schicksal von Mikail und vielleicht auch der Zufall, dass er so behandelt wurde. Seine Familie lebte im Glauben, die Welt zu verbessern, indem sie ihr Schicksal in das Leben von Fjodora legte. Wie oft träumte er davon, ebenfalls dieses Glück empfinden zu können.

Mikail war ein Fehler für die Ipatjews, ein tiefsitzender Makel. Er war ein Fehler seiner Familie, er gehörte nicht dazu. Er merkte es, sie merkten es und er wusste, er würde für immer unbedeutend bleiben. Mikail, Mikail Petrow fungierte nur als kleines Anhängsel neben der herausragenden Fjodora Lebedew. Dennoch war auch *er* unersetzlich geworden, da er als Vergleichsobjekt für Fjodora vortrefflich dienen konnte. *» Sie habe so viel, was er nicht hat «*, hörte er sie sagen. Er war als Negativobjekt unumgänglich, niemand konnte auf ihn verzichten. Es war wohl seine Bestimmung gewesen, für Fjodora benutzt zu werden. Der Zweck seines Namens erfüllte sich erneut, er wurde gebraucht, um die Schönheit und Stärke der großartigen Siegerin einem jeden ersichtlich zu machen. *Andere* waren besser als er und sie mussten nicht mal etwas dafür tun. Wieder war es ein Name, der zwei Schicksale voneinander unterschied.

Sie sahen Mikail als ruhigen und uninteressierten Menschen an. Und vielleicht war er das auch tatsächlich, dann hatten ihre Taten und Verhaltensweisen wenigstens einen Grund. Sie beruhten darauf, dass er nichts war, der es wert gewesen wäre. Vielleicht war es auch zu viel, sodass sie seine Fülle an Interessen gar nicht wahrnehmen konnten. Stattdessen sahen sie in ihm nur jemanden, der die Süße des Lebens aß, faul herumlag, vor sich hin vegetierte und ihre Zeit *verschenkte*. Was waren schon Buchstaben in einer Welt voller Zahlen?

Die Zeit verstrich und immer wieder traf sich die so große Familie im engsten Kreis. Sie aßen zusammen, beredeten etwas und freuten sich, dass sie sich sahen. Unter ihnen verweilte dann auch Mikail. Er sprach, wenn Fjodora fertig gewesen war, denn er war der zweite. Mikail lebte sein Leben weiter im Kreise seiner Familie. Er schrieb, er liebte, er lachte, er glaubte weiterhin an bessere Tage. Er tat es so, wie er es schon immer machte. Mikail war eine Frohnatur und er bewunderte Fjodora, die ihre Liebe durch Dina und Grigorij erhielt, mehr noch, als er es tat. Er wusste, sie konnten nichts dafür, dass sie auf jemand anderen stolzer waren als auf ihn. Mikails Schicksal im Kreise der Ipatjews war besiegelt. Er wusste, dass andere Schicksale auf ihn warteten: *Ein anderes Glück, etwas oder irgendjemand, der so war wie er und jemand, der ihn brauchte.* — Daran dachte Mikail ganz oft. Er behielt seine Freundschaft zu Ljudmilla und zu Fjodora, sie lebten alle drei in Harmonie. Er war ein gestandener Mann. Und vielleicht war auch *er* derjenige, der dann vielleicht sogar den *meisten* Stolz zu verzeichnen hatte, den meisten Mut und den höchsten Kraftaufwand: ›*über den Dingen zu stehen*‹. Mikail musste sich mit dem Leben arrangieren, so, wie Ljudmilla und Fjodora. Er hatte keine Wahl. Er hatte keine Wahl, über sein Schicksal zu bestimmen und so suchte auch das göttliche Schicksal des Namens Ipatjew den vorletzten Ahnen des Namens heim. Es war ein ganz besonderes Schicksal, welches ihm zuteil wurde, vielleicht das schlimmste von allen: *Nicht ausgestoßen zu werden von den Fremden, sondern von denen, die er so unendlich liebte.*

ZWEISAM

Ich will bei dir sein
dich fühlen und seh'n
dich riechen und dein'n
Blicke erspäh'n

Ich will deine Haut
dich lieben und spüren
in deinem Arme ganz laut
deine Seele verführen

Ich will bei dir sein
du und auch mein
Herz soll gemeinsam
frei sein, ganz zweisam

04. November 2017

WÜRDEST DU?

Würdest du, wenn du könntest, für mich
alles hinter dir lassen, dein Leben, selbst dich?
Würdest du, nur aus Liebe, mir geben
dein'n letzten Kuss, deinen Atem, dein Leben?

Ich werde, ich will, das verspreche ich dir
warten auf dich, im ›Jetzt‹ und im ›Hier‹
Ich gebe dir alles: meinen Kuss und mein Herz
Ich erleide für dich je sämtlichen Schmerz

Ich träume von dir und von unserem Leben
in dem wir dem ander'n Geborgenheit geben
Abends zu zweit in schönster Manier
sitzen Finger an Finger am nächtlichen Pier

Du würdest, ich weiß, du würdest versteh'n
dass ich dich hier halte und trotzdem dann geh'n
Denn so sehr ich dich liebe, so könnte ich nicht
dass all das geschieht und uns're Liebe zerbricht

Was hätt' ich davon, wenn auf meinen Wangen
Tränen verlaufen, weil du bist gegangen?
Wie könnte ich nur, dass der Wunsche erlischt
der Wind deines Schattens die Tränen verwischt?

Ich würde nicht wollen, dass unser lieblicher Kuss
nur aus Liebe zu mir, der letzte sein muss
Denn du würdest, ich weiß, du würdest für mich
das alles hier opfern, dein Herze, selbst dich

23. März 2018

FRAGMENTE

Egal, wo ich bin, egal, was ich tu'
du bist bei mir, ich hab keine Ruh'
Ich denke an dich — bei Tag und bei Nacht
habe für dich das Gedicht hier gemacht

Denn es ist viel zu spät, ich liege allein
die Entfernung zu dir ist viel mehr als klein
Denn von dir zu mir, von Sonne zu Regen
sind's lächelnde Menschen, die einander uns prägen

Und so sehe ich nach, was ich dir geschrieben
erinnere mich: *was ist mir geblieben?*
Denn von dir zu mir gibt es so viel zu sagen
und ich hab' keine Antwort, doch so viele Fragen

Von dir zu mir und von mir zu dir
sind so viele Sätze. Sie alle sind hier.
Erinnerung'n sind Fragmente der Zeit
sie verhallen in der Stille der Einseeligkeit

09. Februar 2018

Tränen aus Eis

Ich hoffe und weine Tränen aus Eis
doch ich liebe, mein Herz ist fürchterlich heiß
Es ist so heiß, gebrannt durch Trauer
Tränen aus Eis — von ewiger Dauer

Es sind die meinen *eisigen* Tränen
die nach inniger Liebe sich sehnen
Ich bin allein und die Tränen für sich
Alleine sie sehen mein verlorenes ich

Die Tränen, sie kennen die Hoffnung und mich
Sie wissen um mein naivliches Ich
Sie kennen die Trauer und den furchtbaren Schmerz
Sie kennen mein allzu liebendes Herz

Ich liebe mit Herz, ich liebe so viel
und spiele mit mir ein grausames Spiel
Die Hoffnung, sie kommt auch immer hinzu
und legt meine Zweifel dann lieblich zur Ruh'

Und die Hoffnung, die Tränen, sie sehen nicht ein
wie ich mich verliere im liebenden Schein
Sie sehen nur zu und wissen genau:
Die eisige Träne wird niemals zu Tau

23. November 2017

FRANZÖSISCHE FENSTER

ICH KAM NEU IN DIE STADT. Ich hatte viele Ideen, ich schreibe sehr gerne, bin Verfasser und stets mit Stift und Papier unterwegs. Meine Aufgabe ist es, Momente in Erinnerung zu behalten, die für mich und andere sicherlich irgendwann von Bedeutung sein werden, Momente, die so magisch und von solch einem Zauber umgeben sind, dass man sie als ›märchenhaft‹ beschreiben mag. Mir schwebte dabei eine neue Geschichte vor, ein neuer Lebensabschnitt, ein neuer Titel: Die *» Französischen Fenster «* sollten es werden. Gedanken an Liebe, an Glück und der vollkommenen Zufriedenheit vereinten sich in ihm, der Wunsch nach Freiheit war es, der meinen Stift leitete. Geschichten werden von jenen geschrieben, die mutig sind, sie zu verfassen, die mutig sind, sich zu offenbaren. Mit jeder Erzählung präsentiert sich ein Autor mehr, riskiert, erkannt zu werden, entkleidet und enthüllt sich, offenbart, was tief in ihm steckt. Jedes Werk bedeutet, den Mut gehabt zu haben, ›selbst‹ gewesen zu sein. Dies sollte eine *neue* Erzählung werden, denn es war Zeit für Veränderung. Die Stadt hüllte sich in einen goldenen Herbst und schenkte mir unendlich viele Möglichkeiten.

Ich kam neu in die Stadt mit dem Tal, durch welches das kleine Flüsslein fließt. Eine Stadt, die ringsherum mit sieben Bergen geziert ist, die behutsam über sie wachen. Auf einem von ihnen hatte ich mein kleines Häuschen. Jeden Morgen sah ich, wie der Nebel in das Tal strömte — etliche Vögel und Tiere auf den Wiesen und Weiden sich begegneten. Ich wohnte in einer kleinen Maisonette. Drei große Fenster blickten hinaus, an denen man mich oft stehen sehen konnte. Dann beobachtete ich die Welt, die Wolken, die Menschen und meinen kleinen Balkon. Ich beobachtete die Wege, die die Menschen vor mir liefen. Sie wollten, dass ich mitkomme — doch ich konnte mich nicht entscheiden. Versprach mir der eine Glück, so folgte der andere einem Abenteuer. Der nächste würde mir sicherlich viel Geld einbringen, Sicherheit schenken, und ein anderer war gar nicht erst weiter zu ergründen. Ich überlegte, ohne zu handeln. Und so liefen die Menschen weiter, ich vergaß mich hinter meinen Fenstern, doch war ich mir instinktiv im Klaren gewesen, welchen Weg ich einzuschlagen hatte, egal, was ich dafür geben musste.

Heute ist das alles etwas anders. Heute ist es ruhiger, heute singen die Vögel nicht mehr so laut, die Blumen blühen trister und viele Wege sind verstaubt, es ist kälter. Ich stehe immer noch am Fenster, höre Lieder und Erinnerungen, versinke in meinen Gedanken und erinnere mich an den Traum von dir. Ich erinnere mich an den Traum einer herzzerreißenden Liebesgeschichte, die so viele Wendungen hat und mir so eine Erzählung schenkt, die es verdient, verfasst zu werden — für alle, die vielleicht etwas Ähnliches gespürt haben. Du bist eine Geschichte, vielleicht nur eine kleine, vielleicht nur eine von mir und vielleicht wirst du niemals von ihr erfahren. Aber vielleicht wirst du sie lesen, von den Zufällen, von der Bank beim Hagebuttenstrauch und dem kleinen Markt mit den Schallplatten. Vielleicht wirst du dich dann an mich erinnern, nicht an meinen Namen, aber an das, was du mir geschenkt hast: eine Erinnerung, eine Erinnerung nur für mich. Hätte ich uns in eine Verpackung stecken müssen? — in eine Hülle? Aber wer wäre ich, der etwas so Schönes für andere umschreibt? Ich kann es nicht verstecken, dich, und so tun, als wäre es nur ein ausgedachter Protagonist, der von französischen Fenstern träumt. Ich kann es nicht, denn es gibt Erzählungen, die nur auf diese Weise ihre Bedeutung erhalten.

Französische Fenster habe ich mir stets mit Geranien vorgestellt, mit roten Geranien, die neben

Efeu im Blumenbeet heranwachsen und herausstechen. Die Fenster sind geputzt, manchmal sieht eine Frau heraus. Sie hat schwarze Locken, bleiche Haut — sie blickt hinunter. Sie hat Träume, sie sieht jemanden, der sie liebt und einen, der ihr alles geben würde. Dort ist eine Pflastersteinstraße. Hier stehe ich, ich schaue hinauf und in das Gesicht von ihr. Ich hoffe, dass sie Lola heißt. Es sind die ersten französischen Fenster, die mir eingefallen sind. Sie sind schön, sie sind warm und geben mir einen Halt, Leichtigkeit. Es ist ebenjene Straße, die ich damals entlang gelaufen bin, während ich mein Lächeln versteckte, als wir uns zum ersten Mal getroffen haben. Es ist die gleiche, an der rechts und links Häuser stehen, die ich ignoriere, bis ich deines erreiche. *Sie sind nicht wichtig.* Dann warte ich bei dir, davor, atme ein und aus, das Herz schlägt in diesem Augenblick ganz stark, man möchte weinen und geht bekannte Schritte. Unter den Augen von so vielen anderen durchquere ich Gärten und Brennnesseln, nur um vor deiner Tür zu stehen.

Aber dann muss es da noch ein anderes französisches Fenster geben, durch welches *ich* sehe. Ein Fenster, vor dem *ich* stehe und ein Fenster, auf dessen anderer Seite *du* bist. Der Ort, wo sich unsere Finger berührten — so nah, und doch, es war etwas zwischen uns. Vielleicht waren wir beieinander — nur für einen Herzschlag, vielleicht auch gar nicht, vielleicht auch nur in meiner Fantasie. Ich sah durch mein eigenes französisches Fenster — und neben all diesen Leuten, da seh' ich nur *dich*. Ich will bei dir sein, du mit mir?

Ich bin auf einem Schiff ganz alleine, ich habe mein eigenes Boot. Und mit diesem Boot fahre ich auf einer so unruhigen See, ich fahre und habe doch gar keine Ahnung, wohin ich eigentlich will. Warum segle ich, warum muss ich segeln? Wer hat mir dieses Schicksal gegeben? Und doch will ich *mehr* fühlen, *mehr* sein, *mehr* wissen: mehr über *dich*, über *uns* und vielleicht auch über *mich*.

Manchmal habe ich das Gefühl, dass ich lieber

in den endlosen Weiten des Meeresboden verschwinden möchte, als weiter zu hoffen, als weiter an dich zu denken — an deine Berührung, an deine Stimme. Deine Küsse. Dich. Ich möchte hinab sinken, meine Augen vor den Fluten und den stürmischen Wellen verschließen. Ich möchte sie von unten sehen, so, wie du sie erlebst. Und dass du dich retten wirst. Ich würde es dir immer wieder schenken. Ich will sehen, wie du dich rettest. Dennoch könnte ich nicht hinsehen, wie sich in diesem Moment die Wege von uns zwei trennen würden. Ich will nichts mehr spüren, nicht mehr lieben, nicht mehr ich selbst sein. Manchmal habe ich das Gefühl, dass ich einfach viel zu viel *ich* bin, dass das *ich* alles zerstört, dass zwischen dir und mir immer mein *ich* steht, was so vieles falsch macht. Im Endeffekt bin dann *ich* es, der mit *ich* leben muss. Das will ich nicht. *Ich* will nicht. Ich will nicht mehr so viel *ich* sein, ich will immun werden. Ich will immun werden gegen mich selbst und alles, was dazu gehört, auch wenn es bedeutet, dass *ich* mich so sehr von allen entferne. — Dann will ich vor allem keine französischen Fenster mehr sehen, ich will nur noch alleine sein; auf dem Boden der Gewissheit, auf dem Boden des unendlichen Vergessens. *Ich* will vergessen. Werden. Neben anderen Schicksalen liege ich und reiche ihnen die Hand der Bedeutungslosigkeit. Wir sind Gefallene, wir sind einsam und doch nicht allein. Vielleicht gehöre ich hier hin. Es ist doch nur mein *ich*, das dort unten liegt. Wenn ich es nicht will, wie kann es jemand anderes mögen? Es ist schwer, das zu verstehen; zumindest für einen selbst. Ich bin es dort, der, der sich selbst nicht beachtete, der die Augen vor der Wahrheit vielleicht viel zu lange verschlossen hatte. Es wusste doch jeder, was ich bin und ich habe es nicht akzeptiert.

 Nur dort, wo ein Sturm wütet, schlagen die Wellen bis in die Unendlichkeit. Und doch bin ich immer noch auf dem Schiff; auf dem Schiff in einem eisigen, wütenden Meer und träume von warmen französischen Fenstern, an denen ich meine Sehnsüchte ablesen kann, dort, wo sich Hände berühren, Fingerkuppen treffen. Dort sind Fenster, vor denen ich stehe, um wieder hinauszusehen, vor denen ich stehe, um von jemandem gefunden zu *werden*. Doch ich sehe nur dich — hinter jedem Fenster, an dem ich vorbeilaufe. Und in diesem Moment wünschte ich, dass ich nicht mehr von dir träumen würde. *Liebe* sollte man selbst sein und *das* war mein Fehler. Du hast nichts falsch gemacht.

Wie ist es nur möglich, dass ich mich so irren konnte? Plötzlich war es *ich*, der dann in *deine* französischen Fenster nicht mehr blicken konnte, der nicht *wusste*, wo du wohnst, wer dieses *ich* ist. Du hast mich einsam gemacht, weil ich es so wollte und das vielleicht schon immer meine Bestimmung gewesen war. Ich frage mich, ob du der Gewinner in diesem Spiel, in diesem Wettkampf bist. Und ich rede mir ein, dass du es *nicht* bist, ich bin es auch nicht, denn ich will keinen Gewinner. Ich will nicht gewinnen, ich will nicht besser sein. Aber ich will auch nicht wieder *verlieren*. Doch so weiß ich, dass ich dir alles gab — alles, was ich hatte, es sollte *dir* gehören, nur *dir*. Und damit gewinnst du etwas, was für mich viel mehr Bedeutung hat, als du es jemals hättest verstehen können. Du gewinnst etwas, was für mich beinahe unerreichbar geworden ist. Ich kämpfe für dich und für das, was du bist — *Doch es ist mir bewusst, dass ich verlieren werde. Wieder.*

Du hast mich verletzt, ich habe es schon immer getan, mich selbst, daran bist aber nicht du Schuld. Es ist mein Leben, was *mich* zerstörte und *mich* zersetzt. Es ist meine Schuld, dass ich niemals lernen werde. Und es tut mir so sehr leid, dass ich dich hineingelassen, dass ich meine Fenster damals für dich geöffnet, ich dich benutzt habe. Du für mich. Es war richtig, was du getan hast. Ich habe immer das Gefühl, dass ich nicht in diese Welt gehöre und durch solche Erlebnisse erhalte ich Bestätigung. Ich kann das nicht. Ich schaffe das nicht. Wie mich wohl die ganzen anderen sehen? Bin ich das denn? Bin ich dumm und hässlich, nur weil ich an französische Fenster glaube? War ich dumm, weil ich an ein Märchen glaubte, die einem immer wieder erzählt werden? Shakespeare schrieb, dass es besser sei, geliebt und verloren zu haben, als niemals geliebt zu haben. Ich bin zu der Überzeugung gekommen, dass er Recht damit hat. Wie hätte ich dich jemals kennenlernen können, einen so schönen Menschen, wenn ich nicht die Hoffnung gehabt hätte, dass das alles hätte anders werden können? Wie hätte ich lieben können, wenn ich gedacht hätte, dass es sinnlos sei?

Deine Jacke hängt nicht mehr an meiner Tür, dein Bild sehe ich nicht mehr im Spiegel und auf meiner Haut ist dein Atem verschwunden. Deine Küsse, deine Worte nur Hüllen, die auf die weite Reise in die Welt gegangen sind. Sie sind verblasst. Sie haben sich an mich geheftet, ich habe sie angenommen. Und doch musste ich merken, dass du dich nur umgedreht hast und gegangen bist, bevor ich es gesehen habe. Dein Wind ging weiter, dein Wille verließ mich und ich habe es nicht gemerkt. Ich war so naiv und habe es nicht fassen können. Ich sehe dir noch hinterher, wenn du den Hang aus Asphalt und den Bäumen an den Seiten heruntergehst. Ich sehe, wie du mir einen letzten Abschiedskuss gibst und ich ihn ganz fest in meine Hände nehme, wie vielleicht so viele andere schon vor mir. Ich weiß es nicht, ich habe von so vielen Dingen keine Gewissheit. Ich gehe ohne ein Wort der Liebe in die Zukunft, ohne ein Wort des Verständnis' all denen entgegen, die mir die gleichen Worte sagen, wie du es getan hast und doch sind es niemals dieselben. Du gehst den langen Weg hinunter, vorbei an Sträuchern und Bäumen. Du drehst dich nicht um und du bist glücklich. Ich sehe dir noch immer hinterher. Nun stelle ich dich hier dar wie etwas Begehrenswertes, wie jemand, der so *schön* sein muss, egal, wie er aussieht, jemand, der von so viel Schönheit beseelt ist, dass es niemand nachempfinden könnte. Und genau deshalb kennen sie dich nicht, sie kennen *mich* nicht, weil sie das nicht *verstehen*. Sie verstehen *mich* nicht. Ich glaube, du hast es auch nicht getan.

Ich kann es nicht mehr glauben. Ich kann mir und meinen Gefühlen nicht mehr glauben. Wer bin *ich*? Weißt du das? Ich weiß es nicht — und ich habe auch keine Ahnung, wohin das Schicksal mich noch führen wird, welche französischen Fenster ich noch erblicken werde, welche Menschen ich sehe, welche Schönheit, welches Interesse mir zuteil wird. Doch ich habe auch Angst. *Und das alles nur, weil ich von französischen Fenstern träume.*

In meinen Wünschen lebe ich *hinter* einem französischen Fenster, nicht davor. In meinen Wünschen läutet es Sturm. Ich bin ein Wanderer und es wird jemanden geben, der mich sehen möchte und der sich vielleicht fragt, ob ich mich jemals für ihn umdrehen würde. Ich bin jemand, der statt Geranien Dahlien in seinen Kästen hat, weil er erstere so *unansehnlich* findet. Ich bin jemand, der *anders* liebt. Jemand, der vielleicht auf einem anderen Planeten existiert — mit anderen Wünschen, mit anderen Realitäten und vor allem: mit anderen Träumen. So mutig bin ich. So mutig, zu mir selbst zu stehen — weil ich niemand anderen habe, weil ich *nichts* verlieren kann. Ich kann nicht mehr verlieren als mich selbst. Ich sehe so viele Fragen vor mir. Ich habe so viele Fragen und erwarte so viele Antworten; Antworten auf die Frage, ob man mit mir tanzt, meine Nähe möchte und nicht so tut, als wäre ich das, was ich von mir denke. *Anders.* Ich brauche die Antwort darauf, ob man mich küssen möchte, ob man für mich da ist — oder ob ich doch nur eine Zahl in einem ewigen Zirkel unbekannter Menschen bin. Ich brauche Antworten, keine Fragen. Ich brauche Zuversicht, Halt, jemanden, der mich akzeptiert und versteht, wie ich bin. Vielleicht finde ich sogar jemanden, der für mich da ist, weil er es selbst möchte und mit mir gemeinsame Momente erschafft. Vielleicht wird das geschehen, vielleicht sind das auch nur meine *abstrusesten* Träume. Denn wem könnte ich von dir erzählen? Wer würde verstehen, was du bist, du für mich, und das, was ich fühlte? Ich stehe vor französischen Fenstern und blicke hinaus. Ich sehe dich und kann doch nicht aufhören, meine Augen von dir abzuwenden.

Und mit meinem Abschied geht auch mein Anfang einher. Wer wird es bei *dir* sein, was wird er haben, was ich *nicht* habe? Wird er schöner und klüger sein? Kann er mehr, ist er mehr wert? Oder wirst du unglücklich sterben, weil du mich einmal auf deiner Liste hattest? Und was wird dann aus *mir*?

Deinen Geruch, den vergesse ich nicht. Ich vergesse ihn nicht, er hat sich bei mir eingebrannt und ich werde ihn vielleicht auch immer bei mir tragen. Er ist ein Bann, ein Muster, ein Siegel, der mich vor anderen bewahrt. Ja, ich werde irgendwann wieder lächeln und ja, ich werde mich mit Sicherheit irgendwann *wieder* verlieben. Aber denk' nicht, dass du mich unberührt gelassen hast. Ich werde aus meinen Fehlern lernen und in den Büchern meiner Sehnsüchte versinken. Ich werde die Liebe in meine Worte packen, sie verstecken und ganz fest an mich binden. Ich werde so viel erreichen, so vieles schaffen, weil ich die Kraft der Enttäuschung erleben musste. Ich habe gelernt, was es heißt, *vor* den französischen Fenstern zu stehen und auch, wenn nur ganz kurz, dahinter. Ich habe gelernt, wie stark man sein kann, wenn man zu zweit ist, aber auch, wie sehr man verletzt wird, wenn man nicht aufpasst, wer einen berührt. Und bis der neue Tag erwacht, bis die neue Hoffnung am Horizont aufgeht, bis ich am Horizont den Himmel sehe, meinen ganz eigenen, da werde ich den Liedern der Nacht lauschen; von den Leuten, die so sind wie *ich:* Ein bisschen verrückt, ein bisschen komisch, ein bisschen *anders*. Ich werde meinen Träumen freie Bahn lassen bei dem Gedanken, dich vergessen zu müssen. Ich werde noch viel mehr lernen, viel mehr leben, viel mehr *ich* sein müssen, bevor *ich mich* akzeptieren kann. *Du warst so wichtig für mich.*

Meine Welt ist heute schwarz, vielleicht sogar schwärzer als schwarz und mit ganz ganz vielen Pigmenten. Ich denke daran, wie wir auf der alten Bank saßen und auf die Stadt im Tal hinuntersahen. Ich werde den Moment nicht vergessen, er war atemberaubend; atemberaubend, wie mein Leben noch sein wird. Es wird ein Leben ohne dich, ein Leben nur mit *mir*, ein Leben, in dem ich mich kennenlernen werde und ein Leben, in dem ich mich sogar vielleicht in mich selbst verliebe. Und dann werde ich mich immer und immer wieder fragen, was *du* wohl tun wirst. Entgegen meiner Zeilen werde ich mir sagen, dass ich viel zu viel *ich* selbst gewesen war. Ich denke, *ich* bin ein Fehler, ein ausgemustertes Paar Schuhe, etwas, was man nur noch möchte, wenn es keine andere Möglichkeit mehr gibt. Und so fühle ich mich auch, so werde ich leben: Immer in dem Wissen, dass ich die zweite Wahl gewesen bin; bei dir, bei mir, bei den Leuten, die ich allesamt liebe. Ich bin nur *ich*, ein kleiner Träumer in einer falschen Welt, auf einem falschen Planeten mit falschen Gefühlen. Vielleicht sagt man statt ›anders‹ häufig auch einfach nur ›falsch‹.

Mein Leben ist *falsch*, irgendwie merkwürdig. Es fühlt sich komisch an, dass ich das sage. Wie kann etwas Unumstößliches ›falsch‹ sein? Auf die Frage gibt es keine Antwort, so sehr ich auch hoffe. So sehr ich mir meine Träume auch in Erfüllung wünsche, so gibt es keine Lösung meiner Probleme. Den Schlüssel kenne nur ich, denn ich werde der Schlüssel zu meinen eigenen Fragen sein. Aber ich bin nicht bereit für *mich*, nicht bereit für ein Leben in Glück und nicht bereit für französische Fenster.

Und dann frage ich mich, ob es wirklich gestern gewesen war, als ich an einen Traum von Harmonie und Zufriedenheit gedacht habe. So bin ich nicht und ich werde *so* auch nie werden.

Es ist Zeit, » *Auf Wiedersehen* « zu sagen: zu dir, zu mir und zu meinen Wünschen. Aber meine Träume, die werde ich mir nicht nehmen lassen. Sie lassen mich immer noch ein wenig aufleben, immer mal wieder. Wann werde ich dich wiedersehen? Ich weiß es nicht. Werde ich dir begegnen, wenn ich durch meine französischen Fenster blicke und auf dich warte? Wirst du auf einem Weg stehen und *mit* mir laufen? Französische Fenster bieten so viele Fragen, so viele Möglichkeiten, so vieles — sie bieten mir aber auch eine ganz wichtige Antwort:

Ich.

25. September 2017

MA-SC+HI(e)NENW^ERK²

*******[Tick - Tick Tack].
und ich - auf zack!.
Mehr Leistung, geh los!.
mehr /Produkte/ - grandios!.

Kein Zahnrad steht still.
Lob ist, was (es) will!/!.
Der Mensch aus Blech hat keine Zeit -?-.
!untergräbt sich selbst² mit seinem Neid.

Du bist gut, wenn die Leistung es ist.
Du dich an den andern misst.
Doch wage es zu denken nicht!:
Fehlerhaftes Eigendenken.
[die dich egoistisch lenken.]
stehen hier - ganz dicht an dicht.

Beherrscht von ihm, dem Teufel eigen.
stehst für ihn in Schicksals Reigen!.
Immer mehr nicht gut genug (?).
Der [Mensch aus Blech]³ vergeht im Trug

Benutzt, verwendet und vertrieben.
Wer soll den /Blechmann/ nur noch lieben?
Niemand kann es - er ist schlecht =.
lebt allein als Schicksals Knecht.******

08. Juni 2018

DIE UNENDLICHKEIT DER ZEIT

Und so liege ich da
in Unendlichkeits Zeit
Die Träume, ich sah
tragen sich weit

In der Einsamkeits Stille
lieg' ich unter Sternen
Da bin ich und der Wille:
zu sehen in fernen

Wünschen, was Zukunft mir bringt
Das Suchen nach Klarheit
Kommt's, was gelingt?
Oder versiegt jene Zeit?

Der Mond ist bei mir und ich bin ganz nah
den Träumen und meinen Wünschen sogar
Ich liege im Gras und sehe sie an
die Sterne, sie gucken, sie wissen es dann

Und so läuft eine Träne
weil ich nach dir sehne
Es ist nur ein Wunsch nach dir
Es ist nur der Traum von mir

23. Juni 2018

BALLSAAL DES MUTS

Draußen schneit's, der Saal erstrahlt
die Menschen stehen wie gemalt
Die Kerzenflammen Funken sprüh'n
die Tänzer scheinen stolz und kühn

Sanfte Schritte auf Parkett
die Gäste scheinen schier ganz nett
Die Frau, sie steht dort wunderlich
steht im Raum und sieht auf mich

Ihr Kleid gleicht Gold
ich streife sie
Scheint's ich wollt
die eine, die!

Die Sieger tanzen und auch ich
die Handlung wirkt gar unsittlich!
Ich hab' den Wert, den man mir nahm
Des Schicksals Hand einst zu mir kam

» Liebes Mädchen, weißt du noch
wie einst dein Hass war mir mein Joch?
Was willst du nun von dem wie mir?
Nichts, nein gar nichts, schuld' ich dir! «

26. Juni 2018

ERINNERUNGEN
Gewidmet Sarah

Nach all den Zeiten, die da waren so schwer
kommst du zu mir, überwindest das Meer
Du überwindest die Schlucht, die zwischen uns war
und wartest vor mir, stehst wortlos dann da

Wir sehen uns an und die Zeiten vergeh'n
Es ist ganz berühmt, das: ›*Wieder-(ge)-seh'n*‹
Doch in unseren Herzen, bei der feurigen Stelle
da lodert nichts mehr und nichts bricht die Welle

Wir sehen uns an und nicken uns zu
Wir sagen dem ander'n: » *Lass mich in Ruh'!* «
Denn *nach* all den Zeiten
und den *ganz* neuen Seiten

waren *wir* für einander nicht mehr
als ein ganz kleines Fischlein im so großen Meer
Am Ende der Zeiten und den großen Gefühlen
sind's bloße Erinnerung'n, in denen wir wühlen

Wir sind einander nicht weniger wert
als ein altes, krankes, sterbendes Pferd
Eine Erinnerung an die einstigen Zeiten
Erinnerungen, *die* uns heimlich noch leiten

27. Februar 2018

WIE DER GOLDENE GRAL

Er steht auf dem Platz
und wird dort auch sterben
Er sagt einen Satz
und zerfällt dann zu Scherben

Er war einmal
begehrt
wie der gold'ne Gral

14. November 2017

NATHAN UND DIE ENTDECKUNG SEINER MÄNNLICHKEIT

Gewidmet Nico

NATHAN EMMANUEL ist siebzehn Jahre alt. Er wohnt im zweiten Geschoss eines modernen Altbaus, seine Eltern leben in einer glücklichen Beziehung und es gibt Stuck an der Decke. Nathan hat auch eine kleine Schwester, Mia, die er manchmal von der Schule abholt und die er manchmal ganz schön nervig findet. Am Sonntag gibt es in Nathan Emmanuels Leben ein weißes Frühstücksei, frischen Orangensaft und knusprige Croissants direkt vom französischen Bäcker schräg gegenüber ihrer Wohnung in der Comeniusstraße 22A.

Nathans Leben scheint vollkommen und ja, vielleicht ist es das auch. Seine Eltern haben einen angesehenen Beruf, *sie* lässt Häuser errichten und *er* führt eine Anwaltskanzlei. Am Wochenende haben die beiden Freizeit, die sie mit ihren Kindern verbringen — vor allem dann, wenn sie abends Karten spielen, wie Rommé, Mau Mau oder Skat. Mia findet das alles noch ganz toll, ähnlich wie Nathan, als er in ihrem Alter war. Mit einem Kichern legt sie dann die roten und schwarzen Karten auf den Tisch, schreit auf, bevor Nathan meint, sie habe nicht gewonnen, sondern nur Pik mit Kreuz verwechselt, manchmal ist es auch Herz und Karo. Gerade das Herzblatt ist es, das Nathan bis heute manchmal an seinem Kartenspiel zweifeln lässt. Nie stimmen seine Karten überein, nie zieht er die Herzdame. Doch er verbietet sich, daran zu denken.

In der Schule ist Nathan ganz ordentlich. Er schreibt fleißig *gute* und *sehr gute* Noten, in Mathe ist auch manchmal eine drei dabei, die seine Mutter, als brennende Architektin (und hier möchte ich bemerken, wie sehr sie doch für Zahlen, Berechnungen und Funktionen schwärmt), vergeblich auszumerzen versucht, und Nathan ist ebenso klug wie beliebt. Er ist Klassensprecher und seit kurzem auch Schulsprecher, engagiert und belesen.

Doch bei vielen Dingen hält er sich auch zurück, dann ist er plötzlich gar nicht mehr Nathan Emmanuel, sondern Elias. Elias ist nämlich sein zweiter Vorname, den der *Vater* nach der Geburt für ihn ausgewählt hatte, da sein Gesicht ihn sofort an einen bekannten Sänger erinnerte. Elias ist ganz anders als Nathan und Elias kann Nathan auch nicht wirklich leiden. Er betritt immer dann die Bühne, das Geschehen, wenn sich Nathan mit seinen Kumpels trifft und Pläne schmiedet, wie er die Mädchen mit wassergefüllten Luftballons abwerfen kann, abends mit Graffiti die Züge ansprühen wird und eben die ganzen *Flausen*, die ein *normaler* Junge in Nathans Alter so machen muss, um eben ein stolzer, starker Mann zu werden. Dann nennt er sich stets, wie von selbst, Elias, Nathan findet er dann ganz albern. *» Als ob ich was mit einer Ringparabel am Hut hätte «*, sagt er dann immer, wenn man ihn fragt. Alle finden ihn *cool*.

Nathan kennt Elias nicht. Er weiß nicht davon, was Elias ausmacht und warum es ihn überhaupt gibt. Warum kommt ein Nathan mit Jeansjacke zur Schule, warum macht er sich Spray in seine Haare, warum lacht er so wenig und überhaupt, warum macht er nicht einfach *die Dinge*, die ihm gefallen? Irgendwie *gehört* es sich ja nicht. Er habe auf seine kleine Schwester aufzupassen, weil Frauen nun mal schwächer seien. *Das* darf man dann aber wieder nicht sagen, weil das sexistisch wäre. Eine Frau will von einem Mann beschützt werden, um sich gegen all jene zu wehren, die ihr das Gegenteil ihrer Lebensweise vorwerfen: Eine Frau darf schließlich so aussehen, wie sie möchte und hat stets die richtige Figur. Nathan weiß, dass es richtig ist, dass alle Menschen gleichberechtigt sind. Sie sind allesamt gleichsam berechtigt, mit ihrem eigenen Leben *das* zu machen, was sie machen *möchten* — viele Möglichkeiten bedeuten aber eben auch, dass man viele Versuche unbeachtet zurücklässt. Meistens sind es jene, die andere als ›komisch‹ betiteln würden.

Nathan und Elias haben ein gutes Leben, sie sind angesehen — beide auf ihre ganz eigene Art. Je nach dem, wo Nathan Emmanuel so hinspaziert, muss er Nathan oder eben Elias sein, wie das nun mal so ist. Warum sollte er seinen Freunden sagen, dass er dann *doch* gerne mit seiner Familie Karten spielt, er seine Mutter unendlich liebt und er es mag, dass sie ihn früher immer auf die Stirn geküsst hat, bevor sie ihn in die Schule entließ. Aber *heute* macht sie das nicht mehr, Elias hatte sich das eingefordert und in der Schule ist Nathan viel mehr Elias als irgendwo anders. Deshalb sagt er auch, dass er die ganzen klassischen Romane nicht mag, die, die von Liebe und Romantik sprechen, obwohl er die Texte doch eigentlich sehr schön findet. Nathan will *cool* sein.

Elias bekommt zum Valentinstag immer viele Liebesbriefe. Sie alle sind von Mädchen. Sie sind von Mädchen, die eine oder mehrere Stufen *unter* ihm sind, aus seinem eigenen Jahrgang bekommt er natürlich auch viel Post. Aber seinen Charme versprüht Nathan durch Elias vor allem gegenüber *jenen* Menschen, die ihn nicht wirklich kennen, die jünger sind, die ihn, seine Ideale, bewundern. Elias ist eigentlich nur eine Schöpfung derer, die sich einen richtigen *Mann* wünschen, gar so, wie sie es von ihren Eltern, ihren Großeltern — ja, sogar von ihren Urgroßeltern übernommen haben, wenn sie sich darüber unterhielten. Ein Mann muss schließlich stark, ein Held sein und die Familie beschützen. Elias weiß das ganz im Unterbewusstsein und macht natürlich alles, um diesem Wunsch nachzukommen. Andernfalls wäre Nathan sicherlich *schwul*.

Manchmal sieht Nathan zu einem anderen Jungen, der in seiner Klasse sitzt. Er verweilt in der zweiten Reihe und hat schwarzes Haar, das in einem Scheitel über seine Stirn fällt. Er ist oft alleine und irgendwie finden ihn alle *komisch*. Sein Name ist Richard und Richard meldet sich oft im Unterricht. Richard häkelt, wenn er in die Schule kommt, liest Romeo und Julia und Richard backt gerne mit seiner Mutter Plätzchen, er möchte Fotomodell werden, auch wenn er nicht so aussieht.

Richard ist nicht dick. Richard ist nur einfach kein Fotomodell. Richard hat kein Sixpack und Richard ist auch nicht wirklich stark. Manchmal muss Elias lachen, wenn er daran denkt, dass seine Schwester ihn im Armdrücken sicherlich besiegen würde. Richard war eben kein *Mann*. Richard bekennt sich öffentlich dazu, dass er Pazifist und Feminist sei. Er möchte, dass Frauen auch Kampfsport machen können — ohne, dass sie weniger *weiblich* sind. Er hat die Vorstellung, dass eine Frau einen Staat leiten kann und trotzdem eine herzliche Großmutter sein wird, dass es möglich ist, dass eine Frau auch Bauarbeiterin ist, ohne, dass ihr hinterhergerufen wird, ob eine andere Frau zu Hause auf sie wartet — wenn überhaupt. Richard wünscht sich, dass es bei Männern auch so wäre.

Richard ist *komisch* und das weiß sogar Nathan. Denn Richard hat in seinem ganzen Leben noch keine einzige Valentinskarte geschenkt bekommen und manchmal fragt man Richard, ob er nicht doch lieber ein Mädchen wäre oder sogar Männer liebt. Richard verneint das und geht dann weg, oft ist er wütend, Nathan versteht nicht, *warum*. Es ist eine ganz *normale* Frage.

Wenn Elias mit den Mädchen im Park spazieren geht, sieht Nathan, wie Richard in der Sonne sitzt und auf einer riesigen Leinwand wieder irgendwelche Dinge malt. Seine Begleitung sagt dann immer, dass er doch vielleicht ein paar mehr Muskeln haben müsste, oder seine Haare anders legen sollte, er müsse sich doch etwas bemühen, damit die Mädchen auf ihn » *abfahren* «, das sei doch eigentlich » *nicht so schwer* «. Richard muss sich nur ein bisschen verändern, dann könnte er auch geliebt werden. Es ist *seine* Schuld, dass er stets alleine ist.

Von oben scheint die Sonne in diesem Moment auf die beiden herab, Richard und Nathan blicken ihr im gleichen Moment entgegen und nur einer von beiden weiß, dass sie beide dasselbe Licht empfangen. In dieser Sonne geht Elias dann weiter spazieren und schließlich wird er seine Begleitung küssen. *Er* macht den ersten Schritt, etwas *anderes* hatte das Mädchen auch gar nicht vorbereitet, sie hätte es auch gar nicht machen wollen. *Sie* war es, die geküsst und begehrt werden wollte. Elias stünde dies nicht zu und Elias fand das auch in Ordnung. Schließlich muss der Junge das Mädchen erobern.

Zu Hause ist Nathan dann auch wieder Nathan und er ist sehr still, manchmal spielt er mit seiner Schwester, häufig aber nicht. Er hat ein ganz eigenes Zimmer mit zwei großen Fenstern, die auf die Straße hinunterblicken. Nathan spielt Klavier und Elias spielt Gitarre. Man mag es, wenn der Mann am Feuer sitzt und gekonnt die Saiten des Instrumentes zupft. Früher wollte er immer Flöte spielen, das hat er dann aber recht schnell aufgegeben. Heute sieht Elias Richard und ruft: » *Schwuchtel* «, wenn er mit seiner Querflöte in die Musikschule gleich neben dem Gymnasium geht. » *Ob es Spaß macht, an langen harten Dingern zu lutschen?* «, fragt Elias dann und seine Kumpels fangen an zu lachen. Richard ignoriert das gekonnt und die Mädchen finden den Jungen in der Lederjacke echt attraktiv.

Manchmal sehen sich Richard und Nathan im Vorbereitungsraum, wenn Richard etwas für die Bildenen Künste anfertigt und Nathan einige Erledigungen zu tun hat. Dann grüßt Richard Nathan und Nathan grüßt

Richard, Elias gibt es in diesem Moment nicht. In diesem Moment ist das dann alles ganz *normal*, dann unterhalten sie sich wie Erwachsene, lachen gemeinsam, aus Versehen berühren sich die Finger und es gibt verwirrte Blicke. Nathan mag Richard und Richard mag Nathan, Elias mag Richard aber nicht und Elias ist nur das Spiegelbild seiner Erziehung. Vielmehr noch ist Elias das Spiegelbild von den Anforderungen und Wünschen, die die Gesellschaft an Nathan stellt. Die Möglichkeiten sind dann immer sehr begrenzt, wie man sich richtig zu verhalten hat. Richard sieht Elias oft und weiß nicht, ob er Mitleid haben soll.

Wenn ihn keiner hört, sagt Nathan, dass er es toll findet, dass Richard so ist, wie er eben ist, dass er die Dinge macht, die ihm gefallen, dass er so gar nicht *Mann* ist, wie man sich das immer vorstellt. Nervös lächelt Nathan dann und hat Angst, ihn verletzt zu haben.» *Ich sage, dass ich ein Mann bin und deshalb bin ich auch einer* «, antwortet Richard stumpf und lächelt dann, während er auf die Figur sieht, die er da gerade aus Ton geformt hat.

» *Warum machst du das eigentlich?* «, fragt Nathan und es scheint, dass in dieser Minute Elias für immer verschwunden ist und Nathan Richard näher kennenlernen möchte. Richard fragt: » *Was?* « und möchte, dass Nathan wirklich *das* ausspricht, wovor er sich immer scheut. » *Eben diese ganzen Sachen halt, die würde ich nicht machen.* « Nervös kratzt er an seinem Hinterkopf und Richard sieht Elias wieder aufblitzen, auch wenn es nur ganz unterbewusst ist.

» *So bin ich eben und ich bin stolz, ich zu sein.* «

» *Ich finde das großartig* «, antwortet Nathan und lächelt.

» *Großartige Leben sind nicht deshalb so großartig, weil sie es sonderlich leicht hatten, Nathan* «, mustert Richard dann Elias und Nathan verschwindet aus dem Raum, fasst sich an den Kopf, will ihn zerreißen und geht in das Jungsklo. Vor dem dreckigen Spiegel sieht er sich dann an und zum ersten Mal in seinem Leben erkennt er dann nicht mehr nur Nathan, sondern bemerkt zum ersten Mal Elias, erkennt die Person, die all die Jahre in seinem Kopf gewesen war.

» *Irgendwie habe ich es schon lange gewusst* «, denkt sich Nathan und mit jeder Minute wird ihm immer deutlicher klar, warum — wie es ist. Er verbeugt sich spielerisch und entschwindet dann in der Jungskabine, um ein Leben zu führen, das er unkompliziert empfindet, ein Leben, womit er das bekommt, was er von ganzem Herzen will.

Elias steht auf dem Schulhof, die Mädchen schwärmen von ihm und im Hintergrund malt Richard dann wieder eins seiner Bilder, die er einem Mister Wilson aus Übersee verkauft. Unter Schäfchenwolken träumt Richard dann und findet das alles ganz in Ordnung, wie es gelaufen ist.

» *Wir sind eben das Resultat unserer Entscheidungen. Und nach Aristoteles ist das Ganze mehr als die Summe seiner Teile.*

Wer von dieser Erzählung hört, mag vielleicht lachen, er findet sie kitschig, er findet sie schwul. Aber hinter all den Belustigungen stehen enttäuschte Ideale, die in diesem Moment, die mit dieser Erzählung nicht erfüllt werden können. In diesem kleinen Moment bekommt das so fein gewebte, das so brüchige Weltbild einen ersten Riss. All diese Jungs, diese Mädchen, all diese Frauen und Männer, sie alle lachen, weil sie tief im Verborgenen wissen, in welcher Welt sie leben. Sie wollen Erwartungen erfüllen, cool sein und Bestätigung erhalten. Ihr Lachen ist der klägliche Versuch, Gedanken und Wünsche, ihre eigenen, als lächerlich darzustellen. Sie lachen nicht, weil sie ungebildet sind, sondern weil sie unser Mitleid verdienen. Sie lachen, weil sie starke Männer sein wollen, weil sie das erreichen möchten, was die Gesellschaft von ihnen erwartet. Sie lachen, weil sie wissen, wie schwierig es ist, wie scheinbar unmöglich es für einen Mann geworden ist, aus diesem Konstrukt von Männlichkeit auszubrechen. Sie sind Opfer all jener Frauen und Männer, die behaupten, wie ein richtiger Mann, wie *eine richtige Frau sich zu verhalten, auszusehen habe. Es sind die Mädchen, die einen starken Superhelden ihren Liebhaber nennen möchten, es sind die Jungs, die sich Plakate von Models an` die Wände hängen und erwarten, dass so die Realität aussehen würde. Wir sollten die Opfer, die sich über all diese freiheitlichen Gedanken herzzerreißend amüsieren, dafür nicht belächeln, dass sie so sehr mit den Erwartungen der Gesellschaft hadern, dass sie sich gezwungen fühlen, über diese Erzählung zu spotten. «*

Ich stehe von der Wiese auf, werfe einen letzten Blick zu Elias und denke an die Zukunft, die uns beiden entgegen strahlt. Sie wird verschieden sein, wie das immer so ist: *Für den einen leichter, den anderen schwerer, mit unterschiedlichen Entscheidungen und mit unterschiedlichen Prioritäten.*

WIE ICH DAMALS DICH

Gelbe Blätter fallen
so schön wie deine Haare
Deine Stimme hör' ich hallen
noch hunderttausend Jahre

Das Laub ist rot wie deine Lippen
so klar, so stark, so gut
Ich steh' für dich an steilen Klippen
und zeige so viel Mut

So sitzt du dort und träumst
von deiner eig'nen Welt
und dadurch nichts versäumst:
Ich war niemals dein Held

Du liebst nicht mich
du stetig wanderst
schaust dich um und suchst:
wie ich damals dich

14. November 2017

SCHWARZ-WEISS

Und dann bist da du
so, wie du bist
Kein Auge ist zu
ich hab' dich vermisst!

Ich wusste ja nicht
das alles ist wahr:
Die Wünsche, das Licht!
Es wird mir so klar!

Wunder kommen immer wieder
Ich hab's mit dir erlebt!
Die Sonne geht am Abend nieder
— am Morgen sie sich hebt!

Blicken wir gemeinsam
auf die Welt, nur du und ich
dann sind wir beide zweisam
Es scheint mir wunderlich

UNGERECHTIGKEIT

Wie traurig dieses Leben ist:
der Frau, die alles nur vergisst
Sie wusste sehr viel und dachte noch mehr
Doch seht sie nun an: ihr Geiste ist leer

Sie weiß nichts zu sagen
Wie heißen sie nur?
Man hört sie dann sagen
» Mussorgsky spielt Dur! «

Sie lebte allein
doch war sie ganz mein
Keiner wollte sie küssen
oder ausführen müssen

Sie wollte nur ein
der sie liebte allein
Doch es gab niemals ein:
» Für dich bin ich dein «

27. Juli 2018

EINE SCHATZKISTE ZUM VERLIEBEN
Die Erinnerungen von Frau Herrmann

ES WAR EIN WINDIGER HERBSTTAG in Camaret-sur-Mer gewesen, als sich die Trauernden in der kleinen Kapelle aus Stein auf die hölzernen Bänke setzten. Ich war nur hier, weil eine gute Freundin mich darum gebeten hatte. Es war ihre verstorbene Großmutter, die dort am Altar in einer aus Porzellan bestehenden Urne verweilte. In Reih und Glied waren auch die Blumen aufgestellt, die nun neben ihr einen Platz gefunden hatten und wenigstens noch Lebensfreude symbolisierten. Trotzdem lag Tod in der Luft, das Ende eines Lebens, das nur eines von vielen gewesen war.

Viele Trauernde waren erschienen, allen voran meine Freundin, die die Beerdigung organisiert hatte. Die denkbar alten Bänke knarrten und ruckelten, als die Pfarrerin über den schier endlosen Steingang lief. Ihr schwarzes Gewand ähnelte der Personifikation des Todes, ihre Wörter, die sie dann sprach, verhallten wie die endlose Weite der Zeit. War es vielleicht die Pfarrerin selbst gewesen, die den Tod verkündete? Für meine Freundin war es sicherlich ein Trost gewesen, die Stimme einer gewissen Art von Seelsorge zu hören, die ihr Beistand und Zuversicht versprach. Aber im Endeffekt war ihre Oma sterblich gewesen, sie kam nie mehr wieder und alles, was man mit ihr verband, sollte nur noch eine Erinnerung sein. *Das* stellte ich fest, als durch die Winde und den Regen ein buntes Ahornblatt am Fenster kleben blieb. Ich musste daran denken, dass das Leben manchmal wie ebenjenes Ahornblatt war, welches im Herbst durch die Wälder wehte. Es fliegt, geht auf und wieder ab, ist manchmal am Boden — und am Ende ist es dann doch ohne wirklichen Halt. Es klebt am Fenster. Wir können es sehen, aber dennoch nie erreichen.

Die Gruppe der Trauernden ging anschließend hinunter. Im Regen standen sie dann abseits des Hügels neben einem ausgeschaufelten Grab. Das Loch schien unendlich, ich blickte hinab und fand kein Ende. Die Schippe habe ich noch neben der Hecke stehen sehen, als wir am Hang entlang liefen. Wir gingen an *vielen* Gräbern vorbei, an alten, an neuen. Manchmal waren die Steintafeln sogar derartig in die Jahre gekommen, dass der Name des Verstorbenen darunter gar nicht mehr zu identifizieren war. Dann verdrehte ich meinen Kopf und fragte mich, ob mir jenes Schicksal auch widerfahren würde. War man, war ich es, dazu verdammt, irgendwann vergessen zu werden? Gab es irgendwann nicht mal mehr ein *Grab*, eine Steinplatte, die an mich, die an die Person erinnerte?

Besonders flau im Magen war mir immer dann, wenn ich Gräber sah, die mit Unkraut und Buchsbäumchen überwuchert waren. Es widerte mich an, dass man für etwas bezahlte, also den Platz, wo man lag, sein Dasein fristete, und die Verwandten und Freunde einen nicht besuchen kamen. Irgendwie war das komisch, fühlte sich *so* das ›*Vergessen*‹ an? Vielleicht enden wir alle so, oder eben wie die großen Monarchen in ihren Mausoleen. Im Endeffekt starben sie alle. Im Endeffekt werden wir alle irgendwann tot sein.

Aus diesen Gedanken wurde ich schließlich gerissen, als eine weitere Rede während der Niederlassung der Urne abgehalten wurde. Verwandte sprachen, Freunde weinten. Und ganz hinten, da sah ich meine beste Freundin, die ihren Kopf in der Masse versenkte. Aber noch spannender war zu sehen, was dort auf uns zukam. Hinter ihr sah ich den Winter herannahen, ich erblickte ihn am Horizont, ganz weit in der Ferne. Der Winter kam in großen Schritten, die Bäume und Pflanzen begannen zu erfrieren, ein kalter Wind wehte um unsere Gesichter.

Es war kurz vor Weihnachten gewesen, als mich Ella zwang, auf den Dachboden ihrer verstorbenen Großmutter mitzukommen. »*Ich habe noch etliche Gefallen bei dir frei*«, war wohl ihr stärkstes Argument, das sie vorbrachte, damit ich ihr half. Ich weiß noch, wie ich in die hintere Ecke des dunklen Flures ging und dort die Bodentür zum Dachgeschoss öffnete. Ich stieg als erster empor, die Treppen knarzten, ähnlich wie die Bänke in der alten Kapelle auf dem Hügel. Ein modriger Geruch umgab uns.

In meinem direkten Blickwinkel offenbarte sich ein kleines Fenster, das rund gewesen war und in Richtung Süden blickte. Es war leicht angeklappt, Spinnweben funkelten im Sonnenlicht. Ich lief nach rechts, ein langer Gang erwartete mich. Er war nicht sauberer gewesen als das Fenster. Dachschrägen stießen aus dem Boden hervor, Risse im Gemäuer zeichneten sich am Rand des obersten Geschosses und in den Holzbalken ab.

Wie ein Geist schlich ich über die Planken, bewusst, dass ich wohl über Jahre voller Geschichte und Geschehnissen lief. In meinen Gedanken malte ich mir ein Zimmer in dieser Etage aus, eins, das nur mir gehörte.

Und wieder knarzte das Dach, wieder erinnerte ich mich an das Ableben von Frau Herrmann aus der Winkelstraße. Ich kannte sie nicht persönlich, Ella hatte mir nur manchmal von ihr erzählt. Ich war erstaunt, dass sie in diesem großen Haus so lange alleine gelebt hatte. Ihr Mann war wohl schon vor etlichen Jahren verstorben und Besuch bekam sie anscheinend auch nicht mehr so häufig. In welcher Beziehung Ella und Frau Herrmann wohl standen? Ich wusste nicht, wie ich es deuten sollte. Aber wahrscheinlich ging es mich auch gar nichts an.

Als ich nun am Ende des langen Dachbodens angekommen war und sich die Spinnweben wie ein Netz um mich verteilten, da entdeckte ich eine kleine Kiste am unteren Ende der hölzernen Wand. Sie war ganz ausgeblichen. Staub lag auf der hölzernen Decke mit dem metallenen Griff. Langsam setzte ich mich, betrachtete die Kiste genauer. Was dort wohl enthalten war? Vielleicht war es ein Rasierapparat oder sehr viel alter Schmuck. Was ich mir davon wohl kaufen konnte? Ich fragte Ella, sie konnte es mir auch nicht beantworten. Sie war in ihrer eigenen Suche versteift und leistete mir deshalb keine Gesellschaft.

Vorsichtig schüttelte ich die Kiste, um zu erahnen, was sich wohl in ihr befinden würde. Sie war schwerer, als von mir erwartet, ich hörte es rascheln und klimpern. Der Gedanke an teuren Schmuck verflüchtigte sich ebenso schnell wie die Ausgestaltung der oberen Etage nach meinen Träumen.

Langsam öffnete ich sie, die hölzerne Kiste mit den kleinen Malereien an den Seiten. Viele kleine Dinge fielen heraus. Etliche Zettel und Schnipsel folgten, kleine Schriftstücke längst vergangener Zeiten sanken zu Boden. Geschichten eines Lebens rieselten aus der Truhe, hinweg durch meine Hände. Der Zahn der Zeit hatte die kleinen Gegenstände wohl in Ruhe gelassen. Scheinbar unberührt lagen Fragmente eines anderen Person verteilt umher. *Ich war mittendrin.* Jahrzehnte eines Lebens lagen in alle Richtungen neben mir verstreut. Für einen kurzen Augenblick zogen achtzig Jahre an meinem sterblichen Körper vorbei.

Und da waren sie nun, die *Erinnerungen.* Die Erinnerungen eines fremden Lebens, eines fremden Menschen, der wahrscheinlich vielen Personen wichtig gewesen war. Und ich kannte sie nicht einmal, diese Frau Herrmann.

Ich hob ein kleines Bildchen auf, kleine Zacken an den Rändern zeigten mir, wie alt es war. Ich glaube, das Mädchen auf dem Bild war Frau Herrmann, es war in schwarz-weiß, wenn nicht früher sogar in Sepia gehalten. Ihre Arme waren auf die Hüfte gestützt, sie lachte in die Kamera. Neben ihr stand ein Mann in Badehose, auch er verzog sein Gesicht. Ich glaube, sie hatten einen Badeausflug, der Boden ähnelte Sand und im Hintergrund ragten Kiefernwälder hoch empor. Ob es Herr Herrmann gewesen war? Es war ganz schön spannend, wenn man nicht immer alles wusste. Auf der Rückseite standen ein paar Zeilen, ich konnte nicht alles lesen. Es war eine alte Schrift gewesen, doch ein Datum konnte ich erkennen: 07.08.39 stand an der unteren rechten Ecke. *Erstaunlich, so kurz vor Kriegsbeginn.* Es war sicherlich ein warmer Augusttag gewesen, an dem sie sich mit dem Jungen getroffen hatte. Vielleicht der letzte warme im Jahr, der letzte Moment, in dem man glück-

lich gewesen war, bis ein so fürchterlicher Krieg ausbrach.

Ich fand eine Pfeife, sie lag ebenfalls auf dem
Boden herum. Sie bestand aus dunklem Holz und ich
war heilfroh gewesen, dass sie durch den Sturz nicht
kaputt gegangen war. Kleine Bändchen umgaben sie,
Malereien und Basteleien verschönerten das kleine Ding
aus Holz. Am Kopfe des Holzinstrumentes entdeckte ich
die Schnitzerei eines Gesichts. Ein kleines Haarbüschel
war daran, schwarz, vielleicht das eines Stammesmit-
glieds. Insgeheim musste ich mir vorstellen, wie eine
Frau Herrmann, höchstwahrscheinlich noch in jungen
Jahren, zu der Musik von Bongos tanzte. Es war vielleicht mitten in einer Nacht, bei Lagerfeuer und im
Mondschein gewesen. *Unter dem Licht von tausenden Sternen
tanzt eine Frau Herrmann im Tutu aus Bananenbaumblättern.*
Sie hatte bestimmt die Stammeskennzeichnung in ihrem
Gesicht, schwarze Streifen auf ihren hohen Wangen-
knochen. Bestimmt war sie glücklich, bestimmt war sie
zufrieden gewesen.

Ein weiterer Zettel lag dort, er war zerknickt,
ganz säuberlich gefaltet. Es waren die Siebziger, das
stand zumindest unten am Rand. Diesmal konnte ich
die Schrift lesen. Frau Herrmann stand an den Klippen
von Irland, sie sah auf die tosenden Wellen hinab,
posiert daneben. Sie lächelte wieder und trug eine blaue
Jacke. Ich glaube, es musste eins der ersten Farbfo-
tografien gewesen sein. Ein bisschen verblasste die Farbe
an einigen Stellen und man konnte nur erahnen, welche
Pixel sich in Blau- und Rottöne vermischten. Jetzt verstand ich auch den Zusammenhang mit den Steinen, die
mich fast verwundet hatten. Schnell hob ich sie auf,
putzte einmal den Staub der Jahrzehnte weg und sah sie
mir eindringlich an. *Drei Steine.* Es waren drei Steine aus
einem fernen Land, von einem fernen Strand und fernen Sehnsüchten. Drei Sterne, die den Weg zu Frau
Herrmann gefunden hatten und nun in dieser Kiste
verweilten. Ich legte sie sanft zurück.

An meinen Füßen konnte ich ein Polaroid finden. Die schwarze Rückseite, die mir entgegenblickte,
drehte ich um, Luftballons und ein lachendes Mädchen
erblickte ich. Ich glaube, es dürfte in den 50ern gewesen

sein. Weiße Punkte auf rotem Untergrund *erkannte* ich
— das muss das Leben sein, *dachte* ich.

Ein Traumfänger lag noch neben mir, unter
einem Stapel von alten Liebesbriefen, wie sich später
herausstellte. Sie hatte viele Verehrer, Frau Herrmann.
Ich las einige Briefe und verlor mich ganz in den
Gedanken, dass man *mich* ansprach und nicht die Verstorbene. Für einen kurzen Moment fühlte ich, wie ich
derjenige war, den man umwarb — mit Worten, mit
Gefühlen. Es war schön. Doch dann legte ich die Briefe
weg, es war *zu* schön für mich. Ich wollte es nicht an-
nehmen.

Ich hob den blauen Talisman auf, der mit
weißen Federn gesäumt war. Er sollte Frau Herrmann
vor bösen Träumen beschützen, dachte ich. Oder vielleicht auch vor dem ganzen Böse dieser Welt. Ich konnte
mir sehr gut vorstellen, wie sie damals in North Dakota
gewesen war, bei den dortigen Indianern, und diesen
Traumfänger bekam. Irgendwie musste ich wieder an
das Bananenbaumblättertutu denken. Es war ein schöner Gedanke, wenn man jemanden sah, der einfach
glücklich war in seiner Erinnerung.

Zusammen legte ich alles zurück in die Truhe
und verschloss sie, ich stellte sie in die Ecke, bis plötzlich
Ella hinter mir auftauchte. Sie fragte, was ich so lange
getan hätte, schließlich sei sie ja schon mit ihrer kompletten Seite fertig. Ich sagte jedoch nur, dass ich mich in
meinen eigenen Gedanken verloren hatte und sah etwas
geheimnisvoll auf die Kiste, die wieder bei Staub und
Spinnweben auf dem Boden stand. Zusammen mit Ella
entrümpelte ich schließlich das gesamte Haus. Es sollte
verkauft werden, für eine große Summe. Ella hatte vor,
zu studieren, ihre Eltern wollten auch eine Rundreise
machen, sich Träume erfüllen. Wieder ging es um Wünsche, aber diesmal standen andere Leben im Mittelpunkt.

Ein letztes Mal gingen Ella und ich hoch auf den
Dachboden, wo die kleine Kiste immer noch in der
Ecke stand, säuberlich arrangiert, so, dass sie nicht
gleich jeder fand. Ella nahm sie, guckte mich fragwürdig
an und erkundigte sich, warum ich sie denn nicht

entsorgt hätte. *» Ich habe sie nicht gesehen «*, entgegnete ich. Ich hielt die Kiste an einem der zwei Bügel fest. Ella nahm den anderen, wir stritten uns und mein Bügel brach von der Kiste ab. Ich sah nur noch, wie sie die Truhe nahm, ungeöffnet, und in den riesigen Container vor dem Hause warf.

Und mitsamt der Kiste gingen auch die unzähligen Erinnerungen eines fremden Lebens mit in die Unendlichkeit der Leere. Die Gedanken und Bilder, die Schmuckstücke, würden nie wieder gesehen und gehört werden. Ich wusste nicht, ob ich die Kiste hätte rausholen sollen, sie gehörte ja gar nicht *mir*. Und ganz pragmatisch gedacht, gehörte sie ja auch nicht Ella. Sie gehörte lediglich Frau Herrmann. Es war Frau Herrmanns Kiste, um die ich mich mit Ella stritt, um ein Leben, das weder mir, noch Ella gehörte.

Es war nur eine Kiste mit Erinnerungen. Es war nur die Kiste einer Frau, die sich verliebt hatte.

HORIZONTSPRÜCHE
Gewidmet meiner besten Freundin, Sarah

Sieh was die Welt
an Anmut verlor!
Tritt ihr als Held
doch endlich empor!

Spiel mit den Zahlen
ich weiß, du bist gut!
Lachst, um zu malen
habe den Mut!

Dein Leben voll Wunder
sieh es doch ein!
Spür diesen Zunder
vom glücklichen Sein!

Du hast dieses Leben
und ich bin dabei
glücklich zu schweben
gar wahnsinnig frei

Glaub' deinem Herz
und den Blumen im März
Ich bin niemals fern
mein goldener Stern

17. Juni 2018

COSPEDA
Gewidmet dem Dorf hinter dem Hügel, Cospeda

Seht dort den golden Glanz
hoch über Waldes Rücken!
Seht diesen scheinbar ganz
die Menschen zu entzücken!

Seht dort die golden Ähre!
Seht dort im Schnee, ein Baum!
Das alles unreal? Es wäre!
Doch es ist kein wirrer Traum

Seht das Firmament erleuchten
wenn die golden Kugel steht
weit über nassen, feuchten
Wiesen, wenn ein Winde weht

Der Wind durchzieht das Blätterwerk
Streift hier und dort die Wiesen
Und hinter hohen Fenstern merk'
ich: » *Oh, sei dir doch gepriesen!* «

Ich seh' auf Wälder, hohe Bäume
verliere mich im Geist und träume
Die Welt erweckt durch Sonne Strahl
Man blickt auf dich: Mein Jena - Tal

Im Herbste seh' ich Farbenpracht
die da und dort die Blätter ziert
Doch nur sie hier gar so erwacht
sie im funkelnd Sonnenlicht posiert

So gucke ich und staune
das alles ist mein Cospeda!
Geziert durch Schicksals Laune
Oh, du bist so wunderbar!

Cospeda

Denn ja, ich muss gesteh'n
das alles ist hier wahr!
Ich habe dich vermisst
mein geliebtes Cospeda!

Schwarz wie hier drunten

Schwarz wird der Himmel
schwarz wie die Nacht
wenn über leblosen Ästen
der Schwarme erwacht

Ich stehe hier unten
und sehe nach oben
Das sonst blaue Droben
wird schwarz wie hier drunten

Der Schwarm fällt einher
und leitet ihn aus:
Den Herbste zum Ende
und hält ihn doch auf

SCHATTEN ÜBER STARGARD

EIN BORDEAUXFARBENER WAGEN kommt vor der Auffahrt des großen Herrenhauses mit den Säulen aus Granit zum Stehen. Einige Blätter wehen im Wind, als einer Dame mit schwarzem Hut von ihrem Chauffeur aus dem Innenraum geholfen wird. Sie blickt hoch und sieht über die Straße, die durch die Kälte ausgestorben erscheint. An den Bäumen hängt letztes Laub, ehe es zu Grunde fällt. Der schwarze Schleier der Dame bedeckt ihr Gesicht, sie geht die Einfahrt hinunter, die mit Pflastersteinen versehen ist, ihr Chauffeur stellt den Wagen ab und folgt ihr.

Harte Tritte ertönen auf der Straße, ein kalter Wind weht um die Menschen, die sich dort versammelt haben und die Dame schüttelt ein wenig den Kopf. Sie trägt schwarze Handschuhe, die sich im schwarzen Muff aus Fell verstecken.

» Es tut mir so unendlich leid «, sagt sie dann und gibt ihrer Tante einen Kuss auf die Wange. Sie geht auf die Herrenriege zu, um auch ihnen ihr Mitgefühl zuzusprechen. Im Hintergrund wird das Gepäck ins Anwesen getragen und verstaut. Der Chauffeur verschwindet wie die Bagage, die Dame geht zu den anderen. Sie starrt auf den eisigen See und erinnert sich an die Blumen, die einst um ihn in Blüte standen. Die Tochter hatte sie angepflanzt. Ein Lichtblick trifft die Menge und berührt dennoch kein Herz. Hinter der steinernen Mauer erblickt die Dame ein karges Feld, welches in dieser Jahreszeit nicht bestellt ist, dort gibt sich das vergangene Unkraut dem Wind hin. Die vertrockneten Köpfe erwarten ihre Absolution in Anbetracht der Witterung. Eisige Augen starren auf den erfrorenen See.

» Ich werde mich in den Salon begeben, man entschuldige mich «, sagt sie und verschwindet über den gepflasterten Hof in ihrem schwarzen Kleid, an welchem ganz edle, dunkle Onyxe angebracht und mit einzelnen Stickereien verziert worden sind. Sie blickt einmal in den Himmel und sieht auf die Wolken, die ihn zieren. Sie nimmt ihre Hand aus dem Muff, als Sichtschutz, und erblickt die warmen Strahlen, die die so eisige Erde treffen. » Es gleicht einem Wunder «, entgegnet sie dann ihrer Welt und ein Lächeln entschwindet ihrem Gesicht, bevor sie vor dem Anwesen zum Stehen kommt.

Ehe sie die Stufen zum Gebäude betritt, erscheint Wilhelm, der Hausdiener, und öffnet die schwere Eingangstür aus Holz, die mit Eisen bezogen worden war. Sie nickt einmal und tritt über den Flur. Den Muff gibt sie ihrem Gegenüber und schreitet nun langsam über das hölzerne Parkett. Einsame Tritte erklingen auf dem Flur, der nicht zu enden scheint. Sie geht vorbei an den Gemälden ihrer Vorfahren mütter- und väterlicherseits, an der Anrichte mit den weißen Blumen darauf. Sie betrachtet einige marmorne Büsten, bevor sie die goldene Klinke der gläsernen Holztür hinunterdrückt und in das Zimmer gelangt.

» Der Großherzog und seine Familie haben sich in der Bibliothek zusammengefunden, Ihre Durchlaucht «, sagt der Diener Friedrich, der von der Ankunft der Dame mitbekommen hatte.

» Ich danke Ihnen. Geleiten Sie mich bitte «, antwortet sie und die schwarze Feder an ihrem Hut verrutscht ein wenig.

» Warten Sie einen Moment, Herzogin «, er richtet das Ensemble und sie bedankt sich.

» Es muss ein furchtbarer Tag sein «, sagt sie dann und sieht resigniert, aber gefasst, zu Boden. *Er hatte sich nicht verändert.* Seit sie klein war, ist sie über ihn gelaufen. Er hat dieselben Dellen wie vor Jahren, die gleichen Kratzer zieren ihn. » Die Zeiten verändern sich, aber du bleibst doch immer derselbe «, sie schmunzelt.

» Das ist er, Ihre Durchlaucht, das ist er. « Friedrich schweigt lieber, als dass er etwas Falsches sagt und somit in Verunglimpfung fällt. Er stellt sich nun gerade hin, behält die Hände hinter dem Rücken und wartet, bevor die Herzogin fortfährt.

» Wir haben schon einige Tage durchlebt, schlimme, Friedrich, ich weiß, aber dieser, er ist so beklemmend und sicher einer der furchtbarsten. Es ist so schön, Sie hier zu sehen. Glauben Sie mir, Zeiten sind manchmal sehr veränderlich und doch bieten sie einen Halt. «

Friedrich war seit mehr als dreißig Jahren Hausverwalter des Anwesens von Stechow in Stargard. Über vierzig Jahre lebte er bereits in dem steinernen Gebäude am Rande der Stadt.

Als sie nun das vom Feuer im Kamin erwärmte Zimmer betritt, lässt sie sich auf einem der Diwans nieder und überlegt einen Augenblick, was sie in diesem Moment sagen soll. Ist es ihr überhaupt befugt? Sie ist sich nicht sicher, doch entscheidet sie sich. In ihrer Position ist man immer gezwungen, einen Entschluss zu fassen.

» Es tut mir so unbeschreiblich weh, euch in diesen Umständen antreffen zu müssen «, sagt sie dann und holt ein besticktes Taschentuch hervor.

» Aber Herzogin Margarethe, wir sind alle gerührt an diesem Tag. « Die drei erhobenen Töchter ihres Bruders und ihre Schwägerin Helene setzen sich.

» Was sind das nur für furchtbare Stunden? Ich sagte es bereits zu Friedrich «, beginnt sie wieder zu schluchzen und das Feuer im Kamin zischt. Sie erinnert sich, wie sie mit den Kindern auf dem Boden immer gespielt hat. Die einzelnen Bilder aus der Vergangenheit kommen in ihren Kopf, sie vermischen sich mit den Tränen, die Margarethe hernieder laufen.

» Wie ergeht es denn Johann? «, erkundigt sie sich erschrocken, » Er ist doch nicht etwa — «, entgeistert, und mit dem weißen Taschentuch vor ihrem Gesicht, sieht sie ihre Schwägerin an.

» Er steht in Korrespondenz mit den Gebrüdern Fuchs «, erklärt sie beschwichtigend und atmet einmal tief ein, an den Fenstern sieht sie, wie Regentropfen ihr Anwesen zeichnen. Die Landschaft ist trist, etwas Nebel hat sich niedergelassen und kein Mensch läuft über die angelegten Wege aus Sand.

» Ihr Vater war es schon, der damals auch die unseren Großeltern an sich genommen hat. Ich bin mir sicher, sie verrichten gute Dinge. « Margarethe kommt wieder zur Fassung und zieht langsam ihre Handschuhe aus. Kaum einer ist im Stande, etwas zu sagen.

Es war genau wie vor Jahren, als sie nach Winchester reiste, um die Familie der Baudelaires und die der Hampshires zu besuchen. Das Schicksal wiederholt sich, die Zeit steht nie still.

» Der Tod erreicht uns manchmal früher als erwartet, Kinder. Aber dieser Schmerz wird uns in Zukunft nur noch stärker machen, da bin ich ganz gewiss «, sagt sie und nimmt die Hand der erstgeborenen Tochter Anna zu sich. Bei aller Herzlichkeit der Wörter wirkt die Szenerie dennoch eiskalt.

» Wir sind sehr erfreut, wie schnell du kommen konntest, Tante Margarethe «, spricht Elise. Sie faltet ihre Hände und sieht hoffnungsvoll in die Augen der Schwester ihres Vaters. Elise war es, die Margarethe damals zu sich auf das Anwesen nahm, als sie von niemandem verstanden wurde. Seither verband sie ein ganz besonderes Schicksal und ganz besondere Erinnerungen.

» Aber das ist doch eine Selbstverständlichkeit. Ich habe mich sofort auf den Weg gemacht und die Diener angewiesen, als ich euer Telegramm erhalten habe. Was hat denn der Arzt gesagt? Ich habe nicht mitbekommen, dass es ihr so schlecht ergangen ist! Herr Gott, ich wäre doch viel früher gekommen «, fängt sie an und Schuldgefühle durchdringen ihr Herz. » Ach, ich hätte doch alle Hebel der Welt in Bewegung gesetzt, damit ich Zeit gehabt hätte! «

» Der Arzt meinte, «, beginnt Helene, » dass es ganz plötzlich aufgetreten sei. Wir haben ja selbst nichts mitbekommen. Meine Kammerzofe Emilie hatte mich geweckt, als es geschah. Karoline hatte wohl noch die Kraft gehabt, die Klingel zu betätigen. «

» Wie schlimm muss es sein, die letzten Minuten des eigenes Kindes zu erleben. Wie schlimm ist es, nicht zugegen sein zu können. «

Die Mutter der Verstorbenen war Helene von Holtzendorff, die Margarethes Bruder Johann von Stechow vor 26 Jahren zur Frau genommen hatte. Sie entstammte einer Adelsfamilie guten Geschlechts, der mehrere Anwesen nicht weit von Stargard gehörte und nun von ihrem Bruder Robert und seiner Familie bewirtschaftet wurden. Von ihrem Vermögen konnte man gut leben, zusammen mit Johanns hatten sie eine beträchtlich gute Finanz.

» Aber, gottlob, so soll es nicht sein, eine Fremdeinwirkung kann man ausschließen? «, Margarethe sieht sich im Raum um, der durch das Flackern der Flammen in eine mystische Umgebung verwandelt wird.

» Ja, «, sagt Anna, » es sei wohl durch eine bakterielle Infektion hervorgerufen, die sie sich, während einer längeren Zugfahrt von Strelitz bis hierher, eingefangen habe. Mehrere Passagiere meldeten dasselbe. « Margarethe guckt erstaunt und bedeckt ihren Mund.

» Aber das — «, möchte sie beginnen, wird jedoch von Lilly, der jüngsten, unterbrochen: » Der Koch habe zugegeben, dass er den billigen Fisch gekauft habe. Wir können also die genaue Herkunft nicht bestimmen. «

» Hat man ihn schon dafür schuldig gesprochen? Bei Gott, wenn nicht, dann werde ich es tun! « Voll Trauer wird sie hysterisch und ist drauf und dran, ihren Chauffeur zu rufen, der ein Brief aufsetzen soll.

» Nun beruhige dich doch bitte erstmal, Herzogin Margarethe. « Helene sieht sie an und deutet auf ihre drei Töchter, die nach der schlimmen Nacht wohl immer noch in tiefster Trauer standen.

» Was sind das nur für Zeiten geworden, in denen man sich nicht mehr auf sein Personal verlassen kann «, sie atmet schwer. » Aber du hast ja Recht, wir sollten jetzt erstmal Ruhe bewahren. Umso glücklicher kann man sein, dass sie nicht Opfer eines Verbrechens wurde. «

Als sie zu Ende spricht, betritt ihr Bruder Johann den Raum und umarmt seine Schwester.

» Oh, mein lieber Bruder. Es tut mir so fürchterlich Leid um den Verlust deiner Karoline. Aber ich bin wirklich da, wenn ihr etwas braucht. Bitte, sagt es mir. Ich lade euch auf mein Anwesen ein, wenn die Tage überstanden sind, bitte! «, vielleicht war es ihr so wichtig, weil auch *sie* viel mehr Unterstützung brauchte, als sie eigentlich zugab.

» Wir werden es einrichten «, sagt er kurz angebunden und teilt mit, dass Karoline nun weggebracht würde. In den nächsten Tagen fände die Beisetzung statt.

» Warum hat das Schicksal nicht einen von uns genommen, sagt es mir. Warum sie? Sie war doch noch so jung, sie hatte doch noch so vieles vor sich. Wie kann das Schicksal nur so ungerecht sein! Wir haben im Krieg niemanden verloren und nun, so kurz danach, da rafft es sie dahin? Warum nicht mich, Gott, ich würde alles dafür geben, dass man mich nähme. Wie kann es nur sein, dass etwas so ungerecht ist. Sie hatte ein so goldenes Herz, ein so tiefgehendes. Wie oft habe ich sie dafür beneidet «, sie schüttelt den Kopf und sieht, wie die Gebrüder Fuchs aus der Tür treten.

» Ich glaube, wir tragen alle unser Schicksal in uns «, sagt Elise. » Für die einen kommt es früher, bei den anderen später. Aber deshalb sollten wir nie im Leben daran verzweifeln oder denken. Wir sollten daran denken, dass wir etwas erreichen. Ja, so denke ich. Und das hat sie, Karoline muss ja was erreicht haben, dass du sie für so gutherzig erwählst. Sie hat ihr Leben nicht verwirkt, da bin ich mir so sicher! Pfarrer Stephan sagte; Gott sammelt zuerst die schönsten Blumen. «

Voller Hoffnung sieht Elise in die Runde und merkt, wie die Anwesenden lächeln. Sie habe wohl etwas richtig gemacht. Die sonst so zurückhaltende Elise, die immer im Schatten von Anna, Karoline und Lilly stand, war endlich ebenso bedeutsam geworden. Mit nur einer Antwort, mit nur einer Antwort würde sie das Leben von allen verändern. Margarethe hatte Gutes mit ihr getan.

Und vielleicht war auch *das* der Grund für den Tod der Karoline. Die Befreiung von Elises Fesseln, vielleicht wusste Karoline, wie es Elise ergangen war, vielleicht wusste es die ganze Familie.

» Ich bin so stolz auf dich, Elise «, sagt Margarethe und Helene geht auf ihre Tochter zu: » Damit hast du so sehr Recht, mein Engel. «

» Aber war es nicht gerade Recht? Wir haben niemanden im großen Krieg hinterlassen, wir sind so gut davon gekommen. Und jetzt seht; wir haben nur einen Menschen verloren, auch wenn es so schlimm sein mag «, sagt nun der Vater und blickt in unsichere Gesichter.

» Oh, Johann, wie kannst du nur so gefühllos sein? «, seine Schwester ist entsetzt. Die anderen wissen ebenfalls nicht, was sie dazu sagen sollen.

» Wir leben so gut, Margarethe, da draußen werden immer noch ganze Familien zerstört. Ich bin tief mitgenommen durch den Tod meiner zweitältesten, ja, das bin ich. Aber ich sage auch, dass es nicht ungerecht ist. Du hast doch auch selbst Elise beigewohnt. Mit welchen Problemen beschäftigen wir uns. Sollte uns der Tod Karolines nicht Anlass geben, dass wir unsere Welt verändern sollten, so, wie sie es stets versucht hat? Noch mehr dafür zu geben, dass wir alle in Frieden leben, glücklich, dass wir alle genug zu Essen haben und uns nicht in unserem Geld suhlen? Manchmal könnte ich den Verstand verlieren, worüber wir uns in diesem Haus, diesem Zimmer beklagen; in einem Zimmer, welches eine Wandvertäfelung aus Gold hat, wo sich die Menschen mit Edelsteinen schmücken, in Zeiten, in denen andere ums Überleben kämpfen. «

Und als Johann von Stechow die Worte fällte, in der Ferne die Kirchturmglocken läuteten, der Regen an den Fenstern seine Spuren hinterließ, da zog ein Schatten über Stargard. Ein ganz argwöhnischer, einsamer Schatten, der ein Mysterium enthielt. Niemand wusste, was zu sagen war. Zum ersten Mal verstummten die hochwohlgeborenen Damen. Ihre Herkunft wusste darauf nichts zu antworten.

25. Juni 2018

GEDANKENNEBEL

Ich mit mir alleine:
— *Da sind Gedanken, Reime*
Sie sehen in die Sterne

In die Sterne sehen sie
ganz alleine, die
Gedanken, diese meinen

Dann fühle ich und reime
ich mit mir alleine
Was ich alles sagen will

Will ich alles sagen?
Da sind so viele Fragen!
Was kann so ein Gedicht?

Ein Gedicht, die eine Zeile
Hektik in der Weile?
Oder nur ein plumper Satz?

Ich greif' nach den Gedanken
und komme schnell ins Wanken
Soll'n das nun die meinen sein?

Ich erkenne nicht den klaren Schein

Szenerien

Flügel spannen, weiter fliegen
in großen Kämpfen einsam siegen
Mutig schreiten, ›*selber sein*‹
» Das ist's wert, sei nur allein! «

And're Leute glücklich seh'n
›*Selber sein*‹, alleine steh'n
Übertreiben, aussprechen
— *an Gedanken leis' zerbrechen*

30. Mai 2018

WIR STEHEN UNTER STERNEN

Bald ein neues Jahr und bald ein neues Leben
Kommt es doch geschwind, unser Glück wir ihm nun
   geben
Wir sehen in die Höh' und stehen unter Sternen
Küssen, lieben, lachen. Sehen in den fernen

Zeiten neues Leben: *zwischen uns ein neuer Traum*
Es ist ein kleiner feiner — Wunsch, der nur ganz kaum
unser schier ersichtlich ist. Der doch so unreal
manchmal Glück und manchmal Pech, doch für alle
   nun einmal

ein kleiner Traum, ein feiner ist
— *Er ist ein neues Leben!*
Wir stehen unter Sternen
und müssen so viel lernen

30. Dezember 2017

ADAGIO

Leb' nur für dich
und lieb' nur allein
Gib dich nicht hin
diesem einsamen Schein!

Du *bist* viel mehr wert
als was man dir zeigt
Vertraue dir selbst
egal, wie's sich neigt

15. Mai 2018

DER AUFSTIEG UND FALL RICHARD ALEXANDERS

Gewidmet Mary Wagner

Es war eine sternenklare Nacht gewesen, als der Schrei eines Neugeborenen durch die Weiten der britischen Grafschaft Cornwall hallte. Hirten und Könige kamen, um das Kind zu bestaunen. Über alle Berge und Täler, über die sandigen Dünen der Küste im südwestlichen Britannien vernahm man einen Warnruf, der die Veränderung der Zeit bedeutete. Es war der Schrei eines Kindes, welches die Welt in eine andere verwandeln würde. Es war der Schrei eines Menschen, welcher das Schicksal mit so vielen anderen Persönlichkeiten der menschlichen Schöpfungsgeschichte teilen sollte. Vielleicht sind Personen unikal, Schicksale waren es nicht.

RICHARD ALEXANDER BEAUFORT, Sohn einer französischen Familie adeligen Geschlechts, entstammte der ersten Generation von Einwanderern in das britische Herrschaftsgebiet. Hundert Jahre stritten sich Briten und Franzosen um Ländereien, um Alderney und Guernsey, und um die Vorherrschaft Europas, ein idealer Zeitpunkt, um die Gunst der Stunde zu nutzen und die Lage für sich zu gewinnen. So ging es vielen Menschen jener Zeit: die Erfolgreichen hatten ein Gespür für gute Möglichkeiten gehabt. Die Chancen der Familie Beaufort standen mehr als hervorragend. Viele Menschen verschenkten ihr Leben, als sie in den Krieg zogen. Herzogtümer wurden besitzlos, weil ihr jeweiliger Herrscher um die Ehre eines Landes kämpfte, das nicht mal seinen Namen kannte. So hatte Richard Alexander dank seiner so gütigen Vorfahren ein fabelhaftes und erfolgreiches Leben vor sich, seine Eltern bestimmten ihn dazu. Als Individuum männlichen Geschlechts besaß er wohl die beste Möglichkeit, in die höchsten Hierarchien der Weltmächte empor zu steigen, einen festen

Platz zu finden und eben diesen auch noch für unbestimmte Zeit an sich zu binden. Eines Tages würden seine Nachfahren Ländereien besitzen oder an entscheidenen Unterhaltungen im Königspalast teilnehmen. Sie würden Kriege führen, Schlachten gewinnen und sich auf ihren so gloriosen Vorfahren berufen: *Richard, Richard, oh, Richard Alexander!*

Richard, du bist ein König, eine Legende — du wirst es immer sein. Das Schicksal ist dir gnädig.

Von Richard Alexander Beaufort wurde viel erwartet. Er sollte kein einfacher Bauer werden, kein Landsjunge und mit minderem Intellekt verstummen. Sein Schicksal war von Anfang an durch die Macht, Kraft und das Begehren seiner Eltern, die ihn unfreiwillig in diese Welt setzten, bestimmt. Als ältester Nachkomme der Familie Beaufort waren alle Mittel nur auf *ihn* ausgelegt, er war das Schicksal einer gesamten Blutlinie. Richard Alexander war nicht nur Richard Alexander Beaufort gewesen, Richard Alexander war der Sohn französischer Adeliger, die ihr Hab und Gut in Frankreich zurücklassen mussten, um in Britannien ein neues und besseres Leben zu beginnen. Macht war die Quintessenz zum Erfolg, *ihrem* Erfolg. Macht war das beste, was ihnen nur geschehen konnte. Das Schicksal *dieser* Familie war ebenso besiegelt wie das Schicksal aller anderen.

Als Richard Alexander alt genug gewesen war, vertraute man ihn unverzüglich dem nächstgelegenen Kloster an, den Mönchen, die den jungen Herrscher dort unterrichteten. Seine leiblichen Eltern und die vielen kleinen Geschwister, welche später als Zeitzeugen in die Geschichte eingehen sollten, insofern sie denn Krankheiten und Kriege überlebten, sah er nie wieder. Die Macht eines Namens erforderte Opfer. Seither war es die *Familie* gewesen, die sich für Ruhm und Erfolg ihrem Schicksal ergab. Richard Alexanders Schreib-

und Lesekünste fanden ihre Professionalität und schnell
wurde dann der kleine Junge von einer gutbürgerlichen
Adelsfamilie adoptiert, die weder Kinder bekommen
konnte, noch einen Anwerber auf ihren Machtanspruch
hatte. Das Leben war wie ein Puzzlespiel: *Es setzte sich
immer alles zusammen.* Richard Alexander war unaufhalt-
bar gewesen.

Sodann der junge Richard Alexander erwachsen wurde, seine Zieheltern bei einem Putsch durch
Hintermänner tragischerweise ihr Leben ließen, war er
mit 13½ Jahren der jüngste Regent, den die kleinen
Herrschaftsgebiete kennenlernen durften. Aufgestachelt
und mit voller Dankbarkeit von Gottes Gnaden bestimmt, führte er entscheidende Schlachten gegen seine
Gegner, die umliegenden Grafschaften, die nur durch
eigene Kapitulation ihrer Vernichtung entgehen konnten. Wer ihm nicht hörig war, musste gehen — von
dieser Welt. Richard Alexander war blutrünstig, tapfer
und siegessicher. Die Chroniken seiner Zeit verfassten
viel über ihn, den mutigen Herrscher, der gegen jeden in
den Krieg zog, der gegenüber seiner in Ungnade gefallen war.» *Von Gott gesandt* « schrieben sie, die verwun-
derten Menschen, die mit dem Wort ›Macht‹ noch nicht
viel anfangen konnten. Seine bemerkenswerten Erfolge
glichen Wunder, sein Glück und die Erzählungen
Erfindungen einfacher Leute.

So war der Aufstieg Richard Alexanders zweifelsfrei von
Gott bestimmt, durch die Mittel seiner Eltern gefördert
und mit Bildung fundiert. Es war ein glanzvoller Aufstieg, vielleicht ein typischer. Die Macht seiner Zeit war
Bildung gewesen, eine Kraft, die viele unterschätzten.
Richard Alexander war an dem Höhepunkt seiner Karriere angekommen wie schon viele vor ihm. Er reihte
sich in die Riege bedeutender Persönlichkeiten ein. Cae-
sar, Alexander der Große oder auch Jeanne d'Arc waren
seine unmittelbaren Wegbegleiter geworden. Richard
war einer von ihnen, er war ein Kämpfer, ein glückli-

cher, ein erfolgreicher Mensch geworden. Richard war etwas besonderes, er war nun einer von ihnen: *mit Macht gesegnet, mit Lust, die Welt zu verändern, und mit der Gabe, durch seine Rhetorik die Massen für ihn und seine Visionen zu begeistern.* Sein Aufstieg war eine Ideologie, er wollte sich durchsetzen und die Welt verbessern, so, wie er es sich vorgestellt hatte. Er hatte alles in der Hand: *die Zeit, das Geld, das Glück, aber sicher nicht das Schicksal.* — Das hatten sie alle gemein. Sie bewegten so viel, doch das Schicksal hatte andere Pläne. Ihre Ideen, die jeder als gut und als ›die beste‹ erachtete, siegten und scheiterten an der Gunst ihres Umfelds.

In den Schriften der alten Gelehrten stand es schon geschrieben: Bedeutsame Persönlichkeiten, sei es Karl der Große oder Perikles, genossen nicht aufgrund ihrer positiven Wertung den Erfolg, nein. Die Macht des Ruhms lag nicht in der Wertigkeit der Taten, sondern nur in dessen Erfolg. Moral war kein Kriterium, um bekannt zu werden. Die Verehrung eines Menschen lag niemals in dessen Gewissen. Erfolg und Ruhm existieren neben der Moral, sie bedingen sich nicht gegenseitig. Neben Iwan dem Schrecklichen und Vlad dem Dritten gab es noch etlich weitere, die den Ruhm und die bis heute stückweite Verehrung durch ihre verhängnisvollen Taten erreichten. Ihre Namen würde niemand vergessen, später nannte man sie Hitler, Franco oder Pinochet.

Es waren etliche Verhandlungen seitens der Großmächte Britanniens nötig, um Richard Alexander Beaufort zu stoppen und seinen Herrschaftsanspruch in Grenzen zu halten. So saß er tatsächlich mit den Größten der Welt am Tisch, speiste und dinierte mit ihnen, besprach die militärische Lage. Er wurde ganz offiziell in den Adelsstand erhoben, bekam das Mitspracherecht über die Ländereien des kompletten Königreiches. Gelder flossen in die Hände Richard Alexanders und sein Erfolg hätte kaum größer sein können. Und dennoch sah er seine Eltern nie wieder, vielleicht tötete er seine Geschwister, als er gegen andere Ländereien in den Krieg zog.

Macht kennt keine Grenzen, Emotionalität ist nur der Überrest minderer Triebe. Wer erfolgreich sein möchte, muss strategisch denken. Wer fühlt, verliert. Das ist bis in die Gegenwart eine bewährte Methode, um erfolgreich zu sein. Du verlässt, bevor du verlassen wirst.

Richard Alexander studierte unnachgiebig seine Schriften über die Machtstrukturen seiner Zeit und verzweifelte. Was hatte er zu tun, damit seine Macht in den späteren Zeiten in ein gutes Licht gerückt, damit er als ›gut‹ und ›stark‹ anerkannt würde? Er las über den Fehler Jeanne d'Arcs, sich mit der Kirche anzulegen und über den des Caesars, den Aristokraten zu vertrauen. Sie verloren ihre Macht, als sie auf dem Höhepunkt waren. Selbst Friedrich II. starb, wenn auch an Typhus. Dieses Schicksal wollte Richard Alexander nicht bestreiten. Aber er wusste auch: Macht war nicht unumstritten. Zeit war immer endlich. Unantastbare Macht war unmöglich.

Er kam zu dem Schluss, dass er seine Gegner liquidieren musste. Es war die logische Schlussfolgerung einer Person, die nur darüber gelesen hatte, wie die Feinde der Mächtigen sie zerstörten. Als Vorreiter der Demokratie, wie es schon die alten Griechen gelehrt hatten und die Römer es nachahmten, führte er sein Land. Zuckerbrot und Peitsche waren seine Mittel, um die Masse zu besänftigen und sie in seine Methodik einzubauen. Doch was waren das für Menschen, die gegen ihn protestierten? Was waren es für Personen, die mit allem unzufrieden waren, Richard Alexander richten wollten? — Die mit Gewalt gegen eine friedliche Welt vorgingen. Richard Alexander hatte doch nur Gutes im Sinn, für alle, alle sollten sich glücklich schätzen! War es richtig, die Gewalttätigen mit Gewalt zu stoppen, wenn man die Gewalt doch verabscheute?

Die Frage zerriss ein ganzes Land und hinterließ noch eine tiefere Kerbe. War es intolerant, die Intoleranz im Sinn der Toleranz zu bekämpfen? War es nicht so widersprüchlich, eine Grafschaft zu leiten? Hatte die Toleranz die Möglichkeit, sich gegen die Intoleranz, die ihr so entscheidender Gegner war, zu wehren?

Richard Alexander Beaufort war schließlich älter geworden, als er es erwartete. Sein Herrschaftsbereich hatte seine Größe behalten. Doch anstatt seinen Ruhm auszubauen, wie es sein Gefolge wünschte und danach lechzte, versagte er. Richard Alexander konnte nicht nach noch mehr Macht streben, ohne seinen eigenen Einfluss aufgeben zu müssen. Doch das stand dem Richard nicht im Sinn, bei Weitem, der Richard Alexander hatte keine Wahl. So oder in einer anderen Weise hätte Richard Alexander seine Würde, sein Haupt und seinen Ruhm verloren, ungefähr wie Marie Antoinette oder Ludwig der sechzehnte. Sie alle begingen Fehler, was würde *seiner* sein?

Zusammen mit dem verfeindeten Königreich Irland und Schottland schloss er einen Pakt, der in seine Geschichte eingehen sollte. Perfide hatte er ihn ausgearbeitet, er war das Meisterwerk seiner diplomatischen Karriere gewesen. Er malte sich aus, wie sie ihn nennen würden — seine Nachfahren. Richard, der Erfolgreiche; Richard, der Eroberer; Richard, der Weise. Richard, Richard, **Richard**. Welche Autoren würden über ihn schreiben, welche Dichter sein Werk beurteilen und ihn über die Zeiten hinweg leben lassen? Er war Richard Alexander Beaufort, gottesgleicher Herrscher über die britische Insel.

Sodann zog er mit den genannten Königreichen in den Kampf gegen seine einstigen Verbündeten. Blut und Tränen flossen, Gelder wurden in die Waffen gesteckt und einstige Landschaften dem Erdboden gleich gemacht. Und auch wenn es für Richard Alexander am Anfang so gut aussah, so erfolgreich, so war es gar nicht sein Feind, das ihm im Kampf gegenübertretende Königreich, was ihn schlussendlich besiegte.

Es waren seine Gefolgschaften, die ihn verrieten. Es waren seine eigenen Anhänger, die sich gegen ihn wandten und seiner Macht ein Ende bereiten wollten. Aufstand von innen und Krieg von außen führten dazu, dass eines Tages der Richard Alexander, der nach so viel Macht und Ländereien strebte, auf einem mit Holz umschütteten Podest stand und sich in den Flammen seinem Schicksal hingab. Als Kind geboren, als Held gefeiert und als Ketzer gestorben, verbannte man ihn in die Unwichtigkeit, in die Verdammnis, und *das* führte *dazu*, dass an den einst so gefeierten Richard Alexander eher feindlich als freundlich gedacht wurde.

Nachwort

Der Aufstieg und Fall Richard Alexanders ist kein Einzelfall, wie er nur einmal in tausend Jahren vorkommt. Wir bewundern Menschen für ihre guten Taten, doch entdecken früher oder später, dass unsere gefeierten Helden und Heldinnen auch nur Personen und damit Opfer ihrer selbst sind. Plötzlich werden Fehler und die viel zu groß gewordene Macht erkannt, die bekämpft werden muss. Unsere Heiligen werden schließlich Menschen, unser Wunsch nach einer Übermacht verschwindet abrupt. Wie viele Gesichter gab und gibt es in der Menschheitsgeschichte, die nach Ruhm und Ehre lechzten, selbiges bekamen und dann durch andere gestürzt wurden? Seien es die vorhin genannten, oder eben andere, private Schicksale, die erst verehrt und dann verachtet wurden.

Die Wandelbarkeit der Menschen ist eine große Gefahr für viele. Sie zerstört den Fortschritt, den Ruhm einer jeden Person, nur weil Menschen andere vergöttern im Versuch, sie als etwas ›Gutes‹ einzuvernehmen. Der Versuch, die menschlich gewordene Göttlichkeit zu finden und zu beschreiben, führt schlussendlich, egal, ob tatsächlich ›gut‹ oder ›böse‹, in den Tod, in das Verderben. Derjenige trägt ein Zeichen, ein Siegel, das für die Menschen seiner Umgebung unbewusst ausradiert oder beschönigt werden muss. So sieht man es vielleicht im bekanntesten Beispiel: Er trägt den Namen Jesus Christus, als Mensch gewordene Göttlichkeit endete er am Kreuz und der Rest der Geschichte ist wohl detailreich bekannt. Aber wenn man schließlich sieht, warum Christus sein Schicksal nehmen musste, fallen einem die Taten ein, die negativen, die fehlerhaften, die ihn erst zu einem Menschen gemacht haben und dadurch zu seinem Nachteil wurden.

Richard Alexanders Fall war vorherbestimmt. Er hätte es vielleicht ändern können, hätte er sich mit seinen Taten zurückgehalten und wäre mit anderen in

Bündnisse getreten — hätte er das getan, was sein Gefolge von ihm erwartete, so hätte er sein Schicksal vielleicht umgangen, aber hätte keine Macht mehr gehabt. Seine Priorität, mächtig zu sein, übertrumpfte sogar seinen Wunsch, lebendig zu bleiben. Richard Alexander war nur eine Puppe der Weltgeschichte, eine Marionette, ein weiteres Beispiel dafür, wie vergänglich die Meinung anderer Personen ist: *Sie sind wandelbar, wie es der Mensch selbst ist.* Sie ändert sich stets, oftmals im kleinen Rahmen, der zu Nichtigkeiten führt. Aber ja, auch *das* darf man nicht verachten. So ist es doch auch ausschlaggebend für Luther gewesen, einem Antijudaisten, sich seinem Gefolge, seinem Zeitgeist, nach seiner Reformation hinzugeben. Wäre er weiter seinem Drang, die Welt zu verändern, nachgekommen, so wäre er heute nicht derjenige, den wir als Namen in unseren Straßen tragen. Wir würden keine Namen bewundern, deren Träger und Trägerinnen dazu aufgerufen haben, Gotteshäuser zu verbrennen. Wir würden nicht Stauffenberg als Helden verehren, wäre er nicht den Märtyrertod gestorben. Auch *er* hat das System bis 1944 unterstützt, auch *er* bemühte sich aktiv, aufzusteigen. Menschen sind wandelbar und ein jeder sollte sich darüber Gedanken machen, wie weit man geht und wann man sich zurückhalten sollte. Es ist wichtig, seine Grenzen zu kennen, seine Moral zu behalten, auch wenn der Zeitgeist anderes erwartet.

Richard Alexander Beaufort starb als kleine Geschichte in einem Bündel von vielen weiteren. Aber sein Schicksal, das teilt er sich mit so vielen anderen, die bis heute ungenannt sind. Mit vielen, die verachtet und mit vielen, die verehrt sind. Er ist kein Einzelfall, er ist nicht nur Richard Alexander.

CHARLOTT

Er steht vor der Tür und kommt nicht hinein
Sie hört ihn klopfen an ihrem Heim
Ihre Hand geht langsam zur Tür
Sie wünschte, er wäre bei ihr

Draußen regnet's, es ist kalt und ein Wind
weht um die beiden: *wie einsam sie sind*
Die Holztür als Mauer, die Dornen am Haus
wehren ihn ab, es ist ihr ein Graus

Doch was soll sie tun? Wie verzweifelt sie ist!
Sie weiß, wie er ist und denkt an den Zwist
von den beiden, wo er so schlimm war zu ihr
Und doch wünschen beide: *er wäre hier*

Er steht vor der Tür und es leuchtet ein Licht
Sie steht dahinter: *ein Herze zerbricht*
Was soll er nur tun, sie will ihn ja nicht
und doch stehen beide: *ganz dicht an dicht*

Der Mond scheint hell auf das Haus und die Frau
Sie steht an der Klippe, ihr Kleide ist blau
Sie dreht sich um und vermisst ihn sodann
Sie vermisst ihren Retter, ihren liebenden Mann

Fünfzig Jahre voll Trauer und Leid
Er fleht nach ihrer Einseeligkeit
Sie träumten einander, begehrten sich sehr
und doch ist die Zeit schon so lange her

Beide wollten, *keiner* traute zu sein
dem anderen ein rettender Schein
Die Liebe von ihr und dem sehnenden Er
verschwimmt in den Träumen vom nächtlichen Meer

27. Mai 2018

Du warst mein Glück

Zu Tode betrübt und traurig zugleich
betrete ich das himmlische Reich
Ich betrete es in der Hoffnung auf Glück
Ich kann es nicht wollen, gehen zurück

Ich stehe im Reich und bilde mir ein:
» Es muss das himmlische, endliche sein! «
Ich stehe im Reich und suche um mich
du bist nicht hier: *ich bin nichts ohne dich*

ICH LIEBE ZU VIEL

Ich liebe mit Herz, ich liebe so viel
doch erreich' ich es nicht: *mein endloses Ziel*
Ich sitze im Elend und entrinne ihm nicht
— Das Elend verdeckt die so schöne Sicht

Ich bin so alleine und liebe so sehr
Ich will dich berühren, ich will noch viel mehr!
Doch wenn ich dich sehe, der Traume erglüht
seufze ich laut: » *meine Hoffnung* « … verfrüht

Ich träum' von der Schönheit und bleibe allein
Ich liebe nur dich und wünscht', es soll sein
Doch bin ich nicht dumm, nur quirlig und klein
Du wirst mich nie lieben, *ich sehe es ein*

26. November 2017

GEMEINSAM TRÄUMEN

Du läufst mit roter Tasche den Hügel hoch zum Berg
Du gehst mit schnellen Schritt, ich hinter dir und merk'
dass ich ja nur ein Niemand bin: in einer Welt,
      die anders ist als meine
Du bist mein Held, mein so schönes Licht, ich träum'
      nicht mehr alleine

Und in dieser Welt, ich seh' dein Gesicht
da will ich kein'n ander'n: *ich sehe nur dich*
Wie schön muss es sein, für dich gibt es mehr
Liebe ist wahrlich ein Spiel — und nicht fair

Und so träum' ich ein Leben: *ein Leben von dir*
Ich träume so echt, doch *du* bist nicht hier
Es bleibt mir zu hoffen, dass ich stetig seh'
gemeinsam mit dir den Weg wieder geh'

      15. Januar 2018

HOFFNUNGSTRÄUME

DORT STAND ER. — Er; mit den braunen Haaren, der gemusterten Sonnenbrille und der schwarzen Mütze. Er trug eine braune Tasche, einen schwarzen Mantel, der bis zu den Knien seiner langen Beine reichte, und einen roten Beutel, der mit seinen Einkäufen vom Wochenmarkt gefüllt gewesen sein musste. Er sah in meine Richtung. Er stand mir direkt gegenüber und ich wusste, dass er die sich küssenden Menschen hinter mir neidisch anblickte. Ich beobachtete sein Gesicht und wie er es leicht verdrehte. Ganz blass und verwundbar wirkte es in diesem Augenblick. Vielleicht sah ich dort auch ein bisschen Neid, vielleicht ein bisschen *Sehnsucht*.

Ich wusste, dass er am Morgen immer mit einer Zeitung, diese mit dem türkisen Banner, den Bus bestieg und ihn dann dort verließ, wo wir uns stets begegneten. Er blätterte immer etwas im Tageblatt, regte sich auf, lächelte und lachte — so wechselbar, so anders und doch so allein. Ich beobachtete ihn und er sah mich nicht an. Er lebte in seiner und ich in meiner Welt. Ganz für uns alleine erreichten wir Dinge, die in unsere Leben passten und keine Schnittmenge mit denen der anderen bildeten.

Manchmal sprachen wir dann *doch* miteinander, manchmal, wenn uns langweilig war und wir der Einsamkeit entfliehen mussten. Wir verabschiedeten und grüßten uns, erzählten uns nichtige Dinge, die von ganz normalen Menschen gesagt werden würden, um nicht aufzufallen. Das wussten wir beide und hatten nicht den Anreiz, irgendetwas an dieser Situation zu verändern. Wir waren so verschieden, so gleich, wir belogen uns selbst und den anderen — genauso, wie es der gesellschaftliche Brauch erwartete. Danach lächelten wir zufrieden. Er erzählte mir von seinen Pflanzen, den Rezepten, die er mit ihnen kreierte und verfeinerte, wie er sie anwandte, wenn er krank wurde, oder jemandem damit half, der ihm nahestand. Er erzählte mir davon, wie er träumte, schloss den Gedanken aber nur mit Hirngespinsten ab. Manchmal waren es nur Bruchstücke, die er von sich gab, nur kleine Fetzen, die keinen logischen Zusammenhang ergaben. Ich wusste, welche Wünsche er hatte.

Öfter, wenn ich alleine bin, stelle ich mir vor, wie sich dieser Junge auf der Straße mit jemandem unterhält. Ich stelle mir vor, wie er andere anschreit, weil sie nicht seinen *Grundsatzprinzipien*, so nannte er es zumindest, entsprächen. Er würde ihnen dann zeigen, wie er seine Definition von Toleranz und Intoleranz wählt. *Und ich stünde dabei.* Häufig verliere ich mich dann immer in meinen Gedanken und sehne mir herbei, wie sich unsere Hände berühren, unsere Herzen sich treffen und die Münder sich öffnen. Aber das alles waren Gedanken, die nur von einer schäumenden Fantasie geprägt waren. Hoffnung war für mich etwas geworden, das ich nicht verkraften konnte. Etwas, das ich so sehr verabscheute, ein fürchterliches Gefühl, das sehr unangenehm war, ein Gefühl, welches sich für mich stets zwangsläufig in Zurückweisung und Enttäuschung verwandelte. Es kam in meinen Magen, war warm und unangenehm, einfach ein schreckliches Gefühl. *Das* bedeutete ›*Hoffnung*‹ für mich. Wie ein Gefängnis hielt mich die Hoffnung, wie ein Kerker sperrte sie mich in mein Leben. Ich wollte nur frei sein, frei von all diesen *Hoffnungen*, von allen *Gefühlen* und von allen *Gedanken*, die mich in *Träume* entführten. Während die Hoffnung einige Leute am Leben hielt, tötete sie mich. Inzwischen war es nicht mehr untypisch gewesen, dass ich sagte, es nicht verdient zu haben. Ich tat es, um mir andere Gedankengänge zu ersparen, die wesentlich schlimmer als *Hoffnung* waren.

Ich weiß noch, dass ich ihn oft im Theater gesehen habe. Er saß alleine, neben ihm die Tasche, auf dem Tisch Schokolade, die er heimlich aß. Ein paar Plätze weiter kamen dann Pärchen, Freundschaften und er war mittendrin. Er folgte mit seinem Kopf den Liebeleien, dem Glück der anderen und fühlte sich sicher so alleine, wie ich es tat, wenn ich ihn beobachtete und versuchte, in seinen Kopf zu schleichen und seine Gedankengänge zu erraten. — *Wenn ich versuchte, bei ihm zu sein.*

Ob er mir den Platz neben sich frei räumen würde, damit ich mich setzen dürfte? Ob er meine Zuneigung erwidern und in meinen Armen seine Gedanken, seinen Kopf legen würde? Ich weiß es nicht und es machte mir so viel Angst, das herauszufinden. Da war sie nämlich wieder: Die *Hoffnung*, die Hoffnung auf Zeiten und Gefühle, auf Momente, die niemals stattfinden, Gefühle die niemals erwidert würden und auf Gespräche, die niemals Worte fanden. Es waren die Bruchstücke eines *anderen* Lebens, welche ich nicht verstand und welche vielleicht nie verstanden werden wollten, ein Leben, welches nur vorhanden war, um zu existieren, ein Leben, dass das Beste aus dieser so befangenen Situation zu machen versuchte.

Ich dachte daran, dass er mir vielleicht seine Hand geben, wir zusammen auf dem Parkett im Saal des Lebens tanzen würden. — *Gemeinsam, einsam und doch zweisam.* Es waren Gedanken, die mein Herz natürlich höher springen ließen, die mein Blut wärmer machten und vielleicht auch meine Welt schöner gestalteten. Doch es waren *nur* Gedanken, Träume, Wünsche. Es waren Dinge, die man sich selbst schöner redet, perfekter, vollkommener, als sie eigentlich sind. Doch ist das Vollkommene nicht so schwierig zu erreichen, so *falsch*? Welches Leben ist schon vollkommen, welcher Mensch ist es? Warum wird jeder Mensch, der bewundernswert empfunden wird, als *außergewöhnlich* beschrieben?

Ich wundere mich nicht, dass die Liebe, dass Gefühle eines so starken Extrems, die von einer solchen Intimität geprägt sind, Wunder, so häufig in Märchen und antiken Erzählungen erscheinen. Ich wundere mich nicht darüber, dass so viele Menschen dabei versagen, dem anderen treu zu bleiben, dem anderen die Hand zu geben und über den Wolken zu fliegen.

Und doch wird sich darüber gewundert, dass unter den Wolken, obgleich Nummer sieben oder nicht, ein großer Regenschauer die Landschaft segnet.

Ich hatte eine derart große Angst, dass ich ihn verletzen würde. Es war, als sei ich selbst mein Kerker, ich selbst war meine Hoffnung. Schließlich resultierte sie aus *mir*, aus meinen *eigenen* Wünschen und Träumen. Ich selbst konnte mich nicht überwinden, die Hoffnung zuzulassen und mit ihm darüber zu sprechen, wofür mein Herz so sehr flammte. *Nur für ihn.* Wie sehr wäre ich gerne bei ihm gewesen, in jeder Minute meines Lebens, bei jedem Atemzug.

Gibt es einen Unterschied zwischen ›träumen‹ und ›wünschen‹? Wenn wir träumen, betreten wir eine Welt, die uns unsere Hoffnungen und Wünsche darlegt. Träume sind Illusionen. Ein Traum zeigt uns Ängste, Gefühle, Schmerzen, aber auch Liebe, irrationale Handlungen und Beweggründe, bis wir aufwachen und uns manchmal an das Wenigste erinnern können. — Dann werden aus Träumen nur noch ein paar Gedanken, die in der Tiefe der Unendlichkeit versinken.

Wünsche sind Imaginationen, die wir von, uns logischen, Gedankengängen kreieren, eine perfekte Welt, eine Welt, die handelt, wie wir es wollen. Wir streben danach, nicht nur bewundert, sondern auch geliebt zu werden. Ein jeder *wünscht* anders, ein jeder *träumt* anders. ›Wünschen‹ tun wir bewusst, ohne Ende, immer, den ganzen Tag, bis man schließlich in Tagträumen versinkt; Wünsche, die wir uns so sehr erträumen, dass wir ganz vergessen, wie die Realität ist. Ich *wundere* mich nicht darüber.

Ich träumte von ihm, wünschte mir, dass wir zusammen im Bett liegen und uns tief in die Augen sehen würden. Wir würden unter Sternen liegen, unter unseren Träumen, Hände halten, Wolken vorbeiziehen sehen und von all den Vorwürfen und Ängsten loslassen können. Aber es waren *Träume*, es waren *Wünsche*, die von einer blühenden Phantasie geprägt waren, wie Märchen, wie antike Sagen, wie Perfektion. Meinem Kopfe entstammten immer die großartigsten Utopien, hatte ich den Eindruck.

Und als ich wieder dort stand, er mir gegenüber lächelnd, da war ich mir zum ersten Mal unsicher, ob er nicht doch *mich* meinte, ob sein roter Schal, den er schwungvoll über seine Schulter legte, nicht *mir* gewidmet war. Zwischen dem unendlichen Schwarz glänzte eine Farbe, die so sehr die Liebe verkörperte wie keine andere. Vielleicht wollte er *mich*, vielleicht fand er *mich* sympathisch. Vielleicht war es aber auch nur eine *Hoffnung*, nur ein *Wunsch*, der den Tiefen meiner *Träume* entstammte.

Liebe und Sehnsucht, ein Paar, welches sich so verheerend zugeneigt gewesen war.

Hat nicht jeder eine andere Definition von Liebe, eine andere Erfüllung seines ›*Seins*‹, seines ›*auf Erden Wandelns*‹? Was war seine? Er sagte es mir nicht. Er lachte oft so süß, so unwiderstehlich und drehte sich so schwungvoll um, wenn er zu seinem Bus musste. Ich sah ihm hinterher, in Träumen, und wünschte, dass ich mitgehen könnte. Ich wünschte so viel, träumte noch mehr und realisierte beinahe alles. Ich realisierte die chemischen Prozesse in meinem Körper, meine Gedankengänge, die Gänsehaut, wenn ich ihn sah, die sinnlosen Bemühungen, mir etwas vorzustellen, die Hoffnung, dass es nicht eintreten würde: Gemeinsam zu leben, gemeinsam zu lachen, zu essen, zu lieben, zu malen, gemeinsam zu küssen, gemeinsam ›einsam‹ zu sein.

Ich kann mir nicht helfen, dass ich ihn so sehr mag, dass ich so sehr das Verlangen habe, mit ihm den Rest meines Lebens zu verbringen, gemeinsam im Theater zu sitzen, gemeinsam über seine Pflanzen, die er alle benannte, zu sprechen. In meinem Kopf schwirrte sein Name und ich konnte mich gar nicht mehr auf mein eigenes Leben konzentrieren, auf das, was ich machen musste. Er warf mich völlig aus der Bahn: mit seiner Stimme, den Augen, den Haaren, dem Mund, dem Körper, den Handlungen, meinen Wünschen. Ich erträumte mir etwas, was es vielleicht gar nicht gab. Ich konnte mir nicht helfen, ihn zu lieben, für ihn da sein zu wollen und ihn kennenzulernen. Ich wollte ihn streicheln, ihn küssen, ihn begehren, ihm zeigen, wie wichtig er für mich war. Ich wollte und wünschte und träumte. Und bald schon, da war es, dass sich alles vermischte. Da gab es keinen Unterschied zwischen ›wollen‹, ›träumen‹ und ›wünschen‹ mehr. Es war genau das, wovor ich so sehr Angst hatte. *Die Hoffnung übernahm meinen Körper. Ich sah ihn den ganzen Tag.*

Es ist so schwierig, heute jemanden zu finden, der einen so sehr mag, wie man Gefühle für ihn hat. Es ist so schwer, es ist *so* schwer, jemanden zu finden, zu haben, der etwas möchte, was über eine Nacht hinausgeht. Es ist so schwer und ich habe aufgehört, zu kämpfen. Ich überlebe es nicht, meine Hoffnung, meine eigene Hoffnung überlebe ich nicht. Ich bin der Grund für meinen Tod, ich werde es sein, weil ich zu viel fühle, zu viel hoffe. Er wusste nichts davon und ich träumte so oft, dass er an mich denken würde. Ich wünschte mir, dass sich unsere Herzen einig werden würden. Ich träumte und vergaß zu leben. Ich vergaß, dass sein Leben, im Gegensatz zu dem meinigen, nicht auf die Person ausgerichtet war, mit der er sich manchmal unterhielt und öfter an der Bushaltestelle gegenüberstand.

Ich liebte ganz still, ganz vor mich hin, ganz ruhig, in einer so wilden Welt, in einer Welt, die so turbulent war, so herzzerreißend. Ich traute mich zu lieben, und das ganz für mich alleine. Zweisamkeit mit mir selbst, mit meinen Wünschen, von denen ich hoffte, dass sie sich bald verabschieden würden; von den Wünschen, die über ›Gute Nacht‹ und ›Guten Tag‹ hinausgingen. Ich wünschte so sehr, dass ich nicht mehr fühlen würde. Ich wünschte so sehr, dass ich nicht ›ich‹ bin, dass ich nicht ›ich‹ sein müsste.

Ich wünschte mir nur, sein Mann zu sein.

VON OBEN NACH UNTEN

Hier oben gucke ich und sehe
wie die ganzen Leute laufen:
Über'm Boden, gleich 'nem See'e
in einem menschenhaften Haufen

In gelb steh' ich am Glase
noch gelber als die Sonn'
Doch ist's traurig, diese Phase
Tropfen laufen runter von ...

... vom Himmel weit hinauf
So fallen sie hinunter
und treffen unten diesen Lauf
doch werde ich nicht bunter

Voll Neid in gelb erblicke
ich die Menschen unter mir
So glücklich, dass der dicke
Regen hier am Pier

aufhört endlich hier!
Denn sie sehen nicht nach oben
die Tropfen sind von mir
die kleinen wie die groben

Die Menschen sind gezeichnet
von Glück und Heiterkeit
So steht's nun wie gebeichtet:
Bei den Leuten fühl' ich Leid!

Hand in Hand vereint
mit diesem, der sie liebt
seh'n sie nicht: Er weint
Er die Tropfen ihnen gibt

Von oben nach unten

Das ganze Herze geht hinunter
auf die Menschen, die dort tanzen
auf Leute, die sind munter
auf die Schönen, diesen ganzen

Sie tanzen in sei'm Leid
sind glücklich, oh, er nicht
Das Schicksal dieser Einsamkeit
ziert als Regen ihre Sicht

Und so sind sie weiter glücklich
und er weint die seinen Tropfen:
» Der Regen ist zwar tücklich
doch die Herzen weiter klopfen «

NACHTGEDANKEN II.

Wie dunkel leuchtet mir das Zimmer
Ruhe find' ich heut' wohl nimmer
Ich liege hier und kann nicht schlafen
Die Gedanken, sie mir warfen

Erinnerungen, Tage
die verkleidet sind als Frage!
Ich denke, denke, denke
und bin gewollt, ich lenke —

Doch mir das alles gar nichts bringt
mir das Lenken nur misslingt
Ich liege schlaflos in der Nacht
die mich zum Denken hat gebracht

01. Juli 2018

III. Band
<u>Die theoretische Erklärung der Welt</u>
Flowers and Dandelions

Warum ist die Welt
gar so, wie sie ist?
Sie zeigt uns mit List
warum sie zerfällt

Wer ist dieses: ›wir‹
Was macht uns nur aus?
Begriff um Begriff
warum sind wir hier?

MENSCHLEINS WUNDER

Unter eines Baumes Spitze
steigt das Wasser, naht der Hitze
Grüne Wiesen wohnten einst
wo du vor lauter Trauer weinst

Denn auf dem schönen Rasen
wo tote Rinder heute grasen
da ist nichts mehr, was bunt erblüht
Die Erde reißt, sie rot erglüht

Große Risse zeichnen sie
Man ruft vor lauter Schrecken: » *Wie?!* «
So ist die traurige Geschichte
von der ich jetzt berichte:

» Vor hunderten von Jahren
da sah man einst sie fahren
In Fabriken, mächtig schwer
standen Öfen niemals leer

Stets wollte man entfachen
schuf wundersame Sachen!
Die Dampfmaschine von James Watt
vollendete den Mordkomplott

Autos bretterten durch Straßen
die Tagebaue fraßen
Strom, der mächtigste Begleiter
gibt uns Saft und bringt uns weiter «

Die Rechnung steht nicht auf Papier
die Rechnung zahlen nicht mal *wir*!
Sie ist kein Geld, nicht abmahnbar
» *Das ist die Zukunft* «, wird uns klar

Menschleins Wunder

Achtsamlos strömt Ceh Oh(!) Zwei
unsichtbar an uns vorbei
Es steigt hinauf in Himmels Lüfte
und verpestet dort die Zukunftsdüfte

unsrer lieben Enkelein:
Die werden sicher traurig sein
Die Zukunft liegt in Scherben
— Wie konnten wir's verderben?

Ein Meisterwerk, ein Meisterstück
hat nichts zu tun mit diesem *Glück*
Wir sehen, wie das Wasser steigt
wie sich das Lebenswunder neigt

Wir merken, wie es wärmer wird
und es ja doch ein'n niemand'n stört
Ozeane voller Plastikmüll
Tiere sind gar seltsam still

Feiern sollten wir die Helden
die sich bei uns jetzt nicht mehr melden
Die Erde, sie errötet
Menschlein hat sich selbst getötet

10. August 2018

ZWEI BÄREN

Zwei Bären, groß und klein
kommen in die Stube rein
Sitzend vor dem Feuerlein
wollen sie nur glücklich sein

So wärmt das Feuer ihre Tatzen
— Es huscht ein Lächeln auf die Bratzen
dieser kleinen Ungeheuer
in der Stube, dort am Feuer

Sind die beiden Ungeheuer
mit den Tatzen dort am Feuer
nicht so lieblich anzuseh'n?
Müssten sie doch nie mehr geh'n!

Säßen Bären, groß und klein,
mit dem Felle braun und rein
vor meinem kleinen Feuerlein
so wär ich nimmermehr allein!

01. Januar 2018

KIMONOGESCHICHTEN

Die Frau im Kimono stand weinend am Meer
dort stand sie schluchzend, bitterlich sehr
Was war passiert? Wir wollen es wissen!
» Theaters Vorhänge sind mir zerrissen… «

Sie sang Mikado voll Leben und Mut
bei der Übung war sie: » Ja, wirklich sehr gut! «
» Mikado, Mikado! « — Sie sang und sie war
die Dame Yum-Yum und ganz wunderbar

Die Frau im Kimono stand trauernd am Meer
Sie spielte Theater und liebte es sehr!
» Doch was nützt die Kunst, wenn niemand hört zu?
Wenn sie ihn legen, den Inhalt, zur Ruh'! «

Yum-Yum liebt den Nanki-Poo
der vor fremder Liebe floh
Die Frau, sie singt, sie liebt ihn sehr!
Und er sie um noch vieles mehr!

Das Publikum versteht es nicht
Sie verstehen nicht, wie man dort spricht!
Wie singt die Frau, wie kann sie nur?
Ist sie traurig? Wieso Dur?

Yum-Yum will die Liebe seh'n
will mit Nanki-Poo nach Hause geh'n
Das Publikum, es schreitet ein
beendet diesen Stückes Schein

» Geld zurück, das wollen wir! «
» Gute Kunst, die ist nicht hier! «
» Die Frau, sie singt so schrecklich schlecht
auch der Mann ist uns nicht Recht! «

» Er ist nicht schön, nicht heldenhaft!
Warum wird er hier so begafft? «
» Wir wollen ein Stück mit singender Frau
mit starkem Mann, gar kräftig und schlau! «

Die Frau im Kimono stand sehnend am Meer
Sie spähte hinaus, ihr Herze war schwer
Wie gern will sie geh'n und alles vergessen
man wird es nie tun: sie aufhör'n zu messen

Die Frau ist nicht so, wie sie es stets wollen
So sieht man bei ihr die Tränen nun rollen
Das Stück, es war schön, die Frau jedoch nicht
Sie stand auf der Bühne umgeben von Licht

Und so denkt sie von sich: der Fehler ist *sie*
Innerlich weiß sie: » Oh, Liebe, los, flieh! «
Die Frau im Kimono starrt sehnend zum Bach
Sie sieht nun hinunter. Ihr Herze ist schwach.

30. Mai 2018

ALICE SPRINGS
EIN THEORETISCHER ANSATZ DES GLÜCKS
Gewidmet Prof. Dr. Alice Stašková

WENN ALICE SPRINGS in ihrem kleinen Garten sitzt, umgeben von blühenden Dahlien, und sich im Hintergrund ihr schlichtes rotes Haus erbaut, dann scheint es, als sei das Leben mit ihr sehr zurückhaltend gewesen. Auf der hölzernen Terrasse ruht sie in einem Schaukelstuhl, sieht in die ferne Landschaft, isst selbstgebackene Kekse und lächelt. Einige der vorbeilaufenden Personen mögen vielleicht denken, dass Alice Springs nur eine Mutter, eine Großmutter sei, jemand, der seinen Lebensabend genoss. Sie mögen denken, dass Geschichten nur von Helden geschrieben werden, sie in diesem Augenblick hören wie lesen und dennoch vergessen. Alice Springs habe wohl keine Ahnung, worüber derzeit die Welt philosophiert, welche Probleme sie hat, vielleicht ist Alice nur eine Hausfrau, Kekse essend und glücklich. Sonnenstrahlen bescheinen das Gesicht mit den zierlichen Falten, die grauen Haare, die zum Dutt drapiert sind. Vögel fliegen vorbei und singen. Alice Springs' Leben wirkt, als sei es nur eines von hunderten, dessen eintönige und durchaus kopierten Erzählungen und Erinnerungen es nicht wert gewesen wären, genannt zu werden, ein Leben, welches einfach nur ein Leben sei, ein Leben ohne Höhepunkte, ein Leben ohne Kampf, ein Leben, welches in Reih und Glied seine Vorgaben durchlief.

Und so scheint es doch erfreulich, auf seine ganz eigene Art und Weise, dass dem Vorurteil die Wahrheit abgesprochen werden kann. Alice Springs, inzwischen wohnhaft in der gleichnamigen Stadt Australiens, war eigentlich Tschechoslowakin, Prag nannte sie einst den Mittelpunkt ihres Lebens. Sie mochte die

Straßen mit den großen und kleinen Wackersteinen, auf denen man die Autos fahren hörte, die kleinen Gassen, lebte wie Kafka und verfasste Texte auf einer alten Schreibmaschine. Oft durchschritt sie den historischen Stadtkern mit den altertümlichen Gebäuden, den farbenprächtigen, entdeckte Freunde, neue Sichtweisen, lief an hell erleuchteten Lädchen vorbei, blickte von der Prager Burg auf die ruhige Moldau, die sich ihren Weg durch die Stadt und durch Alice' Herz bahnte. Zeitlebens verfolgte sie ein aberwitziger Akzent, oftmals hängte sie am Satzende ein »*ja*« oder »*nicht*« an, viele machte diese Eigenart glücklich. Es war etwas Besonderes, etwas, das Alice ausmachte, was sie ganz persönlich als: »*Das bin ich*« betitelte. Als Ikone auf dem Gebiet der Philosophie, über die Freundschaft zur Weisheit, war sie berühmt für die Gedanken, die sie dann nun hatte, und gerade für jene, die sie in feurigen Diskussionen auch lauthals auszusprechen wagte. Es ging um Gedanken, die vielleicht verletzend waren, eine andere Richtung einschlugen, sich nicht versteckten, neue Höhepunkte postulierten. Die Menschen sollten ihr eigenes Leben verstehen, seinen Sinn, sie sollten sich glücklich schätzen, glücklich mit dem, was sie hatten, nicht unglücklich darüber sein, was ihnen fehlte. Menschen sollten denken lernen, Menschen sollten hoffen, Menschen sollten einfach Menschen sein, wissen, wie wichtig es ist, Glück zu empfinden. Die Gedanken wollte sie nicht verstecken, sie für sich behalten, nein, ein öffentlicher Diskurs, ein deutlicher, war ihr lieber, als stumpfes philosophieren in ihrer alten Bücherstube, deren Fenster in einen dunklen Wald hineinleuchteten. Es waren Gedanken, die die Welt erklärten, ihr ein Fundament gaben, etwas Großes erschaffen, zeitgenössisch sein sollten und dennoch so weit in die Zukunft blickten, dass man noch Jahre nach ihrem Tod über sie sprach. Die Gedanken sollten schlichtweg einfach nur um den Globus reisen und an verschiedenen Stationen halt machen, die Welt verändern: ihre, die ihrer Freunde und die aller Menschen. Vielleicht war sie eine kleine Träumerin, *» eine rationale Poetin «*, wie sie sich selbst bezeichnete.

Es war eine sehr trübe Zeit, die den Anfang von Alice Springs' Leben kennzeichnete: extrem und doch gleichzeitig so undurchschaubar, dass man die Umrisse, die Nachwirkungen, nicht erkennen konnte. Man wandelte wie durch ein nebliges Tal, nichtsahnend bestieg man diesen ganz eigenen und speziellen Höhepunkt der Menschheitsgeschichte, einen ganz besonderen, ohne Frage. Europa war nach einem ersten großen Kriege aufgerieben. Salz befand sich in offenen Wunden, die sich so schnell nicht wieder schlossen. Konflikte wollten scheinbar nicht mehr gelöst werden. Man sagte mehr, als man dachte, erzählte, ohne zu verstehen und hörte, ohne die Augen zu öffnen. Anderen sprach man plötzlich ihr eigenes Leben ab, man nahm es ihnen, man entzog den Menschen die Entscheidung, ganz gleich aus welchem Grund. Auch Alice musste fliehen, so mutig und frei wie ihre Persönlichkeit dann nun einmal war, ihr komplettes Leben ließ sie hinter sich. Ihre einst so schöne Stadt, ihre einst so engen Freunde, ihre einst so lebendige Familie musste sie übergehen, um sich selbst zu retten, um nun ihr eigenes, komplett anderes, Leben zu beschützen, es zu bewahren, die Erzählungen zu teilen und ihre Standpunkte zu vertreten. Es war ebenjener Egoismus, der die meiste Kritik von ihr selbst an sie bestimmte.

In Australien hatte sie wieder Fuß gefasst, es schien, als sei es der weiteste Ort, zu welchem sie hätte reisen können, war Professorin und pflegte ihr alteingesessenes Dasein. *» Über Querulanten und Mitläufer «* schrieb sie dann, war offen für Diskurse und brachte ihre Meinung ein, versuchte, die Welt in eine bessere zu verwandeln und war dabei in keinen Umständen vor den Worten der anderen geschützt. In Diskussionen war sie stets eine treue Partnerin, verständigte sich mit englischem Akzent und bemühte sich um die Sprache der Einwohner. Dennoch wurde in den Straßen über sie gespottet, über ihr Verhalten, darüber, dass sie einen Regenschirm mit Tasche trug, sich farbig kleidete, über ihren Mut, ihr Leben zu verändern und vor allem das derjenigen, die sie eigentlich nicht mochte, zu verbessern. Sie kämpften gegen jene Person, die sie vor der Schmach ›ungelebter Leben‹ zu retten vermochte. Aber dann fragte sie sich immer: » *Wie soll ich die Welt verändern, wenn ich wie die anderen bin?* « Es war der Mut zur Andersartigkeit, der ihr Leben ausmachte.

Es war besonders *ein* Thema, ein ganz interessantes, welches sie als Doktorin auf diese Weise so sehr verfolgte, dass sie an ihrem Lehrstuhl mit den Studierenden stets darüber Gespräche initiierte. Es war das Glück der anderen, welches sie so sehr interessierte. *Was ist Glück und wer hatte es verdient?* Hatten andere Leute vielleicht mehr Glück?

» Was ist Glück? «, fragte sie dann ihre Studierenden, die auf hölzernen Bänken hinter hölzernen Tischen saßen und in ihr Gesicht blickten. » Monumente einer Hierarchie und Immobilität «, wie Alice Springs immer dachte.

So rätselten die Lernenden, nannten Antworten, die der materiellen Wertigkeit ihrer Sozialisation entsprangen oder auf einer sehr emotionalen Ebene ihren festen Platz einnahmen. Zu einer ersten Kontroverse kam es, als man unterscheiden musste zwischen: » *Glück, das die Chance auf Begebenheiten bezeichnet* « und » *dem Gefühl des Glückes, also einem durchweg positiven Zustand, der häufig unter der Verwendung von ›glücklich sein‹ den meisten geläufig sein sollte* «.

» Wenn man sich nun auf diese Unterscheidung des Glückes festlegt, werden wir im Verlauf dieses Diskurses schließlich und ausdrücklich zu der Frage kommen, inwieweit man Glück beeinflussen, Glück empfinden und

Glück als ›Glück‹ darstellen kann, ja, das, was daran ja eigentlich mehr als nur ›interessant‹ ist «, sagte Alice Springs, die sich rauchend auf die Ecke des Tisches ihrer Lehrmaterialien gesetzt hatte.

» Ist es denn möglich, Glück zu beeinflussen? «, fragte ein Schüler in weißem Sakko und blauem Hemd.

» Gehen wir davon aus, dass wir das Glück, wie eben besprochen, zu unterteilen haben, ist es zwingend notwendig, auch beide Seiten in der Erklärung dieser Frage zu berücksichtigen, nicht. Unter der Voraussetzung, dass das Glück, jenes im Sinne eines Gefühlszustandes, dementsprechend das ›Glücklich sein‹, auf einer Gefühlsebene beruht, so ist es durchaus möglich, das eigene Empfinden zu verändern, ja. Leben wir also in einer Situation, «, sprach sie mit einem spitzen Akzent, » die uns nicht glücklich macht, so sollten wir, aufgrund logischer Gedankengänge, die derartig wenig kognitive Voraussetzung benötigen, davon ausgehen, dass das Glück durch die Abänderung der eigenen Bedingungen möglich ist, ja, selbstverständlich «, sie sah in den gefüllten Saal, dessen dunkelgrüner Anstrich mitsamt Holzvertäfelung durch große, verschachtelte Fenster erleuchtet wurde und schob ihre Brille, die sich bereits ihren Weg zur Nasenspitze bahnte, wieder eng an die Augen.

» Kann man diese Aussage nicht auch auf das Glück, in Bezug auf die Chance der Begebenheiten, beziehen? «, fragte ein Mädchen, welches in der hinteren linken Ecke saß.

» Kann man das? «, fragte die Doktorin Alice Springs, während sie über die Köpfe des Kurses blickte. Sie stand auf, schmiss ihren aufgerauchten Zigarettenstummel in den Mülleimer und ging zur Tafel. Dort zeichnete sie ein krakliges Haus. Darunter schrieb sie: » Glück «.

» Ich frage erneut; kann man das? «, mit den Fingerspitzen auf die Tischplatte gestützt, sah Alice Springs nun über den Rand ihrer Brillengläser.

» An die Tafel habe ich ein Haus gezeichnet, wie Sie unschwer erkennen können, so hoffe ich. In unseren Gesellschaften ist dies mit Sicherheit vollkommen verständlich, ein Haus mit vier Wänden, einem Dach, Fenstern und einer Tür. Korrigieren Sie mich, wenn ich falsch liege, aber wir würden niemals in unserem Leben davon sprechen, dass wir Glück haben, in einem Haus zu leben — «, begann sie zu formulieren, bevor man sie unterbrach.

» Aber — «, erschallte ein Ruf in der vorderen Reihe.

» Unter «, sagte sie ganz betont, allwissend und mit einem erhobenen Zeigefinger » der Voraussetzung, dass eine nennenswerte Größe an Individuen, die ein Haus begehren, ein Haus zu ihrem Besitz zählen können, beziehungsweise, dass die Gesellschaft, in der man sein Dasein pflegt, ebenfalls auf diese, nennen wir es *›Ressource‹*, zurückgreifen kann. Es gibt einen recht bekannten Lehrsatz, der da lautet: *›Eine Gruppe ist nur so stark wie ihr schwächstes Glied‹*, weiten wir dies aus, so betrifft das mit Sicherheit auch unser Empfinden, unsere Glückseligkeit, die Eudämonie. Das Glück auf Chancen der Begebenheit, je nachdem, welche sie sind oder sein sollen, fußt auf Ausgangssituationen, die wir teilweise selbst schaffen können. Dennoch sind gleichzeitig andere Personen maßgeblich daran beteiligt. Wenn Sie nun in einem Land geboren werden, welches ein sehr niedriges Inlandsprodukt hat, also in einem Land, in dem wenig Geld durch die Einwohner erwirtschaftet wird, seien wir so pragmatisch, ja, so haben Sie Glück, sich eine Unterkunft leisten zu können, dann gelten Sie als reich, werden mit Sicherheit auch neidisch angesehen, nicht. Gleichzeitig wird das *›Schicksal‹* des Inlandproduktes durch verschiedenste Instanzen von Gesellschaft und Politik beeinflusst. Ihr Glück hängt demnach nicht immer von Ihnen *selbst* ab, sondern von den Menschen, die mehr Rechte und mehr Entscheidungsgewalt inne haben, die, so sagen es zumindest einige, am längeren ›*Hebel*‹ sitzen. Der Begriff ›*Glück*‹ wird hier eigentlich in jeglichem Sinne an die finanzielle Situation gebunden, das hatten Sie in Ihren Ausführungen ja ebenfalls sehr breitflächig betont, ja. Er weicht von einer eher gerechten Ausgangslage ab. «

    » Also ist ›*Glück*‹ ungerecht verteilt? «, fragte er dann.

    » Vorsicht! Sehen Sie ›*Glück*‹ nicht als begrenzte Ressource an, die unfair verteilt, geschweige denn irgendwann verbraucht ist «, Professorin Springs lachte.

    » Und wenn ich jetzt mein eigenes Glück darauf beziehe, dass ich zum Beispiel ›*Glück in einer Klausur*‹ haben möchte, nur als Beispiel, welche Art von Glück beträfe das? «, erkundigte sich ein junger Mann, der bis zum jetzigen Zeitpunkt während der Vorlesung still geblieben war.

    » Wenn Sie darauf setzen, darauf hoffen und denken, der Erfolg einer Arbeit — *Ihrer* Arbeit wohlgemerkt — «, holte Alice Springs lächelnd und in dem Wissen, dass es auch um ihre eigenen Klausuren ging, aus, » hänge *damit* zusammen, dann ist das nicht mehr als die Hoffnung auf ein irrationales Ereignis. Ich möchte nicht betonen, welche geistige Reife solche Wünsche voraussetzen, nicht. In dem Punkt, den Sie angesprochen haben, befindet sich kein Stückchen des Glücks von der Chance auf Begebenheit, also im Bezug auf die Begebenheit, dass *Sie* die Klausur bestehen. Die Faktoren, um zu bestehen, sind klar definiert und können von Ihnen deutlich beeinflusst werden. Es ist schließlich kein Zufall, wenn Sie eine Klausur nicht bestehen oder eben doch erfolgreich sind. Erfolg hat nichts mit ›*Schicksal*‹ oder dergleichen zu tun, zumindest nicht in *diesem* Sinne. Sie verbinden das Glück Ihres emotionalen Zustandes, also dem ›*Glücklich sein*‹, wenn Sie bestanden haben, mit den Ereignissen, *um* zu bestehen. Diese Schlussfolgerung ist grundsätzlich *falsch*. Wie wir geklärt haben, ist die Voraussetzung, um glücklich zu sein, die Veränderung der eigenen Situation. Wenn

Sie für eine Arbeit nicht lernen, Sie diese jedoch absolvieren und darauf hoffen, ›Glück zu haben‹, einen Erfolg ohne Arbeit — oder welchen Aspekt Sie dabei auch immer beabsichtigen, bei Bewertung oder Ihren Antworten, so ist das die Hoffnung auf einen irrationalen Zustand, der nicht im Sinne eines ›Glücks‹ einkehren wird. Selbstverständlich kann es passieren, dass der Professor Fehler übersieht, plötzlich stirbt, die Arbeiten verbrennen oder eben andere Zufälle einkehren, aber diese Wahrscheinlichkeit, eine Arbeit zu bestehen oder eben nicht zu bestehen, ist doch relativ gering, nahezu verschwindend, ja. Und wenn Sie dann die Arbeit *doch* bestehen, so hatten Sie kein ›Glück‹ im Sinne des ›Glückes‹, sondern Sie haben Ihr Thema, mindestens zur Hälfte, verstanden. Dann kann man Ihnen zu Ihrem Erfolg gratulieren, nicht. «

Einer fragte sodann: » Und wenn man nun das ›Glück‹ auf eine globale Ebene beziehen möchte, wir also direkt fragen: Was Glück für die Menschen ist? Was könnte man da sagen? Möchten Sie darauf nicht hinaus? «

» Das Problem, das eigentliche Problem dieser Ausführungen des Glückes besteht darin, dass Menschen ihr eigenes Glück nicht verstehen, ja. Wir sind *niemals* glücklich, wir werden es niemals wirklich sein. Es ist ein menschliches Drama, eine Tragik, dass wir darauf ausgerichtet sind, danach zu streben, *immer* das *Beste* zu erhalten. — Das ist selbstverständlich nicht zu verdenken, es führt uns natürlich erst zu unserem Fortschritt. Damit ist jedoch auch verbunden, dass man den bereits erhaltenen Fortschritt, Sie erinnern sich an das Haus von vorhin, nicht mehr als solchen wahrnehmen kann und als Glück anerkennt, man würdigt es schlichtweg nicht mehr. Wir stehen also in einem unlösbaren Konflikt mit uns selbst. Würden wir, laut dem Denken einiger Forscher, uns mit den Dingen glücklich schätzen, die wir haben, so würde es nur den Fortschritt behindern. Das sollte aber, so glaube ich, die Interpretation eines jeden einzelnen sein, vor allem aber die der Entwicklungsbiologie und -psychologie, nicht, deren Ansätze natürlich Berechtigung haben. Aber, um auf Ihre Frage zurückzukommen und eine direkte Antwort zu geben; man muss das globale Glück sehr vereinfachen, um die Differenzen der einzelnen Bedingungen ausschließen zu können. Das globale Glück wäre es, wenn man denn von Glück sprechen mag, dass man atmet, oder eben, dass man lebt. Das ist alles sehr allgemein gehalten, nicht. Gesundheit ist sehr wichtig.

Wir selbst, um einen Gegenentwurf zum globalen Glück zu finden, können uns unser eigenes Glück natürlich selbst definieren. Das Glück kann materiell sein, in Form von der Höhe der Finanzen, die Sie besitzen, oder eben auf einer emotionalen Ebene, dass zum Beispiel das Glück aus der Fähigkeit besteht, seine Sinne zu spüren «, schloss Alice Springs ihre Gedanken ab.

» Aber was ist nun der Grund der Differenz zwischen Ihnen und denjenigen Personen, die Sie wegen Ihrer Schriften verfolgen, oder eben gleich, mit einer Ketzerin vergleichen? «, ertönte es im Raum, als die vor dem Kurs stehende Dame eigentlich gerade den Unterricht beenden wollte. ›Ketzerin‹ hatte sie hellhörig gemacht.

» Ich denke, der Zwiespalt meiner Kontrahenten hat in bedeutendem Maße mit Neid zu tun, dass sie mir Gedanken missgönnen, weil ich sie eben äußere und den Mut dazu habe. Auch dürfte es das Unwissen, die Unfähigkeit sein, meinen Gedanken zu folgen. Und zu guter Letzt, das dürfte der schwerwiegende Punkt sein, ist es der Drang, den Fortschritt aufzuhalten. Sie erinnern sich an die Ausführungen zum Fortschritt und dem Glück? Viele Menschen bedienen sich so sehr dem konservativen Weltbild, dass sie keine Fortschritte und neue Gedankengänge wagen und hören wollen. Sie wollen das Alte ›konservieren‹. Sie argumentieren also gegen diejenigen, die die Welt verändern möchten und die

ebenjene Wahrheiten sagen, die sie nicht hören wollen.
Ein klarer Widerspruch zu dem, was ich sagte, nicht «,
sie lachte.

» Sehen wir uns das Schicksal der Kinder in
Afrika an. Sie wissen, das ist ein sehr pragmatisches
Beispiel, es dient mir jetzt nur dem einfachen Verständnis. Würden die Industrienationen, hauptsächlich Nationen weißer übergewichtiger Männer, etwas für
Gerechtigkeit tun, das beinhaltet soziale Gleichheit,
Chancengleichheit, Entwicklungshilfe und eben vieles
mehr, würden wir die Probleme, die uns heute begleiten,
wie totalitäre Staaten, die Umweltzerstörung und das
Energieproblem, lösen können. Denn, je mehr Menschen denken können, je mehr Menschen gebildet werden, desto größer ist die Chance, Gedankengänge zu
ermöglichen, die für die meisten Menschen unserer
heutigen Generation einfach nicht fassbar sind. Damit
schließe ich natürlich mich selbst mit ein: Ich bin keine
Chemie- oder Physikprofessorin, ich philosophiere nur
über die Möglichkeiten, die wir hätten, wenn wir den
Drang haben würden, das Bedürfnis, die Welt verändern zu wollen. Herrje, wie fortschrittlich könnten wir
sein. Das Beispiel mit den afrikanischen Kindern lässt
sich natürlich auf die vielen anderen Umstände unseres
Lebens übertragen, aber sie sind teilweise schwerer zu
fassen.

Und natürlich fühlen sich die Menschen, denen
man dann mit diesen Worten ›zu Nahe getreten‹ sei, jene
heterosexuellen Christen, auf den Schlips getreten, da
sie ja etwas an ihrem Verhalten ändern müssten. Menschen sind Individuen, die es sich leicht machen,
Geschehnisse zu ignorieren. Das ist natürlich richtig,
aber nicht unbedingt in sozialen Fragen. Würden wir
Menschen, die wir aufgrund von Krankheiten betreuen
und mit immer besseren Wegen behandeln können,
einfach sterben lassen, dann wäre es mit Sicherheit
preiswerter und einfacher für uns — um den verbotenen
Gedanken auszusprechen. Aber unsere Menschlichkeit

verbietet uns, zu Recht, dieses Vorgehen. Ist, an dieser Stelle liegt nämlich die entscheidende Argumentation, ein soziales Leid, welches wir ändern könnten, damit wir alle gleichermaßen gerecht leben, weniger wert, nur weil es nicht vor unseren Augen liegt? Wir leben in einem Egoismus der westlichen gebildeten Staaten, die nicht einsehen wollen, dass das Glück der Menschheit, um auf die Anfangsthese zurückzukommen, in den folgenden Generationen liegt. Und wenn wir einen ganz gewissen, einen ganz bestimmten charakterisierten Teil, beispielsweise die afrikanischen Kinder, aus unserem Leben ausgrenzen, so fehlt uns auch ein gewisser Teil, um die Welt für uns alle gerechter zu gestalten. Die Menschen möchten einfach nicht, dass ich etwas verändere. Sie haben Angst davor, dass man ihnen etwas von ihrem Lebensstandard nimmt, um den Standard der anderen aufzuwerten und für Gerechtigkeit zu sorgen. So ist die Frage natürlich, ob Glück auch mit Gerechtigkeit verbunden ist. Das ist wieder ein persönliches Glück, unter anderem meins «, sagte sie abschließend.

Für Alice Springs war das Glück nicht weniger als die Gerechtigkeit für alle Menschen. Ihr Leben lang ließ es sie nicht los, dass es Menschen gibt, die von Geburt an, wegen des Egoismus' der verschiedensten Staaten und Männer, nicht das Glück hatten wie die Bessergestellten. Ihr privates Glück aber, das, was sie mit kaum einem teilte, war, dass sie eine Frau hatte, die sie liebte, ein Leben in Freiheit führte und für die Dinge kämpfen konnte, die sie bewegten. Alice Springs hatte das Glück, dass sie zu ihren Worten stand, dass ihre Worte nicht nur leere Hüllen waren, die in der Ewigkeit der Zeit immer weiter verblassten. Sie hatte keine Scheu vor den Menschen, die ihr den Mund verbieten wollten, weil sie sich und ihren überzogenen Lebensstil in Gefahr sahen.

AQUARELL

Deine so weich und meine ganz rau
deine so grün und meine ganz blau
Die Küsse sanft dort auf meiner Haut
Es ist jener Traum, der Wünsche erbaut

Ich neben dir: *die Haut trifft die Hand*
Du steckst mein Herze gar feurig in Brand
So liegst du im Bett ganz nah neben mir
träumend bin ich in der Welt neben dir

Ich bin bei dir und *du* freust dich sehr:
Du willst von ihm ja sichtlich viel mehr
Er hat dir geschrieben, das freut dich und dann
bin ich bei dir, einem liebenden Mann

Das ist das Schicksal und *das* ist das Leben
wo wir dem Glück ja so vieles geben
Er ist in Träumen und *ich* bin so frei
Er ist verliebt — *Liebe für zwei*

　　　　12. Juni 2018

DER GROßE EINSAME MANN

Was wird ein Mensch, der einsam ist?
Denkt er an Liebe, wird er vermisst?
Ist ein Mensch einsam: *wird er verrückt?*
Ob er die Zweige am Christbäumchen schmückt?

Feiert er dann, liebt er sich selbst?
Was denkt er wohl, was du von ihm hältst?
Kann er das Glück aus der Bosheit noch sieben?
Kann er trotz Einsamkeit herzlich noch lieben?

— Sich selbst, was denkt er von sich?
Denkt er an dich und denkt er an mich?
Denkt er, er wäre gar wirklich allein?
Obwohl in der Stadt kein

einziger ist, der nicht lieben kann!
So wartet der große, einsame Mann
endlich erlöst zu werden
von seinem Bann

Der Mann: der Einsame
will sich doch lieben
aber sie sieben
ihn leider aus

Er ist nicht wie Du
hat Geschicht'n gehört
Er ist so allein
doch stör'n tut's kein'n

GESCHICHTEN
AUS DEM HAUS AM ECK

Ein Winde weht vor jenem Haus
vom Mann, der geht dort ein und aus
Plötzlich liegt ein Blatt davor
flog über Wälder, Fluss und Moor

Ein Blatt, vergilbt, es wirkt so alt
wie es liegt allein im Wald
Der Mann, verwundert, tritt hinaus
nimmt das Blatt vor seinem Haus

Er betrachtet, guckt und sieht genau
lächelt: » Ist noch nicht zu grau! «
Doch was ist? Der Mann, er weint!
Seht: das Blatt ist ihm ein Feind!

Es zeugt vom Grunde, seinem Leid
weshalb er ist in Einsamkeit!
Es erzählt von all den Festen
von den Leuten, diesen ›Besten‹

» Was soll das, Blatt, was sagst du mir?
Erinnerst mich, warum ich hier! «
Der Brief, er fällt im Leid der Zeit
— die Einladung im Geiste weilt

Es fällt zu Boden, Hass und Graus
wie der Mann einst in dem Haus
Er ist vergessen und verlacht:
der Mann. Er *weint* in dieser Nacht.

23. Mai 2018

Hinter hohen Fichten

In 'nem tief verwunsch'nen Wald
der ist schon viele Jahre alt
haust eine Hexe: Barbara
Typisch Hexe: *rotes Haar*

Ihr Hexenkessel kocht und zischt
dort, wo sie Rezepte mischt
Aus Vogelbeeren, Sanddorn, Nesseln
entstehen in den grauen Kesseln

Tränke für die Hexe Barbara
Sie weiß noch, wie es *damals* war:
Nicht nur Hexe, sondern Rettung
Ein Schicksal unglücklicher Kettung:

Hinter Bergen, Seen klar
da wohnt die Hexe Barbara
In einem Wald, der ist sehr alt
spürt sie den Menschenwinter kalt

Ob gut, ob schlecht
mehr Leid als Recht!
Die kleine Hexe Babara
die man einst verschwinden sah

hilft dem Dorf gar niemals mehr
auch wenn sie es sich wünscht so sehr
Die Moral von der Geschicht':
hoff' auf Menschleins Wunder nicht

06. September 2018

ALICE SPRINGS
EIN THEORETISCHER ANSATZ DER BESONDERHEIT

ES IST EIN VERREGNETER FRÜHLINGSMORGEN, als Alice Springs, schwarz-gekleidet, den Raum ihrer Studierenden betritt. Hörsaal 146 liest sie, als sie durch die braune Holztür schreitet, die mit Einkerbungen in quadratischer Form verziert ist. Wie üblich, stellt sie ihre schwarze Ledertasche auf den hölzernen Schreibtisch, der vor einer grünen Schiefertafel steht. Sie blickt sich um, schiebt ein wenig ihre Brille zurecht und sieht aus dem Fenster. Die Studierenden werden ruhig, die Sitzung begann bereits vor fünf Minuten — und wie immer ist Alice Springs ein wenig zu spät.

Alice Spring war oft zu spät, wie sie es sagte, oft zu spät bei dem, was andere vor ihr erreicht hatten. Doch Alice Springs wusste von sich auch, dass sie teilweise wesentlich weiter war, als die Menschen, die ebenfalls ihr Alter erreichten. Alice Springs war gezeichnet, tiefe Kerben von Falten durchzogen ihre Haut, ihre Haare waren mit grauen und weißen Strähnen gespickt, eine dicke Brille saß auf ihrer knöchrigen Nase. — Das war aus ihr geworden, nach all den Jahren der Flucht und Emigration. Das war Alice Springs aus Alice Springs.

Sie dreht sich um, auch das letzte Tuscheln stellt sich schließlich ein. Sie sieht einmal über die Klasse, so viele verschiedene Menschen sitzen vor ihr. So viele Persönlichkeiten, so viele Charaktere, so viele Lebensgeschichten.

» Meine Damen, meine Herren «, beginnt sie. Das Thema der Stunde legt, wie immer, *sie* fest. Sie ist Doktorin der Philosophie. Neben mathematischen Formeln erklärt sie aber lieber die Welt als Gleichungen und Thesen. Sie blickt aus dem Fenster, Donner ertönt und der Regen peitscht gegen die Glasscheiben.

» Was unterscheidet Sie von den anderen? «, fragt die Dame, die vor ihren Studierenden steht. » Was in aller Welt entscheidet, dass Sie als Ihren Partner oder Ihre Partnerin lieber Person 1 als Person 2 nehmen wollen? «

Die Finger gehen nach oben. Bei einigen schnell, bei einigen langsam. Ein Mädchen in der zweiten Reihe mit blondem, welligem Haar sagt: » Ich denke, es ist der Unterschied, der Person 1 von Person 2 differenziert. «

Ein weiterer Junge spricht: » Dahingehend wahrscheinlich, weil jeder Mensch eigen ist: ein Konstrukt aus seinen eigenen Gedanken, seinen Wünschen, Träumen, oder so ähnlich «, er stammelt zum Ende seiner Ausführungen ein wenig.

» Sehr gut, Tom «, sagt Alice. » Sie haben uns unseren Knackpunkt der heutigen Stunde beschert. «

Alice Springs dreht sich um, geht auf die Schiefertafel zu und schreibt *›Besonderheit‹* - Schrägstrich - *›Andersartigkeit‹* in großen, fetten Druckbuchstaben.

» Was ist das? «, provozierend sieht sie in die Menge.

Es dauert ein wenig, bis sich die Studierenden melden. » Vielleicht war die Frage zu leicht «, denkt sie sich.

Die Studierenden vor ihr geben Definitionen ab: » Eben das, was einen Menschen in seiner Gänze zu anderen unterscheidet «, sagen sie.

» Das ist ein guter Ansatz. Aber ich gebe Ihnen ein Beispiel. In Amerika essen viele Menschen Hamburger. Wenn ein Amerikaner nach Afrika kommt, sich ein Brötchen kauft und dazwischen ein gebratenes Stück Hackfleisch legt, wird er sicher der einzige sein, der es tut. Ist er *›besonders‹*? «

Die Menschen vor ihr beginnen damit, zu denken.

» Ist es besonders, weil ich einen Garten voll Dahlien habe, nur um zu denken und zu zeigen, dass ich ›besonders‹ bin? «, fragt Alice. Keiner reagiert.

» Besonderheit ist nicht unbedingt das, was Sie von sich denken. Es ist eher das, was die anderen Sie glauben lassen. Sie können schreiben, ganz fabelhaft sein und denken, Sie seien etwas ›besonderes‹, aber es wird immer jemand vorhanden sein, der es besser kann als Sie. Tritt die Person auf, so sind Sie nichts Besonderes mehr. Zumindest nicht auf dem Gebiet, von welchem Sie es bis dato dachten «, Alice provoziert gerne. Manchmal ist die Provokation aber auch nur die reine Wahrheit.

» Dementsprechend kann ich also machen und lassen, was ich will, ich werde nie ›besonders‹ sein, wenn es Menschen gibt, die besser sind als ich — oder wenn einfach niemand denkt, dass ich anders als die anderen bin? «, fragt Brian, hinterste Reihe, eigentlich kein guter Schüler.

» Sehen Sie, Brian, das war eine ›besondere‹ Aktion, weil ich sie ›besonders‹ finde. Sie sind sehr verhalten und schreiben nicht die besten Zensuren, wie Sie wissen. Aber Sie haben eben etwas sehr Gutes gesagt. Vielleicht werden Sie ja ein aufstrebender Philosoph und das war Ihre erste Handlung — sehen Sie nur, wie ›besonders‹ Sie sind und allen in Erinnerung bleiben werden «, entgegnet Alice, die Menge dreht sich erschrocken zu ihrem Kommilitonen.

» Aber ja, Brian, Sie haben nicht ganz unrecht. Besonderheit ist weniger die Besonderheit Ihres Verhaltens, ganz im Gegenteil zum Äußeren, sondern eher die Wahrnehmung der anderen. Schaffen Sie es, Ihre Mitmenschen zu manipulieren, so können Sie fast alles erreichen «, es blitzt, der Raum leuchtet kurz auf.

» Was meinen Sie? «, fragt einer der Studierenden nach.

» Ich meine, dass die Besonderheit nicht Ihr Verhalten ist, sondern das, wie Sie damit umgehen. Wenn ich Ihnen nicht gesagt hätte, dass ich einen riesigen Dahliengarten habe, nur um ›besonders‹ zu wirken, hätten Sie vielleicht gedacht, dass das etwas ›Besonderes‹ ist. Dabei haben ganz viele Menschen in Amerika und Europa einen riesigen Dahliengarten. Ebenso wird es Sie nicht verwundern, wenn ich sage, dass ich ein Känguru besitze. In Asien ist das was vollkommen anderes. Wir sind das, was die Gesellschaft von uns denkt «, Alice seufzt ein wenig, sieht auf den Boden und zündet sich eine Zigarette an. » Und wir sehen aus, wie uns die Gesellschaft formt «, sagt sie, während sie wieder aus dem Fenster starrt und kurz lächelt.

» Aber versinken Sie nicht in Trauer. Sie sind sicher alle wunderbare Menschen, die es verdient haben, einen Partner zu besitzen, der Sie liebt und schützt. Ich bin nicht hier, um Ihnen zu sagen, dass Sie das nicht verdient haben, sondern deswegen, weil Sie denken und sich mit meinen provokanten Thesen beschäftigen sollen. Glauben Sie wirklich, dass es unter sechs Milliarden Menschen keinen einzigen gibt, der so ist wie Sie? Der nicht dieselben Leidenschaften hat? Sie alle haben unterschiedliche Gene und eine unterschiedliche Verkettung von Nukleinbasen an Phosphatatomen — aber werden wir nicht alle von derselben Zeit geprägt? «

»Nun, «, beginnt ein Mädchen, » ich verstehe wohl, was Sie uns vermitteln wollen. Sie wollen uns zeigen, dass es eine Irreführung ist, von sich zu denken, man sei anders oder etwas Besonderes, nur weil man in seinem kleinen Umfeld derart wahrgenommen wird. Gleichzeitig sind wir aber alle so verschieden. Es gibt einen Unterschied zwischen der Verschiedenheit und der Besonderheit, den wir in unserem Sprachgebrauch nicht kennen. So denke ich, dass Andersartigkeit mit Besonderheit gleichgesetzt wird und damit auch mit Verschiedenheit, oder sehe ich das falsch? Wir hatten darüber ja auch am Anfang gesprochen «, das Mädchen lässt langsam ihren Arm sinken und erschreckt, als der Regen an die Fenster peitscht.

» Der Begriff der Andersartigkeit ist einer, der eigentlich etwas sehr Komplexes ist. Denn anders ist ja eben immer *dann* etwas, wenn es von der Masse abweicht. Sie erinnern sich an mein Känguru in Asien. In der breiten Bevölkerung sehe ich es so, wie Sie sagten; es wird keine Trennung gemacht. Verschiedenheit ist gleich Besonderheit ist gleich Andersartigkeit. Aber wenn ich Ihnen nun sage, dass Sie besonders sind, weil Sie anders sind, Sie seien besonders, weil Sie verschieden sind, Sie seien verschieden, weil Sie anders sind. — Sie erhalten vielleicht jeweils andere Bilder in ihrem Kopf «, die Häupter neigen sich ein wenig. Manchmal erzählt Alice viel zu viel auf einmal.

» Verstehen Sie, wenn Sie ›besonders‹ sind, weil Sie anders sind, dann erhebe ich Sie in einen Stand der Besonderheit aufgrund einer Degradierung zur Andersartigkeit, nicht. Andersartigkeit ist nichts anderes als der Unterschied zur Normalität. Und in einer Welt, wo wir die Besonderheit auf ein Level der Normalität setzen, so gesehen eine Weiterentwicklung, ist es eigentlich ein Paradoxon. Die Verschiedenheit bezeichnet eher die Vielfältigkeit, die Sie ausmacht. Sie zeichnen und singen, jemand anderes zeichnet, singt und spielt Theater. Er ist wesentlich verschiedener als *Sie*. Und als nächstes geht es darum, wie talentiert Sie sind. Aber Person 2 hat mit hoher Wahrscheinlichkeit auch den Besonderheitsfaktor. Nun kann man noch nach aktuellen Zahlen gehen, ob es noch normal ist, drei Talente auszuüben oder nicht «, Alice atmet einmal tief aus. » Viele Menschen sind blind, verstehen Sie. Sie sind blind für alles, was ihr Gegenüber vielleicht ›besonders‹ macht, weil andere Charakteristiken so sehr hervorstechen. Wir sind oberflächlich, wissen Sie? Sicher wissen Sie das. Wir akzeptieren das, was wir denken zu sein. Wir akzeptieren das, was wir denken zu verdienen. Es gibt welche unter Ihnen, die sind im derzeitigen Bild von Schönheit nicht gut besiedelt, «, einige Studierende sehen weg, » aber das heißt noch lange nicht, dass Sie kein besonderer Mensch sind, nur weil andere Sie es vielleicht glauben lassen oder, dass Sie tatsächlich hässlich sind. «

Die Studierenden wirken ein wenig geknickt, vielleicht war es wegen des Wetters, das heute über die Lande zog — oder es war Alice, der es nicht so gut ging wie sonst. Aber sie hatte etwas Wichtiges zu vermitteln.

» Sehen Sie Ihr Leben nicht als Bruchstück von Normalität, Gleichheit und Natürlichkeit. Sehen Sie Ihr Leben eher als etwas, das im Gesamtkonzept entstanden ist: *ein einzigartiger Verlauf*, ein Verlauf wie der einer Desoxyrebonukleinsäure. Ihre Entscheidungen sind Wege, die Sie gegangen sind und das ist besonders, eine Intensität von Qualitäten, die vielleicht kein anderer gemacht hat. Das ist bemerkenswert, darauf sollten Sie stolz sein. «

» Aber im Groben und Ganzen sind wir alles nur Kopien. Wir bestehen alle aus denselben Basen, nur anders angeordnet «, sagt Brian.

» Das, was uns eint, sagt nichts darüber aus, was uns voneinander unterscheidet. Es gibt welche, die sind sehr gut in Mathe, andere in Geschichte. Und ja, vielleicht ist es sogar anders, Mathe zu können — vielleicht ist das nicht normal. Aber über den Begriff von Normalität und Verschiedenheit möchte ich nichts sagen. Ich denke nicht, dass es mir obliegt, diesen Begriff zu definieren «, sie lächelt.

» Irgendwie sind wir Kopien, besondere Exemplare, wenn man es uns zuschreibt, normal, anders. Es kommt viel darauf an, was die anderen sagen, aber auch ein wenig darauf, was Sie von sich selbst denken. «

ZWISCHEN DEN WELTEN
Gewidmet dem Jungen aus Frankfurt am Main

Dort sind zwei Menschen, sie lieben sich sehr
sind gleichen Geschlechts und dennoch viel mehr
Sie lieben einander: *» Für immer zu zweit «*
und trotzen der anderen Eifersuchts Neid

Sie lieben so echt und hören nicht auf
So spielt das Leben, es nimmt seinen Lauf
Sie lernten sich kennen bei Stadt und Café
und saßen zusammen dann später am See

Doch ich sitz' alleine: *» Wie glücklich sie sind «*
» Sind immer zu zweit «. In mir haust ein Kind.
Glücklich ist's und traurig zugleich
— *Bei diesem Gedanken werde ich bleich*

Ich glaub' nicht an Liebe, an die echte, das Glück
Ich kenne nur Trauer, das ewig *›Zurück‹*
Es ist diese Liebe, die zerbricht meinen Traum
von einem Leben in Friede — *hört, wie ich erstaun'*

Mein Herze erblüht, wenn ich sie so seh'
Sie leben zufrieden, doch einsam ich fleh'
Sie sind gar so froh und glücklich zu zweit
und ich sitze hier: *träumend im Neid*

Ich wünsche und träume und sehn' mich so sehr
Wo bleibt die Liebe, wann kommt sie nur her?
Ich sitze und warte und lese gespannt
von dem ein'n und den ander'n, der die Liebe doch fand

LEBENSGEWINNE

Susann und ihr Mann
stehen beisamm'n
Sie stehen im Wald
Die Luft, sie ist kalt

Wind weht um die beiden
und zeugt von ihrem Leiden
Denn sie sind einsam, beide
glücklos an der Weide

Sie setzen sich hin
und sehen sich an
Die Hand stützt das Kinn
Sie beäugt ihren Mann:

» Was ist das hier
was will ich noch?
Das alles ist mir
vielmehr nur ein Joch «

» Ist das diese Liebe
von der alle sprechen?
Sind das diese Schübe
die mein Herze mir brechen? «

Sie sitzt und erkennt
wie sie selber nur rennt
Sie sucht ihren Sinn
doch die Hand stützt das Kinn

Sie steht so nicht auf
und befolgt Schicksals Lauf
im Wald mit dem Mann
der sie nie gewann

27. Juli 2018

EHRLICHKEIT

Oh, liebe Prinzessin
was tust du dir an?
Steht's dir im Sinn
zu lieben den Mann?

Was bewegt dich so sehr
mein liebendes Kind?
Dein Herze so schwer
— *verschwindet im Wind!*

Dein Schicksal ist hart
das ist mir bewusst!
Das Ende, es naht
es tilgt deinen Frust!

Mein liebstes Kind
so steh' doch ein
für dich, für mich
— *denn so soll es sein!*

Sag, was du denkst
und fühl dich gar frei!
Das Leben du lenkst
und ich steh' dir bei

Ganz nah bin ich dir
ich stell' es zur Schau
Ganz klar wird es mir:
— *ich bin deine Frau*

27. Juni 2018

LEBEN ZEICHNEN

» Ich male Herzen für mich
denn sie verkaufen sich
sehr leicht
Die Menschen, sie kommen
und sind ganz benommen:

Denn ich verschenke sie auch
— obwohl ich weiß von dem Rauch!
Sie verbrennen sie dann;
die Herzen «, — *wie mein Schicksal begann*

05. Juli 2018

ALICE SPRINGS
EIN THEORETISCHER ANSATZ
MENSCHLICHER ZUNEIGUNG

AUF DEM CAMPUS der Universität zu Alice Springs weht ein lauer Wind, der sich mit den Strahlen der Nachmittagssonne vermischt, die auf die kleinen Beete scheinen. Hinter den großen Holztoren des mächtigen Sandsteingebäudes suchen Lehrkräfte und Studierende seit Jahrhunderten eine angemessene Erklärung dieser Welt und eben all das, was dazu gehört. Unter den berühmt-berüchtigten Gemälden alter und noch älterer Professoren geht eine ältere Dame durch die langen Flure. Ihr Name ist Alice Springs, so, wie sie sich zumindest selber nennt.

Alice Springs wohnt in der gleichnamigen Stadt, ist in einer Beziehung mit einer Frau, pflegt daheim einen Dahliengarten und träumt von einer besseren Welt. Alice Springs ist Professorin für Philosophie an der Universität und hat sich deren Leitspruch ›emendatione mundi‹ tief in ihr Gedächtnis geschrieben.

Häufig sitzt Alice Springs in ihrem Vorbereitungsraum, sieht durch Fenster mit Streben auf die grüne Parkanlage, vorbei an den Pappeln und auf die Beete mit den Blumen. Dann muss sie daran denken, was das eigentlich alles *ist*. Warum gibt es *sie*, das *Gebäude*, die *Welt*? Warum hat sie Vorbilder, warum ist sie so, wie sie ist? Letzteres war übrigens ein ganz fürchterlicher Satz, der ihr einst gegenüber geäußert wurde. Bis heute hat sie keine zufriedenstellende Antwort darauf gefunden.

Ganz selten geschieht es, dass sie ihre Gedanken sogar in den Unterricht hineinnimmt. Alice Springs kommt mit roter Tasche in den Raum und erblickt einen Strauß Ranunkeln. Das eigentliche Thema der Stunde sind die Ursprünge und Herkünfte totalitärer Strukturen: *Was ist also Imperialismus, Faschismus, Antisemitismus?* Alice Springs hat sich lange auf die kommenden Sitzungen vorbereitet, Bücher verschlungen, recherchiert, argumentiert, diskutiert, alles, nur um der Erklärung unseres heutigen Seins bessere Thesen voranzustellen.

» Die hat eine Frau vorhin vorbeigebracht «, sagt Thomas, der in der zweiten Reihe auf einem hölzernen Stuhl sitzt.

» Wie bitte? Ach so, ja, vielen Dank «, die Professorin mit dem grauen Dutt und der kleinen Brille sieht sich verwirrt um, erblickt die Blumen, ehe sie wieder den Bezug zur Realität herstellen kann.

Als Alice Springs noch unter ihrem geburtsgegebenem Namen in Prag lebte, waren es Ranunkeln, die vor ihrem Fenster blühten. Es waren die Blumen, die in derselben Nacht hinunterfielen und für Alice das Ende ihrer Welt bedeuteten. In Australien waren es dieselben, die sie im neuen Land begrüßten und die ihr ihre Liebe einst schenkte.

» Attraktivität hat nichts mit Schönheit zu tun «, sagt Alice Springs dann wie aus dem Nichts, ohne Vorankündigung.

» Ich habe tatsächlich sehr lange gebraucht, um das zu verstehen «, ergänzt sie und betrachtet die Klasse.

» Aber bedingt das Äußere nicht die Attraktivität einer Person? «, fragt Sam nach, der über den Themenwechsel nicht unglücklich ist.

» Oh, Misses Springs, wird dies wieder ein theoretischer Ansatz? «, fragt Sue.

» Der menschlichen Zuneigung, ganz richtig «, antwortet die ältere Professorin und beginnt, das Thema des theoretischen Ansatzes auf die Tafel zu schreiben.

» Wann sind Sie einem Menschen zugeneigt? «, fragt selbige.

» Also, wenn ich jemanden mag, dann ist er für mich auf jeden Fall interessant «, versucht Tom zu erklären, während Thomas ungeduldiger wird und sagt:

» Aber das Interesse an einer Person kommt doch auf ganz verschiedene Weise, nicht? Einige Leute finden es interessant, wenn der andere dieselben Dinge praktiziert wie man selbst, andere, wenn derjenige unterschiedliche Sachen macht. Und dann sind da natürlich noch die Hoffnungslosen, die sich lediglich in das Gesicht von jemandem verlieben. «

» Das ist jetzt aber interessant «, schmunzelt Alice Springs, die neugierig zusieht, wie die Blicke ihrer Studierenden zwischen Alex und Tina hin- und hergehen. Beide Studierenden galten auf der Alice Springs Universität als Königin und König der Verabredungen und Schwärmereien. Würde man sie fragen, wie viele Rendezvous' sie schon gehabt hätten, so wäre man mit Sicherheit über eine dreistellige Zahl hinübergeschritten. Was eint die beiden?

» Wir sprechen von der Subjektivität der Schönheit, die ich in gewissem Maße gar nicht leugnen möchte, richtig? Aber würden wir diesen Satz bis zur bloßen Direktheit zurückverfolgen, dürfte es zwischen zwei Komponenten, wir nennen sie a und β, die ungefähr gleiche Anzahl an ›Verehrern/Verehrerinnen‹ geben, je nach dem, wie viele Personen sich zwischen a und β entscheiden müssen: *Je größer der Kreis, desto größer die absolute Differenz*, die Relation. Das ist sicherlich gut möglich, wenn wir die Mehrheit der Herren- und einen Teil der Damenwelt fragen würden, wem sie eher zugeneigt wären: Marilyn Monroe oder Audrey Hepburn. Es ist eine Geschmacksfrage, durchaus. Der eine findet blondes Haar schön, die andere Zierlichkeit, darüber möchte ich gar nicht debattieren. Nehmen wir aber als Objekt a weiterhin Marilyn Monroe und als Objekt β erneut Marilyn Monroe, dafür aber ungeschminkt, und um den Sachverhalt besser zu erleuchten: fortan als Norma Mortenson, ihr Geburtsname, so wird die Gewichtung wohl deutlich *anders* ausfallen. «

» Aber das würde ja bedeuten, dass wir uns unsere Lebenspartner nur nach der äußerlichen Schönheit aussuchen würden, zumindest eine bedeutende Mehrheit von uns «, sagt Sue widerwillig. » Da gehe ich nicht mit. Was soll ich denn mit einem Partner, der wie James Dean aussieht, ich mich aber nicht mit ihm unterhalten kann? «

» Dazu hat sie doch noch gar nichts gesagt, Sue! «, entgegnet Alex und das Mädchen errötet.

» Ich glaube, der Punkt ist, dass man im Verlauf des Kennenlernens sieht, ob einen die Person auch charakterlich anspricht. Hat sie Interesse an mir, ich an ihr? Gibt es Dinge, dir mir gar nicht gefallen? Schließlich muss man sich entscheiden «, erwidert Thomas.

» Demnach haben die hübschen Personen die bessere Chance, in die engere Auswahl des ›*Heiratsmaterials*‹ zu gelangen als hässliche? «, Tina weitet die Augen.

» Was ist Liebe auf den ersten Blick für Sie? «, fragt Alice Springs.

» Das ist für mich, wenn er einfach unglaublich- «, beginnt Anne zu träumen, ehe sie von Sam unterbrochen wird.

» Ich verstehe, was Sie meinen. «

» Ich glaube, dass es sehr schädlich ist, die Jugend, Sie, damit zu erziehen, dass Sie die Gewissheit auf einen Partner, eine Partnerin haben. Ich möchte Sie auf keinen Fall entmutigen und jeder von Ihnen kann am Ende seines Lebens in einer glücklichen Beziehung leben. Es kommt jedoch darauf an, wie man sich entscheidet. «

» *Entscheidet?* «, hakt Tom nach.

» Wir haben bereits geklärt, welchen Einfluss die Äußerlichkeit auf andere Personen hat. Genaueres wage ich mich dazu nicht zu sagen, ich möchte vorbeugen, dass Sie sich sinnlose Gedanken machen. Aber kommen wir zurück zum Wesentlichen: Welche Rolle spielt der Charakter? « In großen Druckbuchstaben schreibt Alice Springs nun ›*Charakter*‹ hin, etwas weiter unterhalb ›*Attraktivität*‹, dazwischen ein ›=‹-Zeichen.

» Wollen Sie für das menschliche Empfinden wirklich eine Formel aufstellen? «, lacht Alex.

» Sie liegen falsch, Mister Pettyman. Ich habe das ganz und gar nicht aufgestellt. Unsere Entscheidung hat uns dazu verleitet «, lächelt sie.

» Also ist die aktuelle Frage und die aktuelle Debatte: wann wir einen Menschen interessant finden und wann uns sein Charakter anspricht? Aber sollte das nicht gerade sehr persönlich sein? Meine Freunde und ich haben dahingehend viele unterschiedliche Gewichtungen, wen man charakterlich ansprechend findet «, sagt Allison.

» Genauso, wie Sie dachten, Schönheit wäre subjektiv? Würden Sie sich mit einem Adolf Hitler zum Kaffee treffen? Wie viele Freunde würden es tun? Sie haben ja schließlich ganz *eigene* Vorstellungen und unterschiedliche Interessen «, lächelt Alice Springs.

» Wer würde schon jemanden auf ein Rendezvous begleiten, der sich selbst nicht leiden kann, aus der Masse heraussticht und immer im negativen Mittelpunkt der Aufmerksamkeit steht, ganz gleich, ob es für denjenigen gewollt oder eben nicht gewollt ist. Was eint Alex und Tina, warum zählen sind sie so häufig auf einer Verabredung? Und entschuldigen Sie bitte, dass ich Sie gerade für meine These benutze «, sie zeigt auf die beiden, die in ganz unterschiedlichen Ecken des Klassenzimmers sitzen.

» Die Dame und der Herr schmiegen sich in einer unglaublichen Perfektion in die Mitte der Gesellschaft ein. Sie üben stereotypische Aktivitäten aus, Alex ist Rugbyspieler und Tina Cheerleaderin, sind nicht besonders auffällig und dadurch in jeglicher Abendgestaltung gern gesehene Gäste, die dadurch immer wieder in den Fokus rücken. Von Personen, die keine individuellen Eigenschaften haben, kann man nur wenig, muss man nicht viel erwarten; zumindest nichts negatives. Es ist ein Kreislauf, dem man nur schwer wieder entkommen kann. Aber ich beglückwünsche Sie beide für ein oberflächlich-angenehmes Leben. «

» Aber ist das nicht nur für unser Klientel der Fall? «, fragt Thomas, der mehr bestürzt als glücklich ist.

» Natürlich ist es das! Aber welches Klientel macht Sie denn in diesem Falle aus? Ist es das Klientel der heterosexuellen Männer, eines Studierenden oder einfach, dass Sie ein ganz gewöhnlicher Mensch sind? «, entgegnet Alice Springs.

» Nur weil wir jemanden ›besonders‹ nennen, heißt das nicht, dass er ›besonders‹ ist, was wir schon einmal festgestellt haben. Ich hoffe, dass Sie mich alle hier nicht missverstehen. Ich denke, es könnte in gewisser Weise vorverurteilend für Sie sein, dass wir das Thema hier auf *diese* Weise erarbeiten. Es ist nichts falsch daran, ein, in gewisser Hinsicht, normierteres Leben zu führen. Man muss sich nur entscheiden, wofür man später sterben möchte. Beides ist vollkommen legitim: sterbe ich im Wissen, dass ich eine stereotype Welt hatte, mich hier und dort *so* benommen habe, wie man es erwartet hat und ich glücklich war oder sterbe ich dafür, dass ich *so* bleibe, wie ich bin, und dadurch vielleicht in die Untröstlichkeit hineinrutsche? «

» Attraktivität ist demnach die äußerliche Schönheit, nennen wir ihn Faktor ÄS, im Zusammenspiel mit der Eingliederung in die derzeit angesehene Gesellschaftsstruktur, Faktor EG, richtig? «, fragt Sue.

» So würde ich die Gleichung zumindest ebenfalls aufstellen «, antwortet ihre Professorin, die vor einer Klasse steht, deren glückliches Schicksal unverblümt ist.

» Dennoch muss man bedenken, dass der Begriff der Attraktivität immer im Wandel ist und man ihn auch jederzeit selbstständig verändern kann «, lenkt Allison ein.

» Nennen Sie mir einen Gesellschaftskreis, für

den diese Gleichung nicht zutrifft. Die eigene Entscheidung, selbst attraktiv zu sein, ist, wie schon bemerkt, auch nur zur Hälfte wahr. Aber Sie haben Recht. Der andere Teil ist unser eigener Entschluss. Was ist unsere Priorität und wohin möchten wir in unserem Leben gehen? Diese Entscheidungsfreiheit ist ein Gottesgeschenk, nutzen Sie sie gut. «

EIN BLICK
Gewidmet Buchenwald, Anne, Charlotte

Der graue Rauch steigt fad nach oben
unten hört man Menschen loben
Später hat man's nicht gewusst
Man hatte viel, ja so viel Frust!

In Reihen laufen dünne Frauen
Geschlagen sind sie und gehauen
Kleine Kinder sind in Kammern
während, wasserlos, sie schrecklich jammern

Der Himmel, er wird immer grauer
Er scheint verstört von ewig Dauer
Auf den Straßen wird es leerer
keine Spur vom Leben *derer*

Und später hört man immer noch:
» Wir ha'm ja wirklich nichts gewusst! « Doch!
Die Lager sind nicht unsichtbar
Die Straßen führen hin sogar!

Durch große Tore laufen sie
Seh'n die Heimat wieder? Nie!
Bekam'n kein'n Schutz von ander'n Staaten
Konnten nichts — *als sinnlos warten*

Doch die Deutschen wollten's so!
Vergesst es nicht: *sie waren froh!*
Deutsche Last mit großen Narben
weil sie's nicht verstanden haben

Blau und weiß: ein ewig Kleid
zeugt vom Leid der Ewigkeit
Schwul und jüdisch — alle gleich
gehören nicht ins *Dritte Reich*

Ein Blick

Eine *Schande* ist auf deutschem Boden
Geschichten von Millionen Toden
Und die Menschen lernen nicht
Die Lagertürme haben Sicht!

ES MACHT MICH SO SCHLECHT

In der Einsamkeit die Stille
und so eine Fülle
an Gedanken, den meinen
— Sie suchen nach feinen

Träumen und sehnen
nach Wünschen und dehnen
die Realität zu recht
Doch die Gedanken wissen es nicht:

Es macht mich so schlecht

HINGABE

Ich geb' mich dir hin
Nimm mich, wie ich bin
Nimm mich wie gemacht
wenn *du* lässt mich frei:
ein Traume erwacht

Ich verspreche zu geben
wenn du *schenkst* mir mein Leben
alles: *so nimm es von mir*
Es soll gehören alleine nur dir

Nimm mir mein Herze
die dunkle Schwärze
meiner eiskalten Seele!
Lass sie frei und befehle

mir endlich zu gehen!
Beende mein Flehen!
Befrei' mich vom Fluch
der mich hat gesucht

Es soll dir gehör'n
mich länger nicht stör'n:
Mein Alles, mein Leben
ich will es dir geben

28. Juli 2018

HÖLLENFEUER
Gewidmet Desi

Da ist so viel Hass
und unendlich viel Wut
Am Feuer brodelt die tosende Glut

Die Glut soll dich treffen
und trifft doch nur mich
Ich verbrenne mich selbst
und doch niemals dich

Im Zorne der Flammen
sollst du hier vergeh'n
Im Feuer will ich
dich brennend erspäh'n

Deine wertlose Asche
muss niemand mehr seh'n
Dein herzloses Etwas
soll jämmerlich fleh'n!

Doch durch diesen Hass
die endlose Wut
bin ich es selbst
das Leid tränkt mein Blut

Ich will dir entreißen
dein schlagendes Herz
Es schlägt vielmehr mich
als für dein Leben und dich!

Warum hast du verdient
gar so schön zu leben
und dem andern zu geben

Höllenfeuer

unendlich viel Pech?
Du sagst: » *Es ist Zufall* «
wie ich, als ich stech'

das Messer zum Morde
in das Leben hinein:
» *Es ist ja nur Zufall*
dass ich bin allein «

An der eigenen Liebe
verbrenne ich mich
und gehe zu Grunde
am eigenen Stich

Anne, Part I

Zwei Herzen berühren
einander und spüren
sich wirklich gern sehr
Das tosende Meer

in den sehnenden Augen
» Das wird sich hier taugen! «
sagt er ihr sodann
Sie sieht zu dem Mann

Zwei Universen verführen
einander und spüren
den Herzschlag und ihn
— den anderen — flieh'n

Sie will ihn so sehr
und er noch viel mehr
Doch vergisst er sie mit
ganz riesigem Schritt

Sie leben zusammen
aneinander vorbei
Die Träume, sie flammen
Der Mann, er ist frei

wie eigentlich immer
doch er hat keinen Schimmer:
Sie fasst den Entschluss
dass es enden nun muss

Sie sieht zu dem Mann
und sagt diesem dann:
» Nach alldem weiß ich:
Du bist nicht für mich «

Anne, Part I

» Ich lieb' dich viel mehr
als du kannst versteh'n
Ich fühl' mich so leer
und muss endlich geh'n! «

GRÖßENDENKEN

» Man bekommt nicht alles « — es ist keine Wahl
Die einen sind schön, viele andere kahl
» Man will nie alles « — ist ein typisches Leben
Die einen bekommen, die anderen geben

Es ist auch für mich nicht so überraschend
dass man die Tiefen der Welt *nicht* alle kennt
Doch in schlimmsten Träumen, in ganz dunklen Tagen
wo meine Gedanken so unberührt lagen

hätte ich niemals gedacht
dass auch die göttliche, gütige Macht
die Liebe hat zu diesen Größen erwählt
— *Sie einem das ganze Leben lang fehlt*

Ich bin ein Mensch, der liebt und gedeiht
voll Güte sein zierliches Herze verleiht
So hoffe ich immer ein bescheidenes Stück
Doch ich bekomme von ihnen nie eins zurück

01. Februar 2018

FALTERLEIN

Die Falter flattern in dem Wind
— sie einsam, zweisam, glücklich sind!
Sie flattern fröhlich hin und her
Die Falter scheinen wie ein Meer

aus leuchtend frohen Farben
und bringen wundersame Gaben
Schwirren selbst, seht nur, sie!
Wenn in sommerlichen Winden, die

Falter fliegen über Felder
über Ähren, über Wälder
schenken sie uns Leichtigkeit
die in uns dann verweilt

05. Juli 2018

PAPPELSOMMER
Von der einen, die auszog, um sich zu entscheiden

SCHWARZER RAUCH steigt in dicken Wolken über die grünende Landschaft, die von einer grau-schwarzen, dampfenden Eisenbahn durchdrungen wird. Felder, Wiesen und Äcker werden geschnitten, geteilt, durchfahren, alte Begrenzungen durchbrochen. Goldene Ähren ergötzen sich an den hellen Sonnenstrahlen, die in diesem Moment vom Himmel auf sie hinabscheinen. Auf der anderen Seite ragen hohe Pappeln hervor, wie Säulen zieren sie den Weg der brausenden Lokomotive durch die vielfältige Landschaft. Eine Brise zieht durch die Äste, das Blätterwerk raschelt. Im Hintergrund blühen die letzten Sonnenblumen.

Es war ein fürchterlich langer und warmer Sommer gewesen, der seinen blühenden Abschied nun im August beging. Auch *er* streifte durch das Land, zierte hier und dort die Felder wie ebenjener Zug, in dem eine Dame mittleren Alters sitzt. Ein bunter Rock umgibt ihre überschlagenen Knie. Auf ihr Kinn gestützt, sieht sie durch das Fenster. Ihre glasklaren Augen erblicken die Weiten, ihr Blick streift über die Landschaften, die der Zug erreicht. Die Bläue in ihren Augen erinnert an die Tiefen des Ozeans, an die Geheimnisse, die sie uns nicht verrät. Ich sehe in ihrem Blick so viel Schmerz, so viel Hass und doch, auf gleiche Weise, ist dort auch so viel Liebe versteckt, etwas Warmes in dieser Kälte, etwas Unbeschreibliches.

Wir unterhielten uns nicht lange, als wir noch gemeinsam auf dem Bahnsteig standen, als die gleiche Brise, die jetzt die Pappelblätter durchzieht, uns streifte und wir für einen ganz kurzen, für einen sonderbaren Augenblick, in der Mitte des Geschehens standen, — als wir der Mittelpunkt *unseres* Universums, *unserer* Herzen waren, die Protagonisten unserer Bühne, — als sich unsere Seelen berührten, nur für diesen ganz kurzen Augenblick, und wir alles andere vergaßen.

In meiner Fantasie redeten wir viel mehr miteinander. Wir redeten und sagten Unendlichkeiten mehr, bauten Galaxien, Brücken, Schluchten. Wir waren für eine Sekunde so viel mehr, so viel mehr, was wir einander zu sagen hatten.

Lola Love *musste* reden; mit irgendjemandem, auch wenn es nur mit *mir* gewesen war. Lola hatte einiges zu erzählen: Geschichten, Wünsche, Träume. Ihre Fantasien reichten weit über die irdischen hinaus. In ihrer Welt regnete es manchmal Zuckerwatte, die den Erdball so sorgsam und empfindsam umschloss und danach vom Regen, der dann doch existierte, aufgelöst wurde. Es war etwas Schönes, etwas Schreckliches.

Wir betraten gemeinsam den Passagierwaggon, eine Fahrt, von der wir nicht wussten, wohin sie uns führen vermochte. Es sollte eine Reise werden, die einfach dadurch weiter ging, indem wir im Zug blieben, wir nicht anhielten, für niemanden, nicht mal für uns selbst, und auf keinen Fall ausstiegen. Wir durchschnitten Landschaften, alte Muster in der Geschichte dieser Welt und hörten nicht auf, uns zu bewegen. Wir beide sahen nicht, wohin uns das führen sollte. Wir hatten ein sonderbares Ziel vor Augen, dem wir scheinbar näher kamen, während sich das andere, das für uns einst Beginn und Ursprung bedeutete, immer weiter von uns entfernte. Wir wussten: niemand konnte uns aufhalten. Niemand hätte die Kraft gehabt, eine *Lola Love* in ihrem Bestreben zu hindern. Niemand konnte Lola Love belehren.

» Wir zahlen unsere Preise für das Schicksal, welches wir leben «, sagte sie mir in mein Angesicht und ich hatte die Vermutung, dass sie nicht glücklich darüber gewesen war. Ich *wusste*, was sie meinte und ich *wusste*, was sie bereit war, zu geben, — *dafür* zu geben, ihren Wunsch, ihren tiefsten, in Erfüllung gehen zu sehen. Sie würde *alles* geben, *alles*, was sie hatte, damit ihre Träume einer besseren Welt wahr werden würden. Lola ertrug alles, *alles*, was ihr entgegen kam, alles, was sie durchstoßen musste, um *das* zu erreichen, wovon sie träumte. Es schien ihr, als hätte sie alles Unglück dieser Welt einge-fangen, als würden die Steine in ihrem Weg zwar von ihr durchbrochen werden, aber dennoch an der Seite liegen bleiben und auf ihrem Weg durch Landschaften und Schönheiten ihre großen und schwarzen Schatten werfen. Die Felsen, die andere so vielfach auf ihre Schienen legten, würden niemals verschwinden. Eines Tages würde sie sich dann umdrehen und sehen, was eigentlich alles geschehen war. Ich habe die Vermutung, dass genau in *diesem* Moment die Maske von ihr abfal-len und sie realisieren wird, dass das, was sie sich so sehr erhoffte, gar nicht mehr in Erfüllung gehen kann, dass es nie funktioniert hätte. Aber das möchte ich ihr nicht sagen. Ich verweigere es mir, weil ich ihre Hoffnung nicht zerstören will.

Ihr sind viele Schönheiten begegnet, uns, ganz viele, jede auf ihre eigene Art und Weise, Will, Klara, Milan. Menschen, die sich zeigten, wie sie sind, auch, wenn man dafür mehr als nur gehasst werden kann. Lola wusste es und Lola verstand Milan und seine Freunde. Sie hegte keinen Kontakt, sie konnte es nicht, aber umso mehr wurde ihr bewusst, wofür es sich zu leben lohnt: nicht für den eigenen Egoismus, *das* zu bekommen, wonach *sie* ganz *persönlich* strebte, wofür ihre *Welt* strebte, wofür wir *gemeinsam* strebten, nein, es war die Verwandlung der Welt ins Schöne.

» Man kann nicht einfach abwarten, dass etwas geschieht, sich die Welt von Grund auf ändert, man muss selbst etwas dafür tun. Die Menschen prüfen uns, die Welt tut es: Wie viel würden wir für die Veränderung einer Welt geben, die nicht weniger uns, sondern viel-mehr den anderen helfen würde? «

Lola sitzt an ihrem Fenster und erinnert sich an die vielen kleinen Stationen, an denen sie früher angehalten hat, von denen sie dachte, dass sie ihr Ziel gewesen wären, unseres, von denen sie dachte, sich endlich ausruhen und stoppen zu können, sich zu sonnen, wo sie eine Tasse Tee am Bahnhof trinkt und auf das Vorbeifahren anderer Züge wartet. Sie hätte auf Züge gewartet, die gar keinen Rauch mehr in die Welt bliesen, die viel schneller wären, die sie überholt hätten und es wäre ihr egal gewesen. Sie hätte sich an ihren schwarzen Tisch gesetzt und sie mit dem roten Wählscheibentelefon angerufen, sie alle, die, die vorbei gefahren wären, die, die sie gegrüßt hätten.

» Glaubst du an die Liebe? «, fragte sie mich mal. » *Glauben…* «, antwortete sie, » Verrätst du dich nicht selbst? Ich kann nicht von etwas überzeugt sein, von dem es keine Beweise gibt «, sie lächelte. Doch wieder waren es ihre blauen Augen, die eine *andere* Geschichte erzählten, die von Geheimnissen sprachen, sie mir detailreich niederlegten, die ich nicht geahnt hatte zu wissen. Stück für Stück präsentierte mir Lola Love die Rätsel ihres Kommens und Verschwindens, ihrer Geschichte, ihrer Erzählungen. Lola war genauso mystisch wie die Welt um sie herum. Gerne wäre ich in die Tiefe hinabgestiegen, doch wir hatten keine Zeit. — Eine Antwort, die Lola Love ganz oft vernahm, nicht nur als Satz, nicht nur als Erzählung: » Wir haben keine Zeit « — *für mich?*

　　» Liebe heißt eigentlich geben, nicht nehmen. Das vergessen sehr, sehr viele. Bin ich bereit zu geben? Oder will ich nicht auch nur nehmen, so, wie die, die ich eigentlich kritisiere? Oder ist es dann doch nur Chemie, — Chemie, *Pheromone*, die sich gegenseitig anziehen? Glück? Einbildung? Im Endeffekt dann vielleicht doch nur *Liebe* «, philosophierte sie. War sie bereit, noch mehr zu geben, als sie eigentlich schon tat? Manchmal hatte sie so viel Kraft, Berge zu versetzen, aber manchmal jedoch, und daran musste sie immer wieder denken, schaffte sie es nicht mal, eine Dahlie zu pflücken und sie in eine Vase zu stellen. » Wer gibt uns das Recht, darüber zu entscheiden, wer leben und wer sterben darf? Es ist eine Selbstgefälligkeit. «

» Aber es heißt auch, dass Liebe bedeutet, jemanden in der Masse zu erblicken, sonst hätte ich nun mal nicht gerade jene Dahlie einst gepflückt, sondern eine andere. Aber sie war die, die mich am meisten angesprochen hat und dadurch besiegelte ich ihr Schicksal: den Tod aufgrund meines Egoismus'. Ich habe sie mit meiner Liebe umgebracht. « Gewiss wusste sie, dass man niemanden umbringt, nur weil man jemanden in der Masse erkennt, ganz im Gegenteil: Unter so vielen Millionen Menschen den *einen* zu erkennen, zeugt doch von so viel Herz, von so viel Liebe, von so viel *Aufmerksamkeit*, die man einer anderen Person nur schenken kann. Symbolisch waren es die Blumen, die ›echt‹ sein sollten, wenn sie in die Vase kamen. » Auch wenn viele Menschen nach Kopien streben, so bin ich nicht. Ich will eine echte Rose, eine mit Stacheln, die mich daran erinnern lässt, wer sie ist und warum ich alles für sie aufgegeben habe. Wenn ich weiß, dass jemand etwas dafür getan hat, sie mir, und nur mir, zu geben. «

Damit hatte Lola Love ein ganz schreckliches Problem, eine ganz tiefsitzende Problematik, die sie nur lächelnd mit: » Ich habe ein ganz fürchterliches Verhältnis zur menschlichen Zuneigung « beschrieb. Sie sagte es damals, als sie ein Sektglas in der Hand hielt, mit hochgesteckten schwarzen Haaren und einem schwarzen Kleid im Saal des Hochzeitspärchens in Camaret-sur-Mer stand. Es war die Antwort auf eine Frage, die nur nach ›*Wieso?*‹, ›*Warum?*‹ und ›*Weshalb?*‹ suchte, aber nicht nach den Beweggründen eines *anderen* Lebens. » *Ihr* fällt Entscheidungen, mit denen *ich* leben muss und *ich* treffe Prioritäten, mit denen *ihr* lernen solltet, umzugehen «, sagte sie dann und ließ fragende Gesichter zurück, die das Ausmaß ihres Lebens nie verstanden hatten. Aber eigentlich war es Lola *selbst* gewesen, die es nicht verstand, was es hieß, den Preis ihres

Schicksals zu bezahlen. Sie sprach immer wieder über Dinge, die sie anscheinend selbst nicht wirklich wahrhaben wollte und die ihr, von der Bedeutsamkeit her, erst viel, viel später klar wurden. Sie war die zweite Wahl in ihrem eigenen Leben, ein *Side-Kick*, in dessen Rolle sie sich tragischer Weise selbst begab. Ihr Leben zierte die Welt, auf ihrer Bühne handelten andere Protagonisten. Sie stellte sich an die Seite, um somit Zeichen zu setzen, um nicht aufzufallen. Sie führte ein Leben mit der Überschrift:

» DAS LEBEN DER LOLA LOVE «

Untertitel:

Eine Geschichte der Anderen

Es klingt so makaber, aber ist der Wahrheit nicht weniger wert: *Sie* ist das Problem. *Sie* kann sich selbst nicht *lieben*, weil man ihr immer nur gezeigt hat, warum man sie nur *hassen* kann, meine, unsere, kleine Lola Love. Es ist ein Teufelskreis, ein Loch, in das sie sich hat stoßen lassen und alleine nicht mehr herauskommt. Man wird geliebt, wenn man sich selbst liebt. Lola kann sich erst dann lieben, wenn sie merkt, dass sie geachtet und bewundert werden kann. Heute bezahlt sie die zweite Rechnung, für die sie nie etwas bekommen hat. So kam sie zu der Erkenntnis, dass es im Endeffekt gar nicht mehr *die Anderen* waren, die sie nicht wollten, sondern dass sie es selbst war, die *sich* von ihr entfernte. Ihr Entschluss, sich von den anderen zu distanzieren, war die letzte Rettung, die ihr blieb, um einen Untergang zu vermeiden.

» Ich habe in meinem Leben schon etliches verloren, sehr vieles: Freundschaften, Erinnerungen, Familie, Ziele, alles, was mir etwas bedeutet hat und mir nie entschwinden sollte. Aber ich verliere nicht *das*, was ich mir vom ganzen Herzen wünsche. Ich habe mir das alles *anders* vorgestellt. « Nun finde ich mich in der Tiefe ihrer schwarzen Pupille wieder. Wie das wilde Meer schwappt die Bläue ihrer Augen in den Abgrund, in den Fokus ihrer Sicht. Ich sehe jemanden straucheln, mich, sie, uns. » Ich bin felsenfest davon überzeugt, dass wir so aussehen, wie uns die Gesellschaft formt. Ich gehe davon aus, dass Erfahrungen uns zu dem Menschen machen, der wir heute sind und Erinnerungen unsere tiefsten Geheimnisse beherbergen. Das ist amüsant, denn diesen Gedanken hatte ich zu jenem Zeitpunkt, als ich die Maiglöckchen vor meinem Haus gepflückt habe. « In diesem Moment erinnerte sich Lola an die Geschichte eines gewissen Mädchens, das selbst den Tod in Kauf nahm und mit *einem* Satz die Welt veränderte.

In diesem Pappelsommer geschah etwas unglaublich Spektakuläres. Es war Lolas Übertritt von ›Wünschen‹ zu ›Erkenntnissen‹, die sie schließlich mit mir teilte. Ich lernte sie ja lediglich als Frau am Fenster kennen, die mit ihren überschlagenen Knien in die Weite der Welt blickte und sah, wie sie durch Bahnhöfe, Landstriche und Täler reiste. Dabei erzählte sie mir keinen einzigen Gedanken selbst. Es waren nur ihre blauen Augen, die mir von einem Leben berichteten, das ich eigentlich kennen sollte.

» War es denn *mein* Fehler, mir zu wünschen, für die eine Person die Priorität zu sein? Als sich damals der Übergang von dieser Hoffnung in die Realität andeutete, war das sehr, sehr schlimm. So ähnlich erging es mir, als ich ganz klein war, als dann die anderen Menschen besser waren als ich, als sie interessanter und liebenswürdiger, als sie einfach *anders* waren. Ist es falsch, danach zu streben, wonach *alle* streben? Dass jemand meine Gedanken liebt, meinen Körper, dass jemand alles dafür tut, nur um bei *mir* zu sein? Und hier ist der Punkt, den ich dir schon einmal gesagt habe: Wir alle bezahlen unseren Preis. Das hier wird *meiner* sein. «

Sie hatte den Gedanken, so, wie ich den meinigen habe, dass es vielen anderen Leuten sehr leicht fiele. Ihnen fallen Ereignisse und Wünsche von Lola zu, die für sie selbstverständlich sind. Das sind Träume und Ziele, die von der Wertigkeit bei Lola an oberster Stelle stehen, Erinnerungen, um die Lola aber kämpfen muss, mit allem, was sie hat. » Wir sterben alle unseren eigenen, kleinen, einsamen Tod. Warum müssen einige Menschen bis dahin so viel Leid erleben, während es bei anderen gleicht, als würden sie auf Wolken schweben? «

Lola Love fährt zweigleisig, sie hat zwei Ziele: Sie will die Welt verändern. Sie will zeigen, was alles in ihr steckt und sie träumt davon, dass eines Tages alles besser wird. Und neben dieser dampfenden Eisenbahn, in die sie unermüdlich Träume wie Kohle schippt, da fährt ein etwas kleinerer Zug, der nicht so schnell ist, sie nicht einholt, mal rascher, mal langsamer ist, aber nie an den ersteren herankommt. Der Letzte nimmt alles nur im Schatten des voranfahrenden Zuges wahr. Er ist nicht so wichtig wie der, der ihm vorausfährt. Der Zug trägt den Namen: » *Lola Love* « und fährt mit unbekanntem Ziel, er ist der Protagonist, der auf ihrer Bühne von

» DAS LEBEN DER LOLA LOVE «

mit dem Untertitel

Das Leben der Anderen

so schmerzlichst vermisst wird. Daher lässt sich dieses Stück auch ganz anders beschreiben: Diese Geschichte ist nicht weniger als eine Erzählung von den Schönen und Verdammten, eine Geschichte von kleinen Wundern, kleinen Wünschen, von denen, die es leichter haben und von denen, die kämpfen müssen; um ganz verschiedene, banale, ›einfache‹ Dinge. Es ist eine Geschichte des ›IPSA VITA‹ - Theaters, eine Geschichte von Gewinnern und Verlierern, von denen, die nur *sterblich* sind.

» Aber sollte ich mich ändern? Niemals sollte ich das. Da haben sie Recht, die Leute, die mein Leben ausmachen. Anpassung ist die kleine Schwester der Unterwerfung. Ich werde das nie wieder tun. Ich werde mich nie wieder Leuten unterwerfen, die es nicht einmal verdient haben, mich anzusehen. Ich liebe und lebe lieber ungewöhnlich, als ein Bestandteil dieser Welt zu sein, die es nicht verdient, ›Mutter‹ genannt zu werden. In dieser so endlichen Phase, die für dich vielleicht so sehr nach *Ende* und *Sterben* klingt, gibt es so viel Wandel und ein so großes ›Werden‹, das du dir nicht vorstellen kannst. Es geschieht noch *so viel*. Vielleicht nehme ich das aber auch zu ernst «, sie lächelte, doch verstummte.

Lola war mehr Traum als Mensch, ein Traum, der sich so vieles gewünscht hatte: Reisen nach Afrika, Küsse im Sonnenuntergang, Frühstück am Eifelturm. Sie ist aber niemals die leere Stelle im Baum geworden, in der man ihren Namen geschrieben hat, weil sie so unendlich geliebt worden ist. Sie ist nie in die Position gerückt, jemandem zu schaden, nur um die Liebe ihres Lebens zu erhalten. Sie hat niemanden verwundet, außer sich selbst. Wir verstanden etwas komplett anderes von der Liebe als sie, denn sie meinte, dass Liebe kein ›Probieren‹ ist, nichts, was man ›einfach so‹ versucht. Man sucht ja nichts, nur in der Hoffnung, dass es irgendwann erblüht. » Wir opfern uns für Menschen auf, für die wir meinen, dass es sich lohnt. Aber wir tun es niemals für uns selbst, sodass folglich eine Leere entsteht, wenn wir nicht in gewisser Hinsicht attraktiv und begehrenswert wirken. Es ist *ein* Schicksal von vielen. Es ist *ein* Herz von vielen. Es ist *nur* ein *Leben* von vielen. «

In einem Sommer, der von so unglaublich viel Wärme gezeichnet war, saust eine rauchende, metallene Eisenbahn quer durch die Landschaft, durchstreift blühende Felder, sieht Bahnhöfe, an der sie keinen Halt macht. In ihr sitzt die unaufhaltbare Lola Love, die für ein Ziel kämpft, das in die ewige Ferne gerückt ist. Unaufhaltsam fährt sie in Richtung Horizont, dort, wo man gemeinsam auf einem Riesenrad sitzt, wenngleich es alleine viel zu langweilig ist. Niemand weiß, wohin der Weg dieses Zuges noch gehen wird, welche Flüsse und Brücken er überwindet, welche Geschichten die Tiefen dieser Augen noch sehen werden. Aber sicher ist, dass der Wind durch das Blätterwerk der Pappeln wehen wird, dass sie ihren Weg säumen werden: Die so schönen Augen einer Frau, deren Erinnerungen ihre Geschichte schreiben. Wie ein wilder Ozean versteckt Lola Love ihre Gedanken und zeichnet sich ein Leben, das für andere selbstverständlich ist. Egal, was geschieht, sie wird nie vergessen, wie sie sich in diesem Moment fühlte, als sie sich gesetzt hat, als sie im Fenster ihr Spiegelbild sah und fragte: *» Warum? «*.

DEIN SCHATTEN

So spät ist es schon und ich denk' an dich
Denk' an die Zeiten und an den Stich
den du meinem Herzen gegeben hast
Ich war kurz davor, ich sagte es fast

dass du bist für mich viel mehr als ein Mann
Du *bist* viel zu schön und deswegen ich kann
nicht aufhör'n zu träum'n und an dich zu denken
meine Geschichten zu schreiben und die Lider dann
       senken

Du wirst es nie lesen, was ich von dir schreib'
Du hast jemand'n ›Neues‹ und so ich doch bleib'
in meinen Wünschen, in Gedanken
von Liebe und Hass. Die Gefühle, sie schwanken.

September war's, als du bist gegangen
und ich seh' noch genau, wie auf meinen Wangen
die Tränen, sie flossen, da ich war allein
In der Einsamkeit werd' ich wohl glücklicher sein

Erinnerst du dich? Was wirst du noch wissen?
Ich vermisse dich und wie wir uns küssen
Aber ich will dich vergessen, ein anderer sein
Doch egal, wie's wär': Es wär' nur ein Schein

       21. Januar 2018

HELSINKI
Gewidmet Vane

Im Strandkorb nach Haus'
unter leuchtenden Sternen
stehen in fernen

Schicksalen Wünsche:
Von zwei Herzen und Seelen
die danach flehen

nur für einen Moment
in Träumen zu sein
nah beieinander und niemals allein

Wenn *er* ihn dann küsst
— der Zweifel ihn lässt —
dann steht alles still

nur für einen Moment
für einen einzigen Traum
Sie schweben zusammen im endlosen Raum

Denn sind's nicht nur Lippen
die diesen Zauber erleben:
Es ist das Bestreben

ihrer brennenden Herzen
ihrer endlosen Liebe

Seht, wie zwei Menschen
dort vorne sich fühlen
Seht, wie zwei Menschen
die Herzen sich kühlen!

Im Strandkorb nach Haus'
im tosenden Meer
liebte ein Herze so sonderlich schwer

Stockholm   **206**   20. September 2018

DAS KOMPLETTE WERK
Gewidmet meiner besten Freundin

Ich sitz' an der Küste
und denke an dich
Wünschte ich wüsste:
denkst du auch an mich?

Dort hinten die Wellen
sie schlagen so sehr
meinem Herzen — die Dellen —
verschwimmen im Meer

So sitz' ich am Steg
und vor mir die Wellen
und dort hinten ein Weg
die mich ihr stellen:

Der Entscheidung von dir
Ich denke an dich
Doch du bist nicht hier
und ich bin für mich

Der Mond, wir beide
wissen: ich meide
Die Entscheidung, ich weiß
Es dreht sich im Kreis

Das alles: *Von dir und zu mir*
liegt hier, ich bin dir so nah
doch niemals bei dir
Und so ist es zwar

nur ein einzelnes Schicksal
unter dem Mond und von mir
Es gibt eine Wahl
und sie liegt bei dir

Ich sitze am Meer
und sehe die Gischt
Ich fühl' mich so leer
— sie alles vermischt:

die Nacht, den Mond und dich
Es ist so unwirklich:
Wie ich hoffe, dich an mich zu binden
und sehne, dass uns're Herzen sich finden

03. Juli 2018

UNTER GOTTES AUGEN
Gewidmet Lena

IM DOM VON HELSINKI brennen noch einige Kerzen zu später Stunde. Sie beleuchten die weißen Wände, die große helle Kuppel, die Statuen von Luther und Melanchthon. Auf den hölzernen Bänken, die durch viele tiefe Risse gekennzeichnet sind, liegen noch einige Gesangsbücher, die Sofia einsammelt. Sie kommt aus dem nahegelegenen Konvent, sie ist eine Nonne, und hat am jetzigen Abend noch Küsterdienst.

Schließlich wird sie die Kerzen löschen, einen letzten Blick in das göttliche Heiligtum werfen und die schweren Holztüren schließen. Sie hat nur einen kurzen Weg, bevor sie durch das Portal des Gemeinschaftshauses schreiten wird. Sie läuft über die letzten Treppen, vorbei an einigen Herren und Damen, die sie im Licht der Laternen auf dem Platz erblicken kann. Die Nacht ist recht bedeckt, die Sterne und der sonst so blendende Mond sind nicht mehr zu erkennen. Während sie durch die Leute sieht, die wohl einer Veranstaltung beiwohnen, erblickt sie am hinteren Ende ein ihr bekanntes Gesicht, jemand, der ihr irgendwo her bekannt sein musste.

Ihre Schritte werden schneller. Und obwohl der Mann sie nur von einer fernen Gasse beäugt, fühlt sie sich doch verfolgt, schweratmend betritt sie dann den Flur ihres Hauses, spricht zu Gott und umklammert panisch ihr Kruzifix. Sie tat es immer, wenn sie vor etwas Angst hatte und nicht wusste, was sie machen sollte. Dann war Gott bei ihr und sie fühlte sich auf seltsame Weise mit ihm verbunden. *» Als hätte er sie geküsst «*, sagte sie mal, während die anderen Nonnen nur nickten und in der Küche ihren Dienst verrichteten.

Sie schreitet an alten Gemälden vorbei, zündet eine Kerze an und es kommt ihr so vor, als würde sie die Geschichte des Ortes schon auswendig kennen. Sofia war als kleines Kind vor die Türschwelle abgelegt worden, es geschah vor einigen Jahren, so erzählte man es ihr. Sie selbst hatte natürlich keine Ahnung davon, wie auch. Sie genoss eine gute Erziehung, konservativ und streng. Sie bedankt sich jeden Tag dafür.

Bevor sie sich zu Bette legt und in eine ganz andere Welt entführt wird, da sieht sie noch einmal durch das kleine Fenster, welches sie, in einer Welt, die Gott gehört, » *ihr eigenes* « nennt. Sie wohnt direkt unter dem Dach, ist der Sonne näher als den anderen und hat oftmals einen guten Überblick über das Geschehen. Da starrt sie also durch die Scheibe, durch einen viergeteilten grünen Rahmen und erblickt den jungen Mann erneut. Er steht in der Gasse, schwarzhaarig, bärtig, sie teilen sich ein ungefähres Alter. Er sieht zu den Menschen wie sie zu ihm und dann tut sie es ihm gleich, betrachtet die Menge, die Laternen, eine Vorführung mit Heißluftballon. Er spielt Trompete, sie hört ihm die ganze Nacht zu und scheut es nicht, sich der Versuchung hinzugeben.

Am nächsten Tag regnet es und die Schwestern sind etwas bedrückt. » Wir kennen es eigentlich gar nicht anders «, kann Sofia auf dem Flur vernehmen. Man weckt sie, sie betet zu Gott, ergibt sich ihm und sie geht die knarrende Diele hinab. Sofort wird sie bemerkt, freudig empfangen und man lacht, Sofia hätte eigentlich die Beete gießen sollen. » Dass du immer so ein Glück hast! «, scherzte man, aber nicht neidisch, so war man nicht. Unter dem Abbild von Jesu schält man Tomaten, sie werden später gekocht, Kartoffeln werden eingelegt, die grauen Umhänge zurück an die Wand gehangen.

» Was wird heute gelesen? «

» Der zweite Brief an die Korinther, fünfzehntes Kapitel. «

» Die Verwandlung der Lebenden und der letzte Sieg «, murmelt dann Sofia für sich.

» Sprich oder schweig «, sagt man, sie nickt und stimmt zu. *» Verwandlung «*, denkt sie.

Sofia spielt immer mit ihrem Ohr, wenn sie denkt. Wenn sie nervös ist, dann spielt sie auch manchmal mit ihren braunen Haaren. » Man habe es schon so oft versucht, ihr auszutreiben «, sagen die anderen dann immer und scherzen: » Nicht, das Luzifer noch seine Finger dort im Spiele hat. « Sie lachen ungläubig.

Während sie sodann andere Arbeiten erledigt, die Schwestern bei der Vorbereitung und Besprechung mit dem Herrn Pfarrer sind, da sieht Sofia plötzlich aus dem Fenster, dort im Regen, den Mann von gestern, als wäre er wieder an derselben Stelle, hätte sich nicht bewegt. Sie huscht hinter den Vorhang und vergisst das ganze Spektakel. Sie bemerkt eine graue Wolke, als sie wieder zu ihm gucken muss.

Die Tage vergehen und es hört nicht auf, zu regnen. Stundenlang ergoss es sich über den Dächern von Helsinki, über die Personen, über den Mann in der Gasse, den Sofia immer nur zufällig entdeckt, über die Kirche und über den Heißluftballon, über die Menschen mit Hut und Kleid. Es ist Regenzeit in Finnland, nichts Ungewöhnliches, eine Zeit, in der man eher das eigene Heim entdeckt und im engeren Austausch zu Gott steht. Die Schwestern deuten die Zeit danach immer als Befreiung, als Neuanfang, als Beginn des neuen Jahres.

Sofia legt ihr Leben zeitlang in die Hände von ihrem Gott, dem Bewahrer ihrer Erde und der Welt. Es gibt nur einen Mann in ihrem Leben, ihn, doch wurde es in letzter Zeit immer schwieriger, zu widerstehen. Sie will in die Lüfte, sie will atmen, sie will leben. Sie will frei sein, aber nein, sie darf nicht, warum denkt sie das? Ist sie so undankbar über das, was ihr geschenkt wird? Warum will sie nur mehr, neues Bestreben, warum denkt sie? Sie hört auf und liest einige Stunden länger im Kapitel, während sie stets an ihrem Ohr spielt.

» Die Tage werden nicht heller «, sagt sie dann zur Oberschwester, als würde sie verzweifeln. Gemeinsam haben sie im Dom einen Platz gefunden. Viele Menschen sind hier. Sie sind auf geputzten Fliesen gelaufen, neue Kerzen brennen und der zweite Brief an die Korinther ist gelesen, der Pfarrer hatte es so arrangieren lassen.

» Aus der Dunkelheit soll ein Licht aufleuchten! Genauso hat es der Herr in unseren Herzen hell werden lassen «, wiederholt die Oberschwester dann die Worte des Pfarrers und Sofia steht auf, legt die Kukulle ab. Sie sagt nichts, während sich ihre langen braunen Haare befreien und entsetzte Gesichter ihren Weg verfolgen. *Sie* hatte den Boden gewischt, nun ist er wieder dreckig. Der alternierende Rhythmus verfolgt sie. *Sie will nicht mehr.*

Sofia geht die Stufen hinab und blickt auf die schwarzen Wolken, die kurz davor sind, die Stadt einzunehmen. Der junge Mann steht in der Gasse, wie sie es dachte und er spielt seine Trompete. Da fragt sie ihn: » Wer bist du eigentlich? «, und er entgegnet dasselbe, ehe sie gemeinsam die Straße hinablaufen.

Die Wolken sind hinter ihnen und verfolgen sie, ja, sie scheinen immer näher zu kommen, sie scheinen das Verderben in sich zu halten und so gehen die beiden in seine kleine Wohnung, sehen gemeinsam aus einem viergeteilten Rahmen auf die kleinen Gassen, die sich vor ihren Augen auftun. Es ist, als hätten sie die Welt in der Hand.

Die beiden erzählen sich Geschichten und es wird deutlich, dass sie gar nicht so unterschiedlich sind, wie sie erst gedacht haben. Sie verstehen sich und er lacht, sie lacht, sie beide, sie atmen dieselbe Luft ein und sinken in den Schlaf. Mehrere Tage verbringen sie gemeinsam, hören nicht auf die anderen, Leben für sich, zweisam, berühren ihre Körper und Hände. Sie berühren ihre Herzen, ihre Seelen, sie berühren einander und sehen, wie es aufhört zu regnen.

» Denk an mich «, sagt er ihr dann und verschwindet an einem der kommenden Tage. Sie bleibt in der Wohnung zurück, ein geteiltes Herz eint die beiden und Schreie ziehen durch die Straßen. Eine Mutter klagt um ihr Kind, ein anderes weint, man ruft und einige Menschen fallen in den Gassen um. Die Laternen beleuchten die Gefallenen, der Heißluftballon fliegt vorüber und eine graue Dunstwolke steht im Zimmer. Durch die vielen kleinen Bruchstellen kam er in ihr Leben, er nimmt sie ein und Sofia weicht zurück.

» Sie solle hier warten «, sagt er und Sofia tut es. Sie hat es zu tun und dennoch entschließt sie sich, zu gehen, für ihr Leben zu gehen, für seins. Sie schließt eine Tür, sieht zurück und geht dennoch weiter. Der Boden wird eine Falle, sie küsst ihn und kann nicht mehr aufstehen. Was war nur geschehen? Ihr war schwindelig, sie wollte schlafen, zur Sonne, das Licht, es war doch so nah? Sie stand auf und geht weiter, hustet, hält sich ein Tuch vor ihr Gesicht, hinter ihr bricht etwas zusammen.

» Waren *das* die Erinnerungen? «, sie hört keine Trompete und sieht ihre Finger in schwarz gehüllt, sie spürt sie kaum noch, man zerrt sie zurück: Ob sie denn besessen sei?

Dort, wohin sie gehen will, ist es hell. Doch die Wärme zerstört das, was die Menschen aufgebaut haben. Man reicht Wasser und Sofia versucht zu atmen, ist sie verflucht? Die Welt brennt, ihr Herz tut es auch, Mauern fangen Feuer wie ihr verblendetes Herz.

» Er würde ihr Geschenke mitbringen «, sagte er und doch gab er ihr es bereits, eine Erinnerung, einen Tag, mehrere, Glück, ein Geschenk, etwas, das man nicht kaufen kann. Er versiegt in Träumen und sie tut es ihm gleich, doch war sie nun nicht viel mehr anders als er. Die grauen Wolken lösen sich, der Regen hört auf und sie steht in einer Gasse allein.

Der Himmel ist bedeckt von Wolken, sie steht und spielt Trompete. Sie verdient sich etwas Geld mit dem Talent, das sie einst bewunderte. Der Gott ihrer Zeit ist ihr viel näher und sie weiß es, aber er ist nun mal ein wenig wie sie: auch ein gefallener Engel. Sie spielt an diesem Tage noch lange Trompete, sieht den Heißluftballon hinabsteigen und bestaunt werden und Männer mit Hut und Frauen im Kleid. Eigentlich ist es fast wie immer, nur regnet es nicht und sie spielt auch nicht an ihrem Ohr. Sie sieht dann durch verschiedene Fenster und erblickt einen jungen Mann, der sie verwundert verfolgt.

SCHWARZ UND ROT

Wie ein Blutstropfen am Himmel
nebst hell erleuchtetem Gewimmel
ziert Luna unser Sternenzelt
und schenkt Gedanken dieser Welt

Zwischen Stern und Schnuppen
zeigen träumerische Fingerkuppen
wo Lunalein zu stehen scheint
und die Menschen so für sich vereint

Unter einem Himmelszelt
scheint die ganze Welt
so friedlich, Hand an Hand
— *Man Grenzen überwand!*

Doch was bringt ihn'n dieser Mut
Luna, einsam, rot vor Wut:
» Sie sehen, was sie sehen wollen «
Vielleicht für Luna, sie doch sollen
eig'ne Grenzen überwinden

27. Juli 2018

STÜRM'SCHE ZEITEN

Im Blätterwerk ein tosend Wind
pfeift und zischt, wo Äste sind
Und durch Lücken dieser Hecken
jault ein fürchterlicher Schrecken

Er zieht und flieht und windet stark
heult am Abend und am Tag
Er ist ein Schrecken und ein Grauen
umringt die Zukunft mit den Klauen

Der Wind, er fürchtet mich sogleich:
Ich habe Angst, ich werde bleich
Der Wind allein, er sieht das Morgen
und bringt uns damit große Sorgen

Stürm'sche Zeiten sind auf dem Weg
So bin ich alleine auf einem Steg
der vor blauem Wasser im Meere versinkt
während ein tragisches Liedchen erklingt

Ungewiss, was nun geschieht!
Man andere Menschen fliehen sieht
Der Wind, er läutet Zeiten ein
mit fürchterlichem Schein

15. Januar 2018

KEIN TRAUM

Jetzt stehe ich hier
allein nur mit dir
und wieder ist alles wie immer
Wir sagen: *» Adieu «* und sehen uns nimmer

Ich bin nicht dein ›*Typ*‹, das wird mir bewusst
denn egal, was ich tu, du hast keine Lust
Du siehst mich nur an und weißt dann genau:
» Du bist, wie du scheinst. « Deine Zeit ich dir klau'

Ich bin dir zu rot, zu gelb mein Jackett
Ich bin viel zu groß, aber wirklich sehr nett
Ich bin nicht wie jeder und das ist fatal
zu anders, nicht schön und eigentlich kahl

Ich sage wie immer: *» Und das ist okay. «*
und erhoffe mir dann, ich dich niemals mehr seh'
Es ist eine Schande, warum muss ich so sein?
Was hab' ich getan? Ist mein Herze nicht rein?

09. Mai 2018

EIN LEBEN ZURÜCK

Ich wart' mit so viel Zuversicht
auf ein neues Leben
Ich warte auf ein blendend Licht
Ich würd' ihm alles geben

Ich will nicht lange warten:
Ich will ein neues Glück
Leben! Mische meine Karten
Ich will nie mehr zurück

Es ist ein Traum, ein Kinderzimmer
Ein Leben vorbei … — *eine andere Zeit*
Und mit jedem Tag und mit jedem Schimmer
entfern' ich mich doch, versinke im Leid

Ich warte und warte und weiß doch genau:
Ich bin es selbst, mein Schleier in grau
Er ist auf dem Kopf, dort schön festgemacht
und spaltet die Welt, trotz so schöner Pracht

So leb' ich mein Leben bei einsamen Sternen
wünscht', es zu ändern, doch müsst noch viel lernen
Mein Ziel ist mir fern, es ist ja so weit
Ich träum' noch heut' von einer besseren Zeit

VON MONSTERN UND MENSCHEN

ALS ALISON PARKER am Morgen des 8. Mai 1945 im behüteten Hollywood, dem Vorort von Los Angeles, auf die Welt kam, war ihr Leben *perfekt*. Der jahrelange Krieg, der die abscheulichsten Möglichkeiten der menschlichen Abgründe aufzuzeigen vermochte, hörte an gerade jenem Tage auf, als Alison geboren wurde. Und genau wie Alison in diesem Moment ihren ersten Atemzug tat, sie das Leben zu spüren begann, fing auch die *Welt* an, sich in eine andere zu verwandeln. Die Gesellschaft sollte neu strukturiert werden. Westen und Osten hatten plötzlich viel aktuellere Bedeutungen, doch waren die alten konservativen Weltbilder weiterhin fester Bestandteil dieser angestrebten ›modernen‹ Ordnung, eine Ordnung, die doch wesentlich besser sein sollte als die alte. Von aufgeklärten und klugen Menschen geschaffen, sollte die neue Gesellschaft viel klüger, intelligenter und aufgeschlossener sein. Der Krieg gegen Personen, die als ›anders‹ betitelt wurden, sollte sich niemals mehr wiederholen, schließlich war der Holocaust, auch Shoa genannt, der Extremfall des menschlichen Verhaltens, zwischen ›wir‹ und ›euch‹ zu unterscheiden.

Alisons Vater war Schwerverbrecher. Seine kriminellen Geschäfte ignorierten das menschliche Leid, das sie verursachten. Die persönlichen Schicksale und die persönlichen Verluste waren für ihn irrelevant, das alles nur ein *Nebenjob*. Hauptberuflich verdiente er im Krieg seine Millionen, um diese dann in seinem eigenen Kapital anzuhäufen. Darum ging es in dieser *neuen*, alten Ordnung: im Kapitalismus gewinnt der, der am Stärksten ist — oder eben derjenige, der weiß, die Naivität der Menschen auszunutzen. Timothy Parker war Führer einer bekannten Medienbranche, saß in verschiedensten Aufsichtsräten und beeinflusste die *Ordnung* maßgeblich. Er veränderte nicht nur Strukturen einer festgelegten Norm, sondern auch jene, die noch gar nicht geschaffen waren und nur in den Köpfen der neuen Weltverfasser existierten.

Alisons Mutter arbeitete als *Gelegenheitshausfrau*, die des Öfteren die Aufgabe inne hatte, Mitarbeiter ihres Gatten und sonstige Feinde der Familie zu entlassen, sie zu neutralisieren, um ihren Lebensstandard erhalten zu können. Sie waren ein eingespieltes Trio: Timothy, Catherine und Alison. Eine perfekt funktionierende Gesellschaft, die die eigentlichen Ordnungen aufzulösen versuchte.

Die Parkers waren eine kriminelle Familie, eine Familie, die so viel *Böses* in sich trug und dann doch vom Schicksal so sehr gesegnet wurde, als seien sie edle Samariter, die für das Wohl der Erde kämpften und alles dafür gaben. Und tatsächlich ließen die Parkers *viel* auf dem Weg ihrer steilen Karriere an die Spitze der Hierarchie zurück. Das Neutralisieren von Gegnern, die ihnen im Weg standen, ging Hand in Hand mit der Schauspielerei, die beide verübten, um an ein schöneres Leben zu kommen. ›*Schöner leben*‹ möchten alle, doch wenn sie etwas dafür tun sollen, sind sie sich zu schade. Die einen arbeiteten, die anderen beteten und wiederum andere hatten wohl die größte Last auf den Schultern: sie mordeten, um endlich glücklich zu werden. Die Täter zerstückelten Tiere, lynchten Menschen oder selektierten die Leute eben anderweitig. Es war alles ein eigener, kleiner Mord, dem das Opfer nie entfliehen konnte.

Alison war das einzige Kind ihrer Eltern, ein Unfall, den keiner von beiden jemals wollte. Aber wie hätte es die Welt aufgenommen, wenn Timothy und Catherine ihr Kind einfach abgegeben hätten — sie wären doch viel zu sehr in die Aufmerksamkeit der freien Presse gekommen und *vielleicht* wäre alles aufgedeckt worden, ihre Machenschaften, ihr System, *die* Ordnung. Normalerweise sorgten sich die Eltern von Alison *niemals* um ihre Zukunft, sie lag ja auch in *ihrer* Hand. Doch mit Alison trat ein Phänomen auf, eine Figur, die für sie als unberechenbare Schicksalswendung galt. *Geld* regiert die Welt in den Vereinigten Staaten der 50er Jahre, nicht Leistung oder zufällige *Personenkonstrukte*. Alison wurde indoktriniert, akzeptiert, soweit es ging. Wer keinen Feind wollte, der machte ihn zu seinem Freund. Zuwendungen waren seit jeher ein allzu beliebtes Mittel.

Während Frauen in die Fußstapfen Marilyn Monroes und Brigit Bardots traten, sie ihre Petticoatkleider in den Schränken verstauten, und die Männer nach dem unberechenbaren Ruf von Mafiabossen lechzten, wuchs die 15-jährige Alison Parker im beschützten Hollywood auf. Sie verlebte ihr Dasein in Gewissheit von Glamour, Geld, Reichtum und Berühmtheit. Wie oft wurde sie mit der schwarzen Limousine vor die Schule gefahren, von Bodyguards begleitet, bevor sie das graue Gebäude betrat. Wie sehr sich die Schüler nach ihrer Aufmerksamkeit sehnten, nach ihrer Schönheit. Aber Alison hatte keine Lust auf Gespräche mit Menschen, die nicht die Probleme von Personen verstanden, die zu viel Geld besaßen. Wofür sollte sie nur ihr Geld ausgeben, weißer Kaviar oder vergoldete Schokolade? Fragen über Fragen häuften sich und sie hatte keine Kapazität, eine dieser zu lösen, niemand verstand sie. Wann würde sie endlich einen Mann finden, den sie lieben würde?

Die Schule, auf die sie ging, war eine ganz besondere und Alison wusste es. Sie wusste, dass sie zu etwas Höherem berufen war, als *nur* Alison zu sein. Alison war *mehr* als die Tochter eines Kriminellen und seiner Frau, die ihn so tatkräftig unterstützte. Auf der Schule war Alison zum ersten Mal in ihrem Leben nämlich *mehr* als nur ihr *Geld*, sie war wesentlich *mehr*, als das Leben den Menschen zeigte.

Alison war ein *Monster* gewesen. Sie war ein Monster der späten 50er Jahre, das genau *das* ausdrückte, was die Welt Alison präsentierte. Sie war schön, bezaubernd, arrogant, aggressiv und mörderisch, die liebe Alison. Alison war ein Monster wie alle anderen Kinder dieser Schule auch. Von der Regierung wurden sie versteckt, niemand hatte zu sehen, welche Schandtaten diese Welt präsentierte, welche abscheulichen und missgebildeten Kreaturen auf ihr herumliefen, Wesen, die so anders waren, dass man die vollkommen *normale* Bevölkerung vor ihnen schützen musste. In diese sonderbaren Schulen wurden die Monster nicht nur deshalb untergebracht, weil sich die anderen vor ihnen fürchteten, sondern auch deshalb, weil man den Kreaturen ein gewisses Recht an Leben zusprach und sie vor den Menschen beschützen musste. Ein einzelnes Detail trennte die Monster von den anderen. Und das, obwohl sie doch *so* ähnlich wie typische Menschen aussahen. Einige hätten meinen können, dass die Monster gar nichts *anderes* gewesen wären, hätten sie ihr Leben nicht im Lagersystem, auch Schule genannt, verbracht.

Alison schritt mit ihrer pinken Stola, der schwarzen Sonnenbrille und ihren hochgesteckten braunen Haaren durch den weiß-gefliesten Flur. In ihrer Rechten trug sie eine schwarze Handtasche von Chanel. Ihre Eltern schenkten ihr das Stück, als sie gerade neu auf diese Schule kam und sich ihr Leben rasant veränderte. Plötzlich durfte sie all ihr Böses zeigen und musste sich nicht mehr verstecken. *Das* war ein Teil der Erziehung gewesen: hinter diesen schützenden Mauern konntest du alles tun, was du wolltest. Alison wusste, wie sie es einzusetzen hatte.

Alison war eine Ikone auf ihrem Gebiet der Rachsucht, Verführung und Ausbeutung gewesen —

und neben ihr existierten noch so viele andere Wesen, die nicht in diese Welt gehören sollten. Sie waren alle so verschieden, jeder für sich. So geistig *anders*, schlau — die Klügsten der Menschheit versammelten sich unter ihnen. Sie kreierten Maschinen, von denen die Normalsterblichen nichts verstehen würden und die nicht in deren Welt gehörten. Nikolai war der beste unter ihnen. Er hatte die meisten und nützlichsten Erfindungen, er war der beste in Physik und Chemie gewesen.

Unter ihnen waren aber auch schrecklich Dumme, die in der normalen Welt keinen Platz gefunden hätten. Sie wären ausgelacht worden, sie wären unglücklich gestorben. Sie waren nichts wert in einer Welt, die so schwer zu erreichen war, in einer Welt, die den Wert eines Menschen aus Geld, Schönheit und Glück verstand. Das wollte man ihnen nicht antun. Vielleicht war es Mitleid gewesen, Menschlichkeit oder Taktik, dass auch solche in das Lager gesperrt wurden, um unter ihresgleichen *Glück* zu finden. Das alles konnte nur in einer Welt geschehen, die so sehr zwischen Perfektion und Normalität schwankte wie nichts anderes in diesem Universum. Menschen wollten Perfektion, während sie weiterhin *normal* blieben. So schufen sie Monster, die so anders waren, dass sie es schließlich nicht mal mehr selbst begriffen.

Monster waren auf der Welt nicht gerne gesehen. Sie waren Ausgegrenzte, Getötete, Abgeschlachtete. Man hetzte über sie, weil sie anders aussahen, weil sie viel zu schlau waren, weil sie zu dumm waren, weil sie nicht *perfekt* gewesen waren. Sie hetzten, weil die Geburten eine Sünde verkörperten. Arroganz, Verführung und kriminelle Handlungen verwebten sich in der Genetik als logische Schlussfolgerung von Wünschen und Träumen.

Menschen waren das *Übel* dieser Welt. Sie erschufen Monster, die sie nicht haben wollten. Sie teilten die Welt und erschraken, als die andere Hälfte auf sie zukam und sie mit ihrer Boshaftigkeit *vereinnahm*. Sie waren doch so *unschuldig* gewesen, die Menschen. Sie waren so, so *unschuldig*.

Ganz und gar nicht unschuldig war *Luke*. Er vergiftete das gesamte Footballteam seiner Highschool mit Rattengift, » dem besten Mittel bezüglich des Ausdrucks ihrer Klasse «, wie Luke später behauptete. Er tat es mit einer solchen Kaltherzigkeit, die man sich kaum vorstellen konnte. Abgehärtet wurde er durch seine Mitschüler, die ihn der Unsportlichkeit bezichtigten und ihn nicht begehrenswert erscheinen ließen, weil er Bücher las, statt Bälle zu treten. Sein Hass war ihm nicht angeboren, er war nie ein Ekpath gewesen. Doch viel zu oft hatte er gehört: » Wer etwas verdient, der wird es bekommen « — und Luke wusste genau, was diese so stolzen und *starken* Ideale der Mädchen verdienten. Er tat es aus purem Neid, er tat es, weil er sie nicht mehr reden hören wollte. Es waren seine Stimmen im Kopf, die erst dann auftauchten, als die Kinder über ihn lachten, weil er so hässlich war. Er tat es im Gedanken, die Welt gerechter zu machen. Nicht nur seine, sondern die des *gesamten* Planeten. » Weshalb muss ein Mensch sich schlecht fühlen, nur weil er weniger Glück hatte? « Er musste etwas verändern. Luke studierte die Chemie schon lange und wusste, welche Stoffe so tödlich für Menschen waren, die täglich Sport trieben und nur dafür von den so sexistisch-behandelten Mädchen begehrt wurden. So schüttete er das feine weiße Pulver in die Thermoskannen seiner verpanzerten Mitschüler, stellte sich versteckt in die Ecke der Umkleidekabine und sah, wie sie ganz langsam, Körper für Körper, zu Boden gingen und elendig ihrem Schöpfer gegenübertraten. Weißer Schaum quoll aus ihrem Mund. Luke lächelte. *Das* war Gerechtigkeit. Der Tod von 18 durchtrainierten Körpern als Belohnung für 872 Schicksalstage. Vielleicht würde *er* jetzt im Mittelpunkt der Schule stehen. Er war ein Held geworden.

Luke, der die gesamte Footballmannschaft tötete, nur um begehrt zu werden.

» Natürlich habe ich sie umgebracht «, sagte Aisha, als man sie festnahm und verhörte. » Sie haben ganz schön lange gebraucht, um mich zu fassen «, entgegnete sie spottend auf die Frage: *» Warum? «*.

Aisha lebte in Lexington, Tennessee. Sie war gerade zwölf Jahre alt geworden, als sie den Entschluss fasste, etwas in *ihrem* Leben zu verändern. Am Abend des zehnten Aprils schritt sie durch die Tür des 469 Lakeshore Drives und befand sich in einem dunklen Hausflur einer schier glücklichen Familie. Sie verschloss die Tür und ging langsam die hölzernen Stufen hinauf, die sich direkt vor ihrem Auge auftaten. Es war schon spät, das Haus war dunkel, das Schloss zu einfach, um es nicht öffnen zu können. Und dann ging sie nach links, öffnete die erste Tür und erblickte die junge Hailey, die die » hässliche Missgeburt « wegen ihrer » verkrüppelten Finger wie die eines Geisteskranken « verspottete. Sie nahm sich das graue Klebeband, welches sie im Werkzeugkoffer ihres Vaters fand, und klebte Hailey lächelnd den Mund zu. Sanft strich sie dann über die Lippen, die sich abzeichneten und sah in die angsterfüllten Augen, die sich allmählich mit Tränen füllten. Daraufhin fesselte sie mit einem Seil die Händchen und Füsschen und während die junge Hailey sich vor Schmerzen krümmte, riss ihr Aisha mit aller Gelassenheit sämtliche Finger von ihrer Hand, ehe sie das blonde Mädchen, das nie in ihrem Leben Leid erfahren musste, mit einem gekonnten Griff erdrosselte.

» Es gibt auf dieser Welt keinen Gott «, sagte *Zack*, der in seinem Leben noch niemals in Verruf geraten war, als er in der Schule für *Monster* auf einem braunen Ledersofa saß. Er war es lediglich, über den man lachte, weil aus seiner Hüfte ein drittes, ein ganz kleines, Beinchen wuchs. » Womit hätte ich es verdient, dass man über mich spottet und lacht wie über einen räudigen Köter? Was habe ich verbrochen, dass man so mit mir umgeht? Was muss ich nur getan haben, dass mir nie Liebe zuteil wird und ich nur sehen darf, wie andere das Glück ihres Lebens finden? Wie sie sich begatten, ehe sie sich küssen… «

» Mon chérie, és íst peßser gelíept ünt verlören tsu àben, als níemals gelíept tsu àben. Werd' nisch zo thêàtrálisch «, sagte *Hugo*, der sich rauchend an die Wand lehnte und über die Worte seines Mitstreiters nur schmunzeln konnte. Niemand kannte sich so gut in der Szene von Kunst und Kultur aus, wie er es tat. Über ihn lachte man, weil er sich den Männern mehr hingezogen fühlte als den Frauen.

» Einen Brändi, Margarét «, seufzte er.

» Tsu schadè, dass es níemanden gíbt, mit dem isch méine Líebe teilen kann «, er rührte in seinem Glas Alkohol und verschwand in seiner Melancholie und von seinem grünen Sessel. Plötzlich war er wieder unsichtbar. Wieder wusste man, dass er sich im Schrank versteckte.

» Keine Sorge, Zack, «, sagte Alison erhaben, » mit jemanden zu schlafen, ist nicht das, was man sich immer wünscht. Wenn der Partner nicht gut ist, dann wirst du auch nicht befriedigt. « Zack rollte mit den Augen und warf Alison ihr Feuerzeug rüber, die fordernd auf ihre Hand mit der Zigarette blickte. Alison hatte schon viele Männer begattet, freiwillig und unfreiwillig. Sie war es, die benutzt wurde, sie war es, die benutzte. *Die Strafe war für alle gleich gewesen.*

Da ertönte ein Ruf von *Connor*, der bedeutete, dass alle aufzustehen hatten, ihre Gläser beiseite packten, die

Zigaretten ausdrückten — oder eben eine neue anzünden und sich im Flur vor dem Eingangsbereich versammelten.

So sahen alle Kinder, alle Menschen, alle Männer, alle Frauen, alle undefinierbaren Monster aus wie eine Armee, eine Legion, die in die Welt hinaustreten würde. Es geschah einmal im Jahr. Einmal im Jahr zeigten sie sich der Welt, konnten so sein, wie sie waren und mit ihrem Schrecken und Aussehen die Welt verändern. Es dürstete sie nach Rache, nach Vergeltung, nach dem endlichen Bösen, das man ihnen über die Jahre angetan hatte, ohne dass sie darum baten.

So gingen sie alle gemeinsam durch die schweren Eisentore; mit ihrer Schönheit, ihrer Hässlichkeit, mit ihrer Dummheit, mit ihrer Intelligenz und setzten sich die Sonnenbrillen auf, ehe das grelle Licht die weiße Haut traf. Sie waren Monster in einer Welt voller Menschen.

» Wir sind es nicht wert, geliebt zu werden. Wir sind minderwertige Ware, die man im Sommerschlussverkauf anbietet und wofür man kein Rückgaberecht hat. Weder der Käufer, noch die Ware kann sich jemals zurück geben und ein neues Schicksal erwählen. Wir werden niemals geliebt werden, wir werden nie unsere Herzen teilen können. Wir werden nie erfahren, was es heißt, *besonders* zu sein, um dafür begehrt zu werden.

Wir wurden ausgegrenzt, weil wir anders waren, weil wir ›wir‹ sind. Wir sind ihr, nur anders. Wir lieben die Dinge, die wir tun. Wir lieben es, wie wir sind. Wir lieben es, dass wir anders sind, aber wir müssen uns schützen. Wir müssen uns vor denen schützen, die uns erschaffen haben. Wir müssen uns bewahren, vor der Zukunft, wir wollen uns nicht verstecken. Wir sind Menschen in einer Welt voller Monster, die schreien und lachen, wenn sie uns sehen. Sie lachen, weil sie uns verachten. Sie schreien, weil sie Angst vor uns haben. Sie haben Angst vor uns, sie haben Angst davor, so zu werden wie wir. Sie halten uns auf Abstand, um uns nicht ansehen zu müssen, um nicht zu sehen, was sie getan haben. Doch jeder, der lacht, jeder, der spottet, jeder, der schreit, wird sein Schicksal bekommen. Wir werden nur einen kleinen Vorgeschmack geben auf das, was noch alles kommen wird, denn wir sind *mehr*. Wir sind das jüngste Gericht. Wir sind mehr als eine Arrogante, eine Verkrüppelte, ein Behinderter, ein Schwuler, ein Verrückter, ein Intelligenter. Wir sind so viel mehr und das wissen wir. Das Blut an unseren Händen ist euer, es ist euer Schicksal, unser, dass ihr so enden werdet, wie wir angefangen haben: Im Leid, im Fokus der Sünden, im Traum an einen Gott, an ein Leben *nach* dem Tod. Wir sind wie Engel, wir geleiten euch auf den letzten Weg, den ihr in dieser Welt gehen werdet. Wenn ihr Glück habt, dann überlebt ihr und schließt euch uns an. Wir sind die Monster, die ihr erschaffen habt. Wir kommen, *wir sind da.* «

UNSERE STADT

In der Mitte steht ein Freudenhaus
dort gehen Männer ein und aus
Das Rathaus, es ist weit entfernt
Keiner an der Schule lernt

Die Kirche steht an Ort und Stell'
zeigt mit Prunk und strotzt ganz grell
wo sie der Welt zu zeigen hat
dass sie ein Teil ist jener Stadt

Menschen laufen Reih und Glied
Der Intellektuelle mied
das schöne Städtchen längst zuvor
und schritt vor Wochen durch das Tor

wo vor Jahren Banner hingen
braune Buben *Wessel* singen
Da flohen sie aus dieser Stadt
obwohl sie schön ist und ganz glatt

Auch die Menschen sind grazil
und können viel, ja so, so viel
Sind perfekt wie nie zuvor
und es singt der Knabenchor:

» *Wir* sind eine schöne Stadt
die ganz viele Ecken hat
wo man sitzen kann und reden
über Macken eines jeden

Doch sind wir nur ein Beispielbild
und gehen vor mit Schwert und Schild
für unsre schönen Ideale
die wir singen in dem Saale

uns'rer Mütter, uns'rer Väter
In dem wir trauen, etwas später
unsre Kinder aus den Schulen
nicht die Lesben, nicht die Schwulen

Wir sind perfekt und makellos
sind Ideale, ganz famos
Wir prägen den Gesellschaftssinn
Diese Stadt ist dein Gewinn «

25. April 2018

POLLUX

Auf den Weiten dieser Welt
stolziert ein gottesgleicher Held!
Licht und Reinheit: seine Macht
Das Gesicht geziert von wahrer Pracht!

Ein Gott, kein Mensch, gar wunderbar
hört, wo *Pollux* einst zu sehen war!:
» Selbst begegnete er mir
zwischen Menschen, einfach hier!

Ich weiß gar nicht, was sollt' ich sagen?
›Lieber Pollux, lass mich fragen:
Ist es dir denn angenehm
dass wir hier *zusammen* steh'n?

Du stehst hier und ich daneben!‹
So lachte ich: ›Das Schicksal eben!‹
Doch wer hätte je gedacht?
Mein Pollux nicht erwacht!

So fragte ich: ›Ja hörst du mich?
Bist du da? Ich sehe dich!‹
Da fiel's mir ein, ich junger Narr!
Pollux, den ich steh'n sah

hielt sich selbst für richtig groß
Da dachte ich: ›Was mach' ich bloß?‹
Und wie durch Wunder, Zauberei
da fiel's mir ein: die Trickserei

Es vergingen ein-zwei, paar Sekunden
— ich lief so allerlei, zwei Runden —
und sammelte von Pollux ein
(er sah's ja nicht, ich war ja klein)

Pollux

was *er* für and're übrig hat!
Und so fand es später statt
dass ich so groß war wie nur er
und man staunte wirklich sehr:

Als ich dort stand, nicht mehr so klein
auf dem Scheiß, den er nennt: ›*sein*‹
So sah er stolz, worauf stand ich:
›Schöner Dreck! Ist der für mich?‹ «

Du und Ich

Du und ich
so wunderlich
Was du magst?
Und was du sagst?

Du und ich
so einheitlich
Liebst du mich?
So lieb' ich dich!

Du und ich
so *fragwürdig*
Wer bin ich
und du für mich?

Du und ich
so *wahnwitzig*
Mich liebt jemand
— nimmt die Hand

Du und ich
ein Traum wird wahr!
Ich bin begehrt
wie *wunderbar*!

Du und ich
so wahrhaftig
Ganz allein
ein Liebesschein?!
...

Ich und du
ganz ohne Ruh'
Zweistellig
und doch nur *ich*

08. Juni 2018

SCHWARZ MEINE SEELE

Schwarz meine Seele, schwarz ist mein Herz
Pech in den Adern, bitter durch Schmerz
Rache im Blut und das Verlangen danach
Was vor Jahren geschah? Man mein Herze mir brach!

Und ich denke so viel, denk' an Vergeltung
Es ist nur ein Schritt, ein ganz kleiner Sprung
Sie sollen so leben, wie ich es einst tat:
verspottet, gehasst: » das Leben ist hart... «

Ihr bracht mir mein Herz, mein Lächeln hinfort
und steht nun zusammen am schaurigen Ort
geschafft durch die Taten, die ihr habt vollbracht
Ist es nicht komisch, dass ihr gar nicht mehr lacht?

Wie sehr lachtet ihr vor so vielen Jahren
gemeinsam über mich in tausenden Scharen
» Es ist doch ein Witz! «, » Es war ja nur Spaß! «
Vor Humor ich doch glatt den Ernst hier *vergaß*

Seid euch gewiss: Das Schicksal erscheint
und egal, was ihr sagt, egal, was ihr meint
Gerecht ist das Schicksal, es bestraft euch genug
— Ich lasse euch ziehen und stoppe den Spuk

Doch egal, was passiert, egal, was geschieht
ich werde es singen: mein trauriges Lied
So bin ich geblendet vom Hass auf mich selbst
und lache darüber, was du von mir hältst

Ich hab nun ein Leben so schwarz wie die Nacht
denn vor Jahren hat man mich umgebracht
Mit dem Dolch in der Scheide lauft ihr hier nur weiter
singt und pfeift: *» Ich bin ja so heiter «*

Meine Tränen, sie fließen, wenn ich an euch denke
und den Kopf in meine Zweifel versenke
Voll Neid bin ich und zähle die Stunden
einmal zu Leben, nur für ein paar Sekunden

18. Januar 2018

GESELLSCHAFTSKOMA
Eine Erzählung von uns und euch

Gewidmet Janne - und all denen, die davon träumen

ALS SICH MAURICE unter seinem, mit Kaugummi verziertem, Schultisch versteckte, dachte er daran, was eigentlich alles geschehen war. Erst, als er *ihre* Stimme vernahm, konnte er für wenige Sekunden erkennen, wie sich die Leere und Akzeptanz der *Abberufung* anfühlen mussten. In Todesangst kamen alle glücklichen Momente seines Lebens wieder: Er erinnerte sich an sein komplettes Leben, nichts hatte er vergessen. Er vergaß nicht, wie er seine Mutter umarmte, mit seinem Vater Fußball spielte und wie er sich viel besser als die hässliche Marie fühlte. Er kauerte sich zusammen und hatte kein Verständnis dafür, wie das alles nur geschehen konnte. Eigentlich war es doch nur *Spaß* und sie *alle* hatten mitgemacht — musste er nun wegen der Fehler anderer leiden? Jahrelang sagte man ihm, es hätten immer *zwei* Seiten Schuld. Verantwortlich hatte *er* sich definitiv *nicht* zu fühlen. Wie auch, er war ja *nur* ein Kind, das von seinen Eltern über alle Maßen geliebt worden war. Auch seine Lehrenden sagten es, die Schülerschaft, alle, Maurice war sicherlich nicht Schuld daran, dass Marie so *anders* war. Doch nun wollte er nur noch raus aus dieser Schule, raus aus dem Gebäude, am liebsten aus dem Fenster, irgendwie. Er musste überleben, er wollte es, er konnte nicht mit dieser Lebensangst umgehen. Er fühlte sich bedrängt, einsam. Es war so still, doch gleichzeitig wurde hinter ihm geredet — in ihren Gedanken. Er konnte es hören. Er konnte sie *alle* hören! Alle sahen ihn an, dann sahen sie wieder auf sich, und er sah aus dem Fenster. Er weinte jämmerlich, doch die Angst, die ihn in gerade jenem Moment umgab, wollte nicht aufhören. Sie kam nur näher heran, je mehr er weinte, je mehr sie ihn ansahen. Sein Lied aus Schluchzen und Verderben beflügelte sie, jahrelang war es anders gewesen.

Maurice kauerte sich unter einem, mit Kaugummi verzierten, Schultisch zusammen, den er selbst früher einmal beklebt hatte.

Als Marie über die schwarz-weißen Fliesen schritt, ganz langsam, und sie dabei ihre Schrotflinte zückte und belud, lächelte sie. Plötzlich war sie ganz glücklich. Heute war alles anders. Heute stand *sie* im Mittelpunkt der Aufmerksamkeit, jeder wich zurück, wenn man sie sah. Sie musste sich nicht mehr verstecken. Gestern noch war Marie ein normales Schulmädchen gewesen, heute würde sie die Welt verändern, ihre Welt, die von den anderen! Sie pfiff ihr altes Kinderlied und ihre Tritte hallten über den Schulgang, durch den sie gestern noch weinend nach Hause rannte, weil sie ihr wieder einmal Kaugummi in die Haare schmierten. Es war der Tag, als die Lehrer wieder zusahen und der Onkel aus dem Krankenhaus erzählte, *das* würde alles irgendwann besser werden. » *Wie Recht er doch hatte* «, sagte sich Marie in diesem Augenblick. Der Onkel, zu dem sie jeden Donnerstag musste, hatte so sehr Recht gehabt. Eines Tages würde sich das alles ändern — und dieser Tag war *heute* gekommen. Es war Zeit, die Welt zu verändern. Nie wieder würden sie über Marie lachen, weil das kleine Mädchen komisch lief, komisch sprach oder einfach existierte; aus Pechmarie wurde Goldmarie.

Maries Schritte hallten auf dem marmorierten Boden mit den bunten Schließfächern an der Wand, als der Schall ihrer beladenen Waffe durch die Schulgänge tönte.

Adrian hatte sich in der Schultoilette des Untergeschosses eingeschlossen, als der Alarm schellte und es plötzlich unangenehm still wurde. Er hatte den schwachen Siebtklässler gerade in den Schnee gedrückt, ihn mit dem weißen Zeug eingeseift und es in seinen Nacken

gesteckt, ehe selbiger vor Peinlichkeit und Schmerz in
das Schulgebäude rannte, die Lehrerin ihm nur nachsah
und Adrian zum Waschbecken ging, um seine Hände zu
reinigen; zu reinigen von dem, was gerade geschehen
war. Er streifte sich den Schmutz ab, der nach seinem
Vorgehen an den Fingern klebte und ihn belästigte, der
ihn daran erinnerte, was er getan hatte, was passiert
war; zwischen ihm und dem anderen. Der Schmutz
zeugte von einer Lehrerin, die zusah, von Schülern, die
lachten, einem Täter, der gelobt wurde und einem
Opfer, das in das Schulgebäude rannte — doch ihm
niemand hinterher.

Der Alarm ertönte und Adrian wusste, dass er
keine Chance mehr hatte, in die Klasse zu kommen. So
wurde durchgesagt, man solle dort bleiben, wo man sei.
Man solle sich einschließen, verstecken, Schutz suchen.
Irgendwas würde passieren, sie hatten es nie geprobt.
Der Alarm wurde nie ausgelöst und geübt, weil man
dachte, es würde nicht geschehen, die Wahrscheinlichkeit sei viel zu gering. Die Lehrer seien erwachsen,
sie würden schon wissen, wie man sowas unterbinden
konnte: Sie waren Studierte, sie hatten Weiterbildungen
besucht, sie waren trainiert darauf, genau so zu handeln,
dass die Mehrheit der Schüler nicht in Gefahr kam.

*Ebenjene Schule wurde zum Schauplatz, die darauf achtete, dass
der Großteil ihrer Schutzbefohlenen einen angenehmen und sicheren
Schulalltag hatte. Es war die Schule in der Kosmonautenallee 81
gewesen, in der zur selben Zeit ein Wind durch die Blätter zog.*

Nora war gerade im ›Trakt C‹ der Schule. ›C‹ stand für
Chemie, die dort gelehrt wurde. ›C‹ wie ›cool‹; wie die
Leute, die dafür angesehen wurden, dass sie Marie mit
Wasser übergossen, als sie an einem Experiment
hantierte, für das sie eine eins bekommen hätte, wäre es
nicht mit H_2O in Berührung gekommen und anschließend verdampft. Darüber beklagte sich dann auch
die Lehrerin, die ihr dafür nur eine vier gab, nächstes

Mal solle sie sich mehr anstrengen, Marie sei abgerutscht in letzter Zeit.

Nora versteckte sich im Vorbereitungsraum, der durch ein kleines rundes Fenster Einblick in das Klassenzimmer bot. Sie konnte sich bildlich vorstellen, wie ihre Chemielehrerin ebenfalls damals dort gestanden hatte und sie beobachtete, während Nora das Wasser in den Erlenmeyerkolben füllte und zu Marie hinübertrug. Jetzt wusste Nora, wie es sich anfühlte, auf der *anderen* Seite zu stehen; auf ebenjener Seite von ebenjenen Leuten, die Nora einst belächelten. Sie war eine von *ihnen* geworden, ganz still und heimlich, durch ein Vergehen, das keiner je erahnen konnte.

Nora versteckte sich im Vorbereitungsraum und beobachtete, wie die schwere Holztür mit Tritten und Schüssen aufgebrochen wurde. Nora sah gerne zu.

Marie ging durch den Klassenraum; vorbei an weißen Tischen, unter welchen sich auch *hier* einige Schüler versteckten. Die Lehrerin hatte sich nach hinten verzogen, einen Tisch umgekippt, der ihr als Schutzwall dienen sollte, doch leider nicht den Zweck erfüllte, den sie sich erhoffte. Langsam ging Marie an der wimmernden Menge vorbei, streifte sie mit ihren verachtenden Blicken, lächelte einmal so schön, wie sie es schon immer tat, und öffnete jede Schranktür des Zimmers, bat die Lernenden herauszutreten und blieb vor der letzten stehen. Sie lud ihre Waffe, hörte einen Schrei, schoss sodann ihre Ladung der Schrotflinte auf die Holztür, welche nun durch ein zerborstenes Loch geziert wurde, während das Blut eines Menschen den Raum flutete. » *Tja*, einen trifft es wohl immer «, sagte Marie desinteressiert und kaute unschuldig auf ihrem Kaugummi. Sie machte die Tür nicht auf, sah nur, wie die rote Flüssigkeit unter dem Schrank hervorfloss, vernahm ein Husten. Marie wollte gar nicht *wissen*, wer sich dort im Schrank befand. Marie hatte auch nicht die *Zeit* und

Kraft, um sich die Geschichte eines Menschen anzuhören, den sie gar nicht *zufällig*, wie die Zeugen es später
einmal sagen würden, ausgewählt hatte. Sie hatte ihn
ausgewählt, weil er im letzten Schrank gestanden und
sie gerade *diesen* für ihren Schuss auserkoren hatte.

*Ein Mensch versteckte sich hinter der letzten Tür, weil der Zufall
es so wollte und Marie besiegelte seinen Tod, weil das Leben nun
mal nicht fair gewesen war. Das wusste sie ganz besonders.*

Sie bat die Lehrerin aufzustehen, legte ihr Handfesseln
um, deren Metall sich langsam in ihr Fleisch bohrte,
ebenso, wie es die ungesagten Wünsche und Ziele von
Marie taten. In der dunklen Brille der Lehrerin erkannte
das Mädchen mit der Schrotflinte, wer dort im Fenster
des Vorbereitungsraumes stand, drehte sich um und traf
exakt die Mitte des Kopfes von Nora, die umfiel und
deren Blut auf alles spritzte, was ihm im Wege stand.
Nora war sofort tot gewesen und doch schlug ihr Herz
für wenige Minuten weiter.

*Nora hatte zuletzt gesehen, wie Marie Tobias, der sich im letzten
Schrank versteckt hatte, mit einem Schuss kaltblütig hinrichtete. Er
versteckte sich dort, wo Nora es ihm vorgeschlagen hatte. Nora war
wohl doch keine Person gewesen, die immer wusste, was richtig
gewesen war.*

Vorsichtig stupste Marie ihre Lehrerin an und diese verstand. Beide setzten sich in Bewegung und gingen die
Treppe hinunter, geradeaus in den großen Saal. Auf der
Bühne der Aula hatte Marie mehrere Jochs mit Ketten
angespannt; in einen legte sie den Kopf der Lehrerin,
bevor sie nun auch die anderen holte. So waren sie nun
auch äußerlich vernetzt: Maurice, Albert, Adrian, die
Chemielehrerin, Jenny, Michelle und Niklot. Sie kannten sich nicht unbedingt und doch teilten sie ein gemeinsames Schicksal: ihr Verhalten, ihr Streben, die Welt zu
verändern. Marie stand im Mittelpunkt ihrer Intenti-

onen. Die Eltern sagten doch, dass jeder Einzelne von ihnen richtig handelte, wenn er zeigte, dass und weshalb er besser als die anderen gewesen war. Später würden sich die einzelnen Paare darum streiten, wer *genau* Schuld an dem Tod ihrer Kinder gehabt hatte; aber nicht, warum *Marie* verstorben war. Keiner konnte ahnen, das sowas jemals passieren würde.

Mit ruhiger Stimme hatte Marie die Schüler und Schülerinnen in die Aula gebeten und gedroht, jeden persönlich zu ergreifen, der sich ihr verweigerte. Sie versprach, ihnen nichts zu tun, wenn sie erschienen und daran hielt sie sich auch. Marie hatte ein gerechtes Herz.

Die Masse der verängstigten Lernenden strömte in die Aula, setzte sich auf die Holzstühle vor der geschlossenen Bühne. Wie oft hatte Marie selbst dort gestanden und die große Show erlebt, die Szene, den Ruhm, der ihr zuteil wurde. Sie schloss die Türen, damit die Kinder und Lehrenden nicht fliehen konnten, begrüßte sie ganz herzlich und stellte sich ihnen vor:

» Ich bin Marie und bis gestern war ich eine ganz normale Schülerin an dieser Schule. Mir eilte ein Ruf voraus, den ich selber nicht bestimmt hatte «, sie lächelte. » Und dafür danke ich! Ich danke so sehr, dass man mir nun dadurch die Möglichkeit gibt, die Welt zu verändern. Wir teilen heute ein gemeinsames Schicksal, ihr und ich. Unser Schicksal ist unser Verhalten, unser gemeinsames Streben, die Welt zu verändern. Ich tue es mehr für mich, als für die Mehrheit. Und doch trifft es die Mehrheit wohl mehr, als erwartet. «

In diesem Moment wusste Marie, wie es sich wohl anfühlte, auf der anderen Seite zu stehen; auf ebenjener Seite von Leuten, die sie einst belächelten. Sie war eine von *ihnen* geworden, ganz still und heimlich, durch ein Vorgehen, das keiner je erahnen konnte. Denn die Schule hatte sich ja *so* sehr darauf konzentriert, die Mehrheit ihrer Schutzbefohlenen vor dem Schrecken zu bewahren. » *Tja*, einen trifft es wohl im-

mer «, hörte Marie die Lehrenden sagen, als die Päda-
gogen und Pädagoginnen Erklärungsversuche für das
Verhalten jener *auffälligen* Kinder gesucht hatten.

» Es ist so schön, heute vor euch zu stehen. Wie
lange habe ich mir gewünscht, euch allen, euch, die ihr
das alles wortlos betrachtet habt, mal in das Gesicht zu
sehen. Ich wollte euch heute mal kennenlernen und
euch die Gelegenheit geben, mir wirklich zu begegnen.
Denn es ist mir bewusst, ich weiß es, dass ihr gar nicht
wissen wolltet, wer sich dort im Spind befand, nachdem
ihr sie hineingesteckt hattet. Ihr hattet nicht die Zeit und
Kraft, die Geschichte eines Menschen anzuhören, den
ihr gar nicht zufällig, wie ihr es nun später einmal sagen
werdet, ausgewählt hattet. Ihr hattet den Menschen
ausgewählt, weil er bestimmte Merkmale hatte, die ihn
von anderen unterschied. *Willkommen in meinem Leben!* «

Mit einem Lachen riss Marie den roten
Vorhang auf und die Schüler schrien. Einige begannen
zu weinen, als sie die Kulisse der Menschen sahen, die
sich dort vor ihnen aufbaute.

» Was schreit ihr denn? Euch hatte es doch
auch nicht interessiert, als *ich* hier stand. Als *ich* nur noch
raus aus dieser Schule, raus aus diesem Gebäude wollte,
irgendwie. Ich musste überleben, ich wollte es, ich konnte nicht mit dieser Lebensangst umgehen. Ich fühlte
mich bedrängt, einsam, ich war so still und gleichzeitig
wurde hinter mir geredet — in euren Gedanken. Alle
sahen mich an, dann saht ihr wieder auf euch und ich
aus dem Fenster. Ich weinte jämmerlich, doch die Angst,
die mich umgab, wollte nicht aufhören. Sie kam nur
näher heran, je mehr ich weinte, je mehr ihr mich
ansaht. Ist es nicht erstaunlich, wie sich das Schicksal
manchmal so verändern kann? Wie sich Zeilen so ver-
drehen können, dass sie plötzlich in einem ganz anderen
Licht dastehen? « Sie blickte hinter sich. » Manchmal
muss man Geschichten und Titel rückwärts lesen, um
sie zu verstehen. «

» Das ist *meine* Bühne, auf die ich heute mit

euch gemeinsam sehe, eine Bühne, die unser Leben teilt: in die, die zusehen, die, die das Opfer sind und die, die die Täterin ist. Die Bühne zeugt von einer Lehrerin, die zusah, von Schülern und Schülerinnen, die lachten, Tätern, die gelobt wurden und einem Opfer, das in das Schulgebäude rannte. «

» Ich kam so oft nach Hause und musste mich zuerst reinigen von dem, was mir passiert war. Ich streifte mir den Schmutz ab, der nach diesen Taten von euch an mir klebte und mich belästigte, mich daran erinnerte, was geschah, was zwischen mir und euch passierte. Ich habe mich dreckig gefühlt, widerlich. Ich habe es geglaubt, *alles*: dass ich weniger wert gewesen wäre, hässlich sei, weil ihr mich so nanntet. Ich habe kein Verständnis mehr, auch wenn ihr gesagt habt, dass es doch eigentlich nur *Spaß* gewesen war. Ihr alle habt mitgemacht. Eure ungesagten Wünsche und Ziele bohrten sich langsam in mein Herz, bis ich schließlich, ganz *plötzlich*, tot gewesen war — das ist *gestern* geschehen. Doch *nun* schlägt mein Herz noch für wenige Minuten weiter. Euch ziehe ich mit. « Sie lachte, lächelte, doch weinte schon fast voller Verzweiflung.

Die Menge sagte nichts, als Marie sich umdrehte. Sie schrien erst wieder, als Marie ihre Waffe lud und jedem einzelnen im Joch mitten ins Gesicht schoss. Sie erkannten erst dann, was sie taten, als sie auch *optisch* im Publikum saßen. Sie bemerkten erst *dann* ihre Fehler, als den *coolen* Freunden plötzlich ins Gesicht geschossen wurde, so, dass nur noch Fetzen von ihrem Kopf übrig blieben, sich das Blut und die Gehirnteile im Raum verteilten. Die leblosen Körper sanken zu Boden und füllten den Raum mit Farbe.

» Ihr lacht ja gar nicht, *ja*, ihr seid erschüttert! Wie *interessant* «, sagte sie, während Marie mit einem finalen Schuss auch *ihr* Leben beendete und nach hinten umkippte. Auf der Bühne lag nun eine Lehrerin, die zusah, sechs Täter, die bejubelt wurden und ein Opfer, das Gerechtigkeit verlangte.

Nachwort

» Nach dem fürchterlichen Amoklauf im Straußgymnasium meldet die Polizei selbigen als beendet. Sie beklagt neun Tote. Die Lage sei wieder sicher. Die Täterin sei, nach ersten Informationen, durch einen Schuss getötet worden. Ihre Waffe sei eine Schrotflinte gewesen, die sie, aus bisher ungeklärten Umständen, für den Amoklauf verwendete. Alle Schülerinnen und Schüler seien in die Aula des Gymnasiums geführt worden, wobei sie der Ermordung ihrer Mitschülerinnen und Mitschüler sowie einer Lehrkraft zusehen mussten. Mehrere Überlebende erlitten einen Schock. Schule, Polizei und Bund wollen nun beraten, wie die Sicherheit in Schulen vor Amokläufern verbessert und der unkontrollierte Besitz von Schusswaffen eingedämmt werden kann. «

Einsam unter Bäumen

Es war ein warmer Sommertag
als ich müde unter Bäumen lag
Bienchen flogen, Vögel sangen
Freunde lachten, Kinder sprangen

Es war ein schöner Sommertag
Er war genau, wie ich ihn mag
Doch was ist der Wert vom Liegen?
Ich trau' mich nur, allein zu fliegen

06. Mai 2018

TRAUERSPIEL

Ich mochte es sehr, wie wir geschrieben
Ich wäre gerne bei dir geblieben
Doch bei gleichem Willen and'rer Zeiten
versucht das Schicksal, mich mutig zu leiten

Das alles bin ich, das alles sind sie
die mich zu kennen erträumten gar nie
And're Welt und and're Zeit
Viele Personen und noch viel mehr Leid

So ist das Schicksal, ganz einfach nur so:
Ist bei mir, obwohl ich doch floh
Neues Leben, neues Glück?
Gleiches Leben, gleiches Stück!

Ein Trauerspiel, phänomenal
Das ›ich‹ ist allen nur egal
›Ich‹ und Liebe — wünschenswert
dient dem Tode und ihn nährt

Das Schicksal will es: *ganze Leben*
wünscht', ich könnte es ihm geben
Doch das Leben zieht an mir
und das Schicksal wartet hier

ANNE, PART II

Sie wollte fliegen
glücklich sein
Einsam siegen
nicht allein

Sie wollte frei sein
durchbrechen
ihren grässlichen Schein
still sein und sprechen

Ein Leben zu viel
es war nie ein Spiel
» Es ist wie ein Zwang «
sprach sie und sprang

GLASKASTEN

Rosen umranken ihr einsames Grab
umranken die Stelle, dort wo sie starb
Ein Leben zu viel, sich glücklich gemacht
die Idee für die Welt gar feurig entfacht

So viel getan und so viel gegeben
sie zog sich die Kräfte aus ihrem Leben
Niemals geachtet und damit verbannt
In der Hoffnung auf Glück hat sie sich verrannt

30. Mai 2018

DIE UNGLÜCKLICHEN
VON LA MAR DU ROE

LA MAR DU ROE ist eine Kommune nordöstlich einer größeren Stadt mit dem Namen Le Val. Und Le Val, ebenso wie La Mar du Roe, befindet sich auf einer kleinen Insel, die man Alderney nennt und die wiederum nordöstlich einer größeren liegt mit dem Namen Guernsey. Alderney und Guernsey, die beiden Inseln, gehören zum Königreich Frankreich, welche die Eilande in blutigen Schlachten von den Engländern eroberten. Im Ärmelkanal gelegen, bilden sie die Grenze der zwei größten Mächte Europas im 16. Jahrhundert. Dennoch verirrt sich *kaum* eine Seele auf die dicht bewachsenen Eilande zu jener Zeit, um die doch so lange gekämpft wurde.

Zwischen hohen Kiefernwäldern, einem Strand und dem blauen, weiten Meer erheben sich die Häuser der unauffälligen Ortschaft La Mar du Roe. Kleine rote Dachspitzen ragen über die, sich im Winde leicht neigenden, Baumkronen, ein dichter Nadelwald umgibt das verborgene Dörfchen. Eine Straße aus alten und bewachsenen Pflastersteinen, zwischen denen Moos und anderes Unkraut langsam hervorsprießt, schlängelt sich durch die Ortschaft und verbindet Herzen, Gemüter und Denkweisen.

Es war überall bekannt gewesen, dass auf Alderney die Zeit ein wenig verrückt spielte, die Menschen ein bisschen *anders* waren und die Bäume, Häuser und Schatten ein dunkles Licht auf die Insel warfen. Auf Alderney war es immer etwas stürmischer als auf dem Festland, etwas unruhiger. In Alderney ging die Sonne immer wesentlich früher unter und der Mond schien immer länger auf die Kapelle und den angrenzenden Friedhof mit den Grabsteinen aus alten Brocken der Felsenklippen, als es sonst irgendwo möglich war. Die Dunkelheit, die Alderney heimsuchte, hatte eine ganz neue Dimension angenommen. Alderney war eigen. Vielleicht war es ein *Zauber*, der diese Insel umgab, vielleicht ein Mythos, vielleicht waren es aber auch die tiefen Abgründe der menschlichen Existenz. Denn La Mar du Roe war für seine unglücklichen Seelen berühmt gewesen, die allesamt in ihr zusammenkamen. Verbrecher, Diebe und Mörder bewohnten diese Insel mit den Kiefern und dem kleinen Fluss schon lange, bevor auch ›das Gute‹ seinen himmlischen Weg zur Erde fand. Das Königreich Frankreich entledigte sich der Schandflecken seiner Gesellschaft auf der kleinen Insel nördlich des großen Herrschaftsgebietes, als wäre es *selbstverständlich* gewesen. Alderney wurde zum Eiland derjenigen Leute, die die Regeln der Gesellschaft missachteten, sie zerstückelten, ausraubten und entfachten. Es waren Geisteskranke, Psychopathen, die diese Insel bewohnten und inzwischen auch auf unterschiedlichste Art und Weise heimsuchten. Neben den Mördern und Kleinkriminellen reihten sich dann noch die Unzüchtigen ein, wo gleiches Geschlecht mit gleichem schlief, die Mutanten, deren Köpfe spitzer waren als die schärfsten Klingen, und es waren die Asozialen, die ohne Obdach auf Hilfe angewiesen waren. Sie alle verbrachten ihr Leben auf Alderney, dem Eiland im Ärmelkanal. Doch nur die Unglücklichsten der Unglücklichen lebten in La Mar du Roe, der Ortschaft der Verdammten. Niemand, der noch seinen Verstand besaß, betrat *freiwillig* den dunkelsten Ort menschlicher Existenz. Und obwohl diese Insel so verflucht erschien, die Winde viel rauer wehten und die Blätter um das Lichte einsam kämpften, bauten sie sich doch alle ein kleines Häuschen auf, jeder für sich, jeder irgendwo, aber jeder in La Mar du Roe; fern der Großstadt, fern der Zivilisation, aber ganz nah den Büschen, Hecken und Bäumen, die alles verdeckten. La Mar du Roe war nicht mehr nur der Name einer Kommune im Ärmelkanal gewesen, La Mar du Roe war eine Mär unbekannten Ausmaßes.

Die betrübten Seelen dieser Insel hatten ein verhängnisvolles Schicksal. Sie waren unglücklich, weil sie das Schicksal dazu bestimmte. Gott wollte es, ihr Leben war prädeterminiert, ihre Denkweisen das Resultat von Ignoranz und dem Glauben an einen gerechten Gott. Die Seelen von La Mar du Roe waren verflucht, sie trugen einen Bann, ein pechschwarzes Schicksal umhüllte jede einzelne Person. Sie waren Ausgestoßene, *Freaks*, die die Welt nicht brauchte. Die jetzigen Bewohner dieser Insel hatten kaum noch etwas mit ihren Vorfahren gemein, sie hatten nichts in ihrem Leben verbrochen und doch waren sie Geächtete. Ihr Leben war Unglück und Gott fällte angemessene Entscheidungen.

Neben den Qualen ihres Lebens war es schließlich auch die Kapelle in La Mar du Roe gewesen, die den Bewohnern zeigte, wie unbeliebt sie waren und wo sie ihren rechten Platz zu finden hatten. Der Pfarrer predigte über die Sünden, das ewige Fegefeuer, in welches sie allesamt kämen, das Himmelreich, welches nur die Besten, keiner von ihnen, je erreichen würde und die immerwährende Hölle mit dem immerwährenden Satan. Ihr Ende war wie ihr Leben gewesen: *Ihre Existenz war aussichtslos.*

Florence war eine dieser Bewohner von La Mar du Roe gewesen, Florence, eine junge Frau mit schimmernd-blauen Augen, die die schlimmste Katastrophe ihres Lebens umging. Und Florence lebte in La Mar du Roe, weil ihre Eltern sie dort hineingeboren hatten, dort in dieses Dorf, auf diese Insel, die in dem Meer zwischen den zwei großen Staatsmächten liegt.

Das Licht im Leuchtturm an den Klippen der Insel schien weit auf das Meer hinaus, die Wellen brachen sich an den steilen Felsen und zerflossen in der Gischt, als Florence in das tosende Wasser hinabsah. Wie oft stand sie dort in ihrem schwarzen Kleid, in ihrem schwarzen Leid und wollte von der Klippe springen. Sie verlor sich in der Melodie des Wassers, die sie nach unten zog und doch am Leben ließ. *» Jetzt nicht, Florence «*, sagte es dann und wieder stand die junge Frau ratlos an den Klippen. Das Gras war noch ganz nass vom Regen gewesen, leicht neigte es sich in der Brise des Windes. Florence seufzte, Florence war unglücklich. Wie oft legte sie ihre schmale Hand an das Kinn und zögerte dann. Sie zögerte immer genau dann, wenn das kreisende Licht auf sie traf, der Leuchtturmwärter sie schließlich ansah und Florence wieder ging.

Der beste Freund von Florence war Luzifer gewesen, das wusste sie schon immer. Florence glaubte daran. Sie glaubte, sie habe es verdient, dass sie dort auf dieser Insel war. Sie hatte das Leben verdient, in welches sie hineingeboren wurde, und sie hatte verdient, dass sie irgendwann einsam und alleine sterben würde.

Florence glaubte an die Gerechtigkeit, sie glaubte an die heilige Kirche, den lieben Gott und sie glaubte an den Verfall der Gesellschaft. Sie kannte La Mar du Roe, sie kannte ihre Bewohner, sie kannte ihre Eltern und vor allem: *sie kannte sich selbst.* Sie kannte ihre eigenen Sünden, ihre eigenen Vergehen und sie kannte die Strafen, die ihr blühten, wenn sie dann eines Morgens nicht mehr aufwachte. Es gab eine Hierarchie auf dieser Welt, den Antichristen, das alles war wahr gewesen und die Menschen von La Mar du Roe die schlimmsten, die es gab.

» Das Leben ist das Warten auf den Tod «, sagten ihre Eltern. Es sagten auch die anderen Bewohner und noch öfter sagte es der Pfarrer, der einmal in der Woche auf die Insel der Verdammten reiste. Er sagte es zu den Pflegefällen, den Asozialen und den Homosexuellen. Er sagte es auch zu Florence. Er sagte es zu allen, die nicht in sein Bild der perfekten Gesellschaft passten. Sie waren *Freaks* für ihn, er verstand sie nicht, er *wollte* sie auch gar

nicht verstehen. Sie waren der Abschaum der Gesellschaft, die Missbildungen Gottes. Er spuckte auf die Insel, wenn er ging und Florence sein Schiff dann Richtung Cherbourgh verschwinden sah. Sie stand wieder an den Klippen und wünschte sich so sehr, auf diesem Schiff zu sein. Wieder wollte sie springen, doch wieder sagten die Wellen: » *Tu es nicht!* «, und das Licht des Leuchtturms traf sie erneut. Als sie zurückging, Luzifer erzürnte, packte sie ihren Koffer und nahm ihre schwarzen Kleider, die Schleier und Hüte, legte ein Amulett hinein und verschwand mitten in der Nacht. Ein Schiff brachte sie von La Val nach Guernsey, der Insel südlich von Alderney. Die Schiffer waren dickliche Männer gewesen, die Florence fragend ansahen, sie aber dennoch übersetzten und versuchten, mit der jungen Frau zu reden, sich dann aber *doch* ihren Pfeifen widmeten.

Guernsey war das komplette Gegenteil von Alderney gewesen. Die Insel war wesentlich größer, ferner des Festlandes und wurde überragen von Laubbäumen, die im Winter alle ihre Blätter verloren. Die Insel bestand nicht aus den Unglücklichen, sondern aus einer Garnison, die dort eine Festung ähnlich der Bastille errichtet hatte. Sie ragte über dem Meer wie der Stolz der Soldaten über Florence und ihrem Koffer. Eine kleine Stadt hatte sich dort angesiedelt, St. Peter Port, wo Frauen auf Jahrmärkten Schokolade verkauften und Männer ihre Errungenschaften aus dem fernen Orient. Bunte Häuser säumten die Straßen und den zentralen Platz, Girlanden hingen an den Fassaden und kleine Kinder spielten auf der Straße. Florence mietete sich ein Zimmer eines Hotels in der Innenstadt, ehe sie nach einer Woche wieder abfahren musste. Es war ihr Geld gewesen, das sie nicht berechtigte zu bleiben und ihr Bann, der Fluch von La Mar du Roe, der ihr das Gefühl gab, nicht dazuzugehören.

Die Garnisonsstadt St. Peter Port war ebenfalls jahrelang umstrittenes Gebiet gewesen. Im letzten Kampf
gewannen die Franzosen die Ressourcen der kleinen
Insel. Sie gewannen aber auch die Sorgen, die Herzen
und die Leidenschaften der Bewohner. Und das Königreich schützte sie, indem sie ihre Verbrecher verschleppte. Das Königreich verschleppte und sammelte
sie auf Alderney, der Insel der Verdammten, und Florence war ein Teil von ihr geworden.

Das Leben auf Guernsey schien Florence unwirklich. Die Tage waren heller, sie waren länger und
die Menschen trugen bunte Farben. Das Brot war sätti-
gender, die Ähren wehten im Wind wesentlich schöner
und die Opfer, die die Insel beklagte, waren allesamt viel
betuchter. Sie waren schöner, hatten besseres Blut und
keinen Grund zum Sterben. Guernsey war glücklich.
Guernsey stand auf der besseren Seite des Lebens.

Florence sah sich eines dieser Opfer an, es lag dort vor
ihr, als sie mit ihrem Weidenkorb die Straße hinunter-
ging. Es war eine Frau, wohl im gleichen Alter wie Florence, die niedergeschlagen wurde. Florence kannte
dieses Bild aus Alderney und sie fühlte ein Stück Heimat
beim Anblick des Opfers vor ihr. Das Blut rann zu den
Abwasserkanälen die Straße hinunter und vorsichtig
kniete sich Florence nieder, blickte in das Gesicht des
Opfers und ging schließlich weiter. Das Opfer war nicht
anders als jene, die Alderney beklagte. Florence ließ sie
zurück, genauso, wie das Leben Florence vergaß.

Als sie schließlich die Insel verließ, spürte sie,
wie das Eiland aufatmete. Sie spürte, wie sie ein Dorn
im Auge der Stadt und der Bewohner gewesen war. Sie
spürte es, niemand wollte sie haben. Luzifer hatte Recht.

Als sie ihre gehasste und doch so geliebte Heimat auf
Alderney betrat, da war sie plötzlich ganz alleine. Sie
schritt alleine den Pier hinauf, an den Klippen entlang.
Zweihundertfünfundfünzig Stufen stieg sie empor, um

auf die Insel zu gelangen. Zweieinhalb Kilometer waren es, die sie von ihrem Heimatdorf trennte. Und sie ging mit Weidenkörbchen und Koffer immer die Straße Richtung Nordost. Sie lief zwischen den dunklen Kiefern vorbei, an den langen Sandstränden immer direkt auf die Spitzdächer am Horizont zu. Jemand hätte sie umbringen können, denn sie war allein. Es hätte niemanden interessiert. Der Nebel, der inzwischen wieder aufgezogen war, umhüllte ihre Schritte und war ihr Begleiter geworden. Florence gewöhnte sich an das Gefühl der Einsamkeit und der Verlassenheit, an das Spiel mit der Gefahr und dem Wissen, dass es den Leuten auf Guernsey egal gewesen wäre, würde Florence tot aufgefunden werden.

Und dann stand sie dort, am Eingangsschild der Gemeinde. Ihr Koffer fiel auf den Boden, platzte laut auf, die Schnallen lösten sich, als Florence ihren ersten Schritt in die Stadt machte und erblickte, was geschah, als sie fort gewesen war.

Ein eisiger Wind wehte, als sie Schritt vor Schritt setzte, um das Grauen zu erfassen. Sie legte ihre rechte Hand auf ihren Mund und erschrocken lief sie über die alten Pflastersteine. Einige Windspiele begleiteten ihre Gedanken, als sie unter dem Vollmond der tiefschwarzen Nacht das erste Opfer erblickte. Das Blut der Wunden war schon lange getrocknet, es musste also kurz nach ihrer Abfahrt geschehen sein. Sie kniete sich hin, drehte den Leichnam um, aber entdeckte nur noch eine leblose Hülle. Es war der Kindermörder aus Paris, der dort vor ihr lag. Er wurde erst aufgespießt und dann mit allen Mitteln der Grausamkeit zugerichtet.

Als sie weiterging, da kam sie zu ihrem Haus. Auch ihre Eltern entkamen nicht dem Massaker von La Mar de Roe. Ihre Eltern waren mit die einzigen, die eine reine Seele besaßen, davon war Florence überzeugt. Florence' Großeltern waren die Verbrecher der Familie, ihre Eltern nur das Produkt. Aber am Ende dieser Addition, als

Summe, da stand Florence, auch sie wäre gestorben. Und sie ging weiter durch La Mar de Roe, erblickte den Mann aus Marseille, die Frau aus Lyon mit ihren Katzen; nicht einmal ihre Tiere hatte man verschont. Sie wurden gerädert, der Hals der Frau durchtrennt.

Florence sah in eine Küche und erblickte verkohltes Essen. Sie nahm es vom Herd und kippte es aus dem Fenster. Der Teller in der Wohnung war schon hergerichtet, der Bewohner wollte wohl gleich essen. Die Stiege ging sie empor und erblickte den Kleinkriminellen Gustave, der in Metz sein Unwesen trieb. Sie kannten sich schon länger, hatten einige Abende zusammen verbracht. Gustave war ein ordentlicher Kerl, ein ›Mec‹, wie Florence ihn nannte. Doch nun war Gustave tot, sein nackter Körper hing aus dem Fenster im Badezimmer.

Alle Unglücklichen der Insel starben, ja, ein ganzes Dorf erlosch, weil das Schicksal es so wollte. Das Schicksal hatte es auf die Unglücklichen abgesehen, es waren die Unglücklichen, die sterben mussten. Vielleicht war es auch kein Zufall gewesen, dass Florence in Sicherheit lebte, als der Axtmörder aus Alderney sein Werk vollendete. Gott wusste, was er tat, Gottes Entscheidungen waren angemessen. Er hatte keinen verschont, weder Kinder, Arme, Frauen, Greise, sie alle starben, sie alle hatten ihr Leben verwirkt. Wieder einmal war es Alderney gewesen, auf der der Tod und die Abgründe der menschlichen Existenz zusammenkamen. Gott hatte niemanden verschont, nicht einmal Florence.

Vielleicht war es daher auch Luzifer gewesen, der Florence vor dem sicheren Tod bewahrte. Denn er hatte seine Bestimmung erfüllt. Schließlich war es nämlich Florence gewesen, die man später im Gefängnis auf Guernsey antreffen konnte. Luzifer schenkte ihr ein neues Leben. Er schenkte ihr ein Leben hinter vergitterten Fenstern. Dort kam sie hin, weil man keinen anderen Täter finden konnte, zumindest keinen, der in die

Vorstellung der aufgebrachten französischen Bürger und Bürgerinnen passte. Florence wünschte sich an dem Tag ihrer Verhaftung, als sie dort auf den Pflastersteinen mit dem Koffer stand, nichts sehnlicher als ihren *eigenen* Tod. Sie hätte von den Klippen springen sollen, dachte sie. Sie hätte nicht wegfahren dürfen und ihrem Schicksal in die Augen sehen müssen. Sie hätte den Plan, den das Leben für jeden hatte, nicht umgehen sollen. Florence hätte genauso verwelken sollen wie die anderen Bewohner von La Mar du Roe.

Und doch war Florence schließlich die einzige in La Mar de Roe gewesen, die glücklich wurde. Sie war die einzige, die nicht betrübt gewesen war, die das Dorf hervorbrachte. Es war kein Zufall gewesen, dass sie nicht starb. Im Gegensatz zu den anderen hatte sie sich nämlich ihrem Schicksal hingegeben. Sie hatte es akzeptiert und geliebt. Sie war glücklich mit dem Schicksal, mit Gott, mit allem, was passierte.

Und so geschah es, dass sie vor lauter Glückseligkeit einem stationierten Grenadier von ihrer Geschichte erzählte, er das Schloss aufsperrte, sie vor Mitgefühl in den Arm nahm und auf ein Handelsschiff nach Toulouse setzte. Florence lebte noch lange, sie lebte lange glücklich und erzählte niemandem von ihrer Geschichte. Florence verlor kein Wort darüber, wie sie in ihrem Leben glücklich geworden war.

BLÜTENTRAUM

Und so kommt er dem einen
dort hinten entgegen
So fassen die feinen
Hände und liegen

sich einander im Arm
Schritt für Schritt
sodass der eine ihn nahm
und ging bei ihm mit

Zwei Wünsche, zwei Seelen
die einander sich stehlen
die Herzen, so nah
Sie sehen so starr

einander sich an
wenn sie lieben und tanzen
beieinander und dann
diesen ganzen

Anderen sagen
sie steh'n für sich ein
sie werden sich tragen
— *bei dem anderen sein*

Für immer und Immer
im blühenden Schimmer
Zwei Herzen, zwei Seel'n
die sich einander erwähl'n

17. Juni 2018

ZWEI GESICHTER

Zwei Gesichter: schwarz und hell
umgeben sich mit dickem Fell
Sie mögen gleiche schöne Dinge
tragen beide schwarze Ringe

Schwarze Ringe — gleicher Bann
erzählen uns, wann es begann:
Das Schicksal zweier Seiten
hell und dunkel — gleiche Zeiten

Eins ist froh, das and're weint
Das Leben ist ihr selber Feind
Eins ist so froh, es lacht und springt
Eins stirbt bei Tag, es klagt und singt

Hell die Lüge, schwarz so wahr
Wenn sie verschmelzen, wird es klar:
Sie sind dem Schicksal gleicher Sohn
vereint im Geiste meiner Person

09. Mai 2018

UNTER EINEM
WOLKENLOSEN HIMMEL

Wie ein Schiff auf dem Meer
spüre ich sehr
viel Einsamkeit

Das Schiff schaukelt und schwimmt
durch jeden Sturm und es nimmt
jeden Schlag gegen sich auf

Es ist einsam, das Schiff
und hat alles im Griff
Doch fällt es sehr schwer

mal loszulassen
von den weiten, nassen
Meeren um sich

von den Wellen, die schlagen
das Schiff, das sie plagen
doch es ist ruhig

So schaukelt es munter
und sieht nicht hinunter
was unter ihm liegt:

Der ganz tiefe Graben
in welchem die Narben
des Schiffes verschwimmen

Dies ist die Reise vom Schiff
das hat immer alles im Griff
doch niemals den Graben

Aus Tiefen strömt vor
was mein Gedächtnis verlor
immer wieder

Das Schiff bricht die Wellen
und hat sehr viele Dellen
die kein einziger sieht

Vom wolkenlosen Dach
sieht Gott: » Und ach …
das Schiffe, es schwimmt

Es geht ihm gut
und treibt in der Flut! «
— *In der es droht, zu ertrinken*

» Warum bist du denn traurig
mit Erzählungen grausig?
Warum *willst* du noch mehr? «

Das Schiff ist allein
und teilt mit mir mein
Schicksal im Meer

Von den Wellen, die schlagen
das Schiff, um zu fragen:
» *Wann* bist du *weg?* «

Es hat keine Antwort
und so segelt es fort
— *Das Schiff will es selbst*

Vielleicht wird es gerettet
von dem, der es bettet
in den Hafen samt Schutz

Vielleicht schließt sich der Graben
mit den so vielen Narben
für eine sehr lange Zeit

18. August 2018

Ein Lied, ein Junge, das Meer

Er steht an den Klippen und setzt sich dann hin
Es baumeln die Beine, die Hand stützt das Kinn
Er sieht in die Wellen und in die tosende Gischt
Dort ist ein Mann, er angelt und fischt

Am Horizont sitzt er und sieht
seine Zukunft, das Schicksal, ein Lied:
» Hinten geht die Sonne tief hinab ins Meer
doch im Herzen ist sie nicht, dort ist es bitter leer «

Und so träumt der Jung' an steilen Klippen
summend seinen Kopfe wippend
Er träumt von Sonne, hohen Wellen
die ihn verschlingen und sei'm Schicksal stellen

DAS LEBEN DES
MILAN J. PLETTENBERG

ALS MILAN JULES PLETTENBERG an einem warmen Frühlingstag geboren wurde, ein leichter Wind um die Nasen der Städter zog, da grünten die Wiesen um ihn herum in bunten Farben. Blumen sprießten aus der Erde, Bäume hüllten sich in ein beruhigendes Bild, als er die Welt betrat. Rote Kirschbäume säumten den Weg zum Krankenhaus, in welchem er das Licht der Welt erblicken sollte. Wie gemalt zeichneten sich die Blüten zwischen den Gräsern auf den Weiden ab.

Und plötzlich schrie der kleine Milan, ach, wie fürchterlich schrie er dann. Er war ja viel zu spät gekommen, er hätte schon im März die Welt erblicken sollen, viel früher als es nun eintrat. Das ganze Haus war in Aufruhr gewesen, die Krankenschwestern rannten wie wild hin und her, die Gänge glichen Fahrbahnspuren eines Wettkampfs, der gewonnen werden wollte. Der Junge hatte sich die Nabelschnur um seinen Hals gewickelt. Ganz blau war er, als er die Welt schließlich betrat. Fast wäre er gestorben, fast wäre seine Bestimmung eingetreten. Die Großmutter sagte dann, was für ein Kämpfer Milan werden würde. Und dann lag er dort als Säugling bei seiner Mutter im Arm, viel später als geplant. Was für ein Pech Milan gehabt haben musste, dass er die Landschaft, die sich so schön vor den Augen seiner herzlichen Mutter präsentierte, erst so spät wahrnehmen konnte. Das Leben zog an ihm vorbei. Er erreichte viel zu spät seine Welt, er war zu alt, er hatte vieles verpasst, was ihm eigentlich noch begegnen sollte. Die Schönheit des Lebens präsentierte sich direkt vor seinen Augen, als sie schon damit begann, zu vergehen. Vor weißen Einfamilienhäusern mit rot beziegelten

Dächern waren kleine Kinder, die in der Sonne spielten, Eltern, die den Rasen mähten und Beeren, die in Blüte standen. Die süßen Früchte des Lebens würden sie alle genießen. Milan blickte neidisch auf sie. Auch *er* hatte ihr Ziel vor seinen Augen gehabt und doch konnte er es nicht ergreifen, er schaffte es nicht, alle anderen waren ihm immer einen Schritt voraus. Kinder, Eltern, Alte, sie alle hatten die Zeit, doch Milan kam zu spät; er schrie auch viel zu spät. Er schrie, weil er so viele Wunder wohl nicht mehr erleben würde. *Aber Milan kämpfte.* Milan kämpfte sich auf diese Welt, da das Leben ihm die Chance bot. Und da man sich so sehr um sich und seine Geburt bemühte, rechnete er felsenfest damit, einer von ihnen, vielmehr noch, erwünscht zu sein.

Doch bis zum Ende seines kläglichen Daseins verstand er nicht, welche Chance es genau sein sollte, welche Chance das Leben meinte, als es ihm die Hand reichte. Milan wusste nicht, was zu tun war. Deshalb sollte Milan anders leben.

Als er in den Kindergarten kam, schräg gegenüber seines Elternhauses, begann das Schicksal damit, ihn zu denen zu zählen, die es im Leben etwas schwerer haben sollten. Das war sicherlich schon immer so gewesen: *Die einen hatten Glück, die anderen Pech.* In einer Gruppe von Kleinkindern, deren Geschenk es eindeutig nicht gewesen war, frei zu denken, hatte er die Aufgabe, er selbst zu sein. Er trug das, was er tragen wollte und portraitierte somit vielmehr ein Leben, das sich von den anderen unterschied. Egal, ob es Prinzessinnenkleider waren, die er sich aussuchte, als man über ihn lachte, bunte Strumpfhosen oder verschiedene Paar Schuhe. Er kämpfte für Emanzipation und Gerechtigkeit, doch wurde er dafür nur mit den bösen Blicken seiner Erzieherinnen belohnt, die ihn tadelten, nicht ›petzen‹ zu dürfen, wenn etwas Unvorstellbares geschah. Hätte *er* sich so benommen, wäre seine Erziehung misslungen gewesen. Bei den anderen war das alles. ganz. *normal;* da gehörte ebenjenes Verhalten zu einem *ganz normalen Jungen*. Milan musste anders als die anderen erzogen werden, das zeigten sie ihm von Anfang an. Er hatte zu erdulden, was andere erst lernen mussten. Er war nicht wie sie und wurde deshalb immer anders getadelt. Er musste im Flur der großen Villa schlafen, statt im Zimmer wie die anderen, weil er lieber dachte als zu träumen. Milan selbst schuf den Lauf seines Lebens seit er geboren wurde und niemand, nein, niemand hielt ihn auf. Niemand bewahrte ihn davor, eine solche schicksalsträchtige Entscheidung zu treffen.

Die Kinder mochten ihn nicht, er sei zu komisch. Er könne nicht rennen, er spräche ganz anders und überhaupt, er wäre ein ganz eigenartiger Mensch gewesen, den man lieber mied. Seine Eltern interessierten sich nicht dafür, dass er niemals zu Geburtstagen eingeladen wurde oder nie von Freunden sprach, die er kennengelernt hatte. Er fristete sein Dasein alleine und ohne jegliche Zuwendung. Wesentlich öfter träumte er, als er es beabsichtigte. Vielleicht tat er es, weil die Welt, in der er dachte, nicht zum Denken geschaffen war. Der blasse Milan mit den blond-gekräuselten Haaren würde sicherlich nie Freunde finden, hörte er sie sagen.

In dem Ort, den er zeitlebens seine Heimat, aber niemals sein Zuhause nannte, verlief die Abfolge von Ereignissen nicht anders. Oft stand er am großen Fenster seines Zimmers, blickte hinunter auf die Straße, in den Vorgarten, wenn es geregnet hatte. Tropfen liefen hinunter, Zeugen von traurigen Tagen, doch niemand sah es, bis auf Milan. Niemand entdeckte die Schönheit und Geschichten dieser Tage, man hätte meinen können, es wäre ihnen egal gewesen. Die Gesellschaft zeichnete sich schließlich nicht durch Mitgefühl und Verständnis aus. Es interessierte keinen. Das kalte Licht aus Milans Zimmer trafen die Straßen — nicht nur, wenn es regnete.

Milans Stube war direkt neben dem Arbeitszimmer seines Vaters gelegen, es prallten zwei Welten aufeinander. Milan erinnerte sich oft an den Tag, an welchem er seine Stube nicht verlassen durfte, weil er etwas falsch gemacht hatte, er durfte nicht mal auf die Toilette. — Das hatte ihm sein Vater vor allem dadurch verdeutlicht, als seine Faust das Kindergesicht traf und Milan hinter einer Plastikkiste Schutz suchte. Der Vater zertrat und machte sie ebenso kaputt, um seinem Sohn zu symbolisieren, dass es nichts gab, was sein Vater nicht zerstören würde. Nichts und niemand konnte Milan schützen. *Milan weinte an diesem Tage ganz fürchterlich.* Die Welt verdeutlichte ihm erneut, wo er sich einzufinden hatte, dort, wo sie ihn alle sahen. Denn, obwohl es nur sein Vater war, der ihn über acht Jahre lang schlug, mit dem entschuldigenden Hintergrund seiner Arbeitslosigkeit, war es die *Mutter* gewesen, die nicht das Bedürfnis zu empfinden schien, ihrem Sohn zu helfen, als er vor ihr seinem *Ende* in die Augen blickte. Milan liefen die Tränen, Milan weinte und Milan schrie noch viel lauter. Milan schrie und schrie, doch er war zu spät, niemand half ihm, keiner hörte zu. Ganz gleich, was er sagte, Milan würde Unrecht haben, es wäre sinnlos, ihm zuzuhören. Was er sagte, war falsch. *Er litt und sie sahen ihn an.* Milan war alleine; alleine in einer Welt, die sich aus vier Wänden erhob, einem Fenster, durch das er auf die Straße sah, wenn es regnete, und einer blau-gestrichenen Tür, durch die er ging, um dieser Welt zu entfliehen. Milan hatte niemanden. Das alles geschah in demselben Haus, denn es konnte gar kein anderes sein, in welchem sie jedes Jahr, sein ganzes Leben lang, *schwedische Weihnachten* feierten. Milan blühte niemals auf. Sie konnten ihn nicht akzeptieren, wie er war, weshalb er nun alles dafür tat, so zu sein, wie man es sich von ihm erwünschte. *Er verbog sich für sie, er wollte nur Liebe.*

Unter dem Druck von Idealen männlicher Vorherrschaft, dominante Männer kannte er nun eben zu gut, bestritt er seine Grundschule, die zwar noch in der Nähe seines Hauses war, für Milan aber viel weiter entfernt zu sein schien. Vielleicht war es nur ein *kleiner* Trost, aber für *ihn* bedeutete es die Welt. In der Schule lernte er mehr Kinder kennen, aber keine, die ihm ähnlich schienen. *Das* war vollkommen in Ordnung und machte ihn nur neugieriger, andere kennenzulernen. Schlugen ihre Väter sie auch, wenn sie eine falsche Meinung hatten? Flohen sie in die Schule, weil sie dort sicherer waren? Er hatte so viele Seelen um sich herum, die er gerne ergründet hätte, die er interessant fand, weil jede einzelne eine andere Geschichte erzählte. Er träumte davon, ihnen *seine* zu erzählen, doch *ihre* Vorstellungen sahen *anders* aus. Jahrelang lernte er, neben ihnen zu rechnen, zu lesen, aber erlernte nicht, zu *verstehen*. Er lernte nicht, wie er *sich* verstehen, wie er *seine Gedanken* deuten, wie er *die anderen* verstehen soll, wenn sie über ihn lachten, wie er *die Lehrer und Lehrerinnen* verstehen sollte, die es den Kindern gleich taten und er verstand nicht, warum die Mutter nichts unternahm. Warum hatte er niemanden, der ihn beschützte? Warum gab es keinen, der dachte, dass Milan es wert gewesen wäre, beschützt zu werden? Warum gab es nur Menschen, die ihn so sehr hassten? Warum musste es in seiner Welt so viele Menschen geben, die ihn nicht leiden konnten? War er denn wirklich so anders, wie sie sagten? War er wirklich so dumm, so hässlich, so fett, wie sie ihn nannten? Irgendwann glaubte er es. Und er versuchte erst gar nicht, sich zu verändern, er würde sowieso versagen. Er war ja schließlich ein Weichei und ein Feigling, wie ihn sein Vater schimpfte. Darin waren sie gut. Lieber sagte man: » *Sei* nicht so fehlerhaft « statt » *Mach'* keine Fehler «. Milan wurde ein sehr trauriges Kind.

      Sie schimpften alle so sehr mit ihm, sie schimpften und schimpften, er solle es nicht tun, so zu sein, wie er war, keine Fehler haben, nichts zerstören. Aber sie schimpften nicht, nein, sie sagten nichts, kein einziges Wort, als er sich selbst zerstörte, als er dann tatsächlich damit begann, den Fehler, der sein Leben so maßgeblich beeinflusste, zu eliminieren. Es war das, was sie wollten. Als sein Bild in tausend Teile zersprang, sie ihn dabei ansahen und fragten: » Ist alles in Ordnung? «, sagte er nur: » Ich werde es sein. « Er lernte es, ja, er lernte es von ihnen, wie er sich zu behandeln hatte. Keiner sagte etwas, als Milan seinen Platz fand, Tabletten schluckte, um dünner zu werden und bald nichts mehr aß, blutige Schnittwunden seine Arme zierten. Sie sahen zu, als Milan das tat, was die logische Konsequenz ihrer Worte gewesen war. Er wollte dazugehören, auch wenn es hieß, dass die einzige Gemeinsamkeit, die alle miteinander hatten, der Hass auf Milan gewesen war. Sie bestätigten ihn nur in seinem Verhalten, indem sie ihn nicht aufhielten. Zum ersten Mal in ihrem Leben unterstützten sie ihn mehr, als sie dachten.

Milan beschäftigte viel und verfolgte viele Interessen. Er dachte sehr gut, ebenso, wie er auch gerne zeichnete. Er zeichnete die schönsten und größten Gemälde, die die Welt nur gesehen hatte. Er veröffentlichte einige. In dem Museum über moderne Kunst zeigte man seine Bilder. Sein Name stand in schwarzer Farbe auf kleinen weißen Schildern unter schwarzumrahmten Malereien, die er anfertigte. Sie zeigten sein Leben in bunten Farben, rot benutzte er am meisten. Aber auch schwarz, blau und weiß mischten sich unter seine Pinsel. Oft ging er in Museen, zu da Vinci, Raphael, Michelangelo. Er sah ihre Zeichnungen von Engeln, von Engeln, die allesamt so unschuldig wirkten mit ihrer blassen Haut und ihren goldgelockten Haaren. Doch die Zeiten ändern sich, Engel sehen heute sicher anders aus, dachte Milan.

Milan ging fort. Es verschlug ihn in andere Städte. Es gab nichts, was ihm eine gute Erinnerung schenkte und weshalb er in dieser Stadt bleiben sollte, also suchte er. Sein ganzes Leben bestand aus einer einzigen, endlosen Suche nach der Erfüllung seines Seins. Er suchte nach

Antworten, die sich nicht nur in ›*Schicksal*‹ und ›*Bestimmung*‹ äußerten. Er suchte und suchte, doch wusste irgendwann nicht mehr, was er sich genau erhoffte. Als er seinen Großeltern davon erzählte, dass er nicht wisse, wie es ohne Geld weiterginge, sagten sie nichts. Sie antworteten nur, dass ihnen der Weg, um ihn zu besuchen, zu weit sei. Dann dachte er daran, wie er ihnen seine Bilder schenkte, die besten, die er anfertigte, und nachdem er durch die Zeitungen ging, ein kleiner regionaler Maler geworden war, wie sie ihn fragten, womit er in die Nachrichten gekommen wäre. Wieder liefen die Tropfen vor seinen Augen. Ein viel größerer Schauer war es, der an seine Fenster prallte und *er* blickte hinaus. Noch nie hatte er sich so gefühlt. Seine Bilder hingen in ihren Zimmern und wenn sie gefragt wurden, wer denn der Künstler sei, da konnten sie nicht über ihn sprechen. Sie wussten es nicht und auch *er* wusste es nicht: war es Absicht, und wenn nicht, wie konnten sie ihn nur so sehr missachten? Sie schenkten ihrer anderen Enkelin Theaterkarten, während *er* Süßigkeiten erhielt. Zu seinem achtzehnten Geburtstag bekam *er* von den Eltern Juckreizcreme, die er sich doch auftragen solle, wenn er sich wieder so schrecklich zu kratzen begann. Von den anderen bekam er zu hören, wie die andere Enkelin seiner Großeltern doch zu bewundern war. *Er* war nur ›*klein Buddah*‹. Seine Cousine war nicht wie Milan. Sie war jemand, über die man sprach, von der man mit Stolz erzählte und dabei an Fjodora Lebedew dachte. Milan hätte alles machen können, kochen im Luxushotel der Hauptstadt mit Zertifikat, singen in der Oper, schreiben, Bücher veröffentlichen. Milan hätte alles machen können. Er hätte alles werden können, nur nicht er selbst. Die anderen seines Lebens waren schlauer, sie waren sportlicher, sie waren besser. Sie waren nicht Milan. *Sie waren nicht wie er.*

Milan fand keinen Halt. Es ist wohl der Satz, der die Erzählung am besten beschreiben vermag. Er fand keinen Halt, nicht in seiner Familie, nicht bei Menschen, die er kennengelernt hatte und auch nicht bei seinen Großeltern, die scheinbar unfähig oder einfach zu desinteressiert an seinem Leben waren. Milan war sehr emotional und vor allem auch sehr sensibel, weshalb er das, was er vermutlich alles so erlebt hatte, viel stärker auffasste, als es sonst jemand getan hätte. Aber waren seine Leiden deshalb weniger schmerzvoll? Alles, was er versuchte, *wie* er es versuchte, zielte augenscheinlich darauf, in seinem Leben geliebt zu werden. Er wollte in seinem Leben merken, dass er dann *doch* nicht ›*Fehl am Platz*‹ war, dass er *doch* ein wunderbarer Mensch sein konnte, dass all das, was er erlebt hatte, unfair gewesen war. Aber diese Suche, diese unendlich lange Suche nach Gewissheit, Schutz und Geborgenheit, sie hatte keinen Abschluss. Zumindest fand sie nicht ein solches Ende, welches sich Milan gewünscht hatte. Seine Suche blieb ergebnislos und er wertete es als Bestätigung seiner Gedanken, die ihn abends immer überfielen. Wie sehr muss er sich gewünscht haben, keine Gefühle mehr zu empfinden: dass er sowohl das Leid, sämtliches, das ihn noch begegnen würde, ignorieren könnte und auch die Hoffnung auf das, wonach er sich so sehr sehnte, nie wieder empfinden müsste. Er spielte leidenschaftlich gerne Klavier, er brachte sich Gitarre bei, er sang, aber er schämte sich. Er wollte es niemandem mehr zeigen; das, worauf er selbst so stolz gewesen war: zu sehr hatte er Angst davor, wieder mit anderen verglichen zu werden, die es besser täten. Er hatte kein Vertrauen und er fand auch keinen Halt. Er fand keine bedingungslose Liebe, die für andere so selbstverständlich gewesen sein musste.

Als Milan an einem grauen Tag den hundertfünfundvierzig Meter hohen Turm seiner Stadt erklomm und von dort oben hinuntersah, da erblickte er das, wovon alle immer gesprochen hatten: Die Autos, sie sahen aus wie Spielzeuge. Und die Menschen, ja, die konnte er fast gar nicht erkennen. Er stand an der Klippe und betrachtete, wie klein das Leben von dort oben schien, wie das Leben *anders* aussah, wenn man *anders* auf das Leben blickte, wenn man sich ›oben‹ fühlte, wie jemand, der über anderen stand, der über anderen schwebte. Endlich konnte er es nachempfinden, wie sich die anderen gefühlt haben müssen.

Als der Polizist in einem dunkelblauen Anzug seine Waffe auf ihn richtete, drehte sich Milan um und sah ihn schweigend an, ehe er seinen Kopf verdrehte. Er hatte gewusst, dass sie kommen würden. Er lächelte, sie waren nur für *ihn* erschienen. Schlussendlich hatte es *doch* jemanden gegeben, der sich, zwar auch nur, weil er dazu verpflichtet war, um ihn und sein Leben sorgte, jemand, der nicht zusah, wenn er sich etwas angetan hätte.

» Gehen Sie vom Rand weg, Milan! «, rief der Polizist und kam vorsichtig näher.

» Schreien Sie mich nicht so an, da bekommt man ja Beklemmungen «, antwortete der Junge, der in seinem weißen Anzug mit der neuen, mit Gold umrahmten, Brille in den Himmel blickte. Stille. » Nehmen Sie bitte die Waffe weg, ich versichere Ihnen, ich springe auch nicht. « Milan setzte sich in einen Schneidersitz, so, wie er es immer im Sportunterricht machen musste, als sie sich in Riegen aufteilten und darauf warteten, in eine Mannschaft zu kommen. Milan war der letzte, er kam zu spät. Wer Milan wählte, hatte schon verloren gehabt.

Langsam nahm der Mann in Uniform seine bedrohlich-schwarze Waffe hinunter, steckte sie sich an die Seite und sah verunsichert über seine Schulter. Er wartete auf seine Verstärkung, die er gerufen hatte. Doch schließlich setzte er sich ebenfalls und starrte kurz in den von grauen Wolken bedeckten Himmel. Raben flogen vorbei.

» Warum? «, fragte er dann.

» Warum *was*? «, entgegnete Milan und schmunzelte. » Warum, warum? «, schrie er beinahe und verfiel in schallendes Gelächter. » Ist das jetzt dieses sentimentale Gespräch, wo der Protagonist bemerkt, dass er eine Wahl hatte? Ich hoffe doch nicht «, er verdrehte seinen Kopf. » Ich habe schon immer in meinem Leben auf eine Rührszene gehofft «, sagte er sodann, als er den Blick des Polizisten falsch interpretierte. » Nun denn, lassen Sie mich Ihnen die Erzählung eines Lebens erzählen, welches nie gelebt werden wollte — oder zumindest davon, wie das Leben die Person in ihr Schicksal geführt hat. «

So erzählte Milan dem Polizisten eine Geschichte, die er sich nicht ausgedacht hatte und der Polizist hörte aufmerksam zu. Vielleicht würde er ihn verstehen, dachte sich Milan, auch wenn er von niemanden Verständnis erwartete. Er hatte das schon lange aufgegeben. ›Nach Verständnis suchen‹ war zu einer Floskel seiner Generation geworden.

» Und nun fragen Sie, nach alldem, was Sie gehört haben: Warum? Ist es nicht sarkastisch, vielleicht sogar ein bisschen witzig? Aber ich antworte Ihnen gerne auf all die ›Warums‹, die ich *mir* in *meinem* Leben stellen musste. Ich hoffe, sie beantworten auch Ihre Fragen.

Warum musste ich geboren werden?
Ich schätze, der Zufall wollte es, dass mein Spermium meine Eizelle traf und mich in ein Leben gebar, in welches ich nicht gehörte. Im Grunde hatte ich nicht darum gebeten, aber das ist jetzt so. Geschieht es nicht oft, dass man sich mit etwas arrangieren muss, was man sich nicht herbeigewünscht hat? *Sie* arrangieren sich mit *dieser Situation*, *ich* mit *einem Leben*, das ich mir ebenfalls nicht ausgesucht habe.

Warum muss ich mich so hässlich fühlen?
Weil mir Menschen eingeredet haben, ich sei nichts wert und ich hätte es nicht verdient, glücklich zu werden. Weil Menschen mir gesagt haben, ich sei fett und würde nie jemanden in meinem Leben haben, der mich mit seiner Liebe segnet. Und sehen Sie: die Leute hatten Recht, so ist das manchmal. Das Leben ist sicherlich nicht fair. Aber ich gehe davon aus, dass wir einiges dafür tun können, dass das Leben von anderen gerechter gestaltet werden kann. Und sehen Sie, *das* kommt vielleicht nur deshalb aus meinem Mund, weil ich es erlebt habe. Hätte ich eine andere Bestimmung erhalten, dann würde ich vielleicht andere Dinge sagen, dann säße ich nicht jetzt auf diesem Turm. Glauben Sie, dass diese Meinung dann weniger wert ist, vielleicht weniger ernst betrachtet werden kann, wenn ich nicht selbst betroffen wäre? Darüber denke ich schon sehr lange nach.

Warum musste ich Menschen kennenlernen, die mich so sehr geprägt haben?
Eine interessante Frage. Wissen Sie, ich denke, ohne diese Menschen hätte ich niemals meine Werke veröffentlicht. Ich wäre ein ganz anderer Mensch geblieben. Ich wäre vielleicht glücklicher, beliebter, hätte einen Partner. Aber das Leben schrieb mein Skript, nicht ich. Wir sehen aus, wie uns die Gesellschaft formt, wissen Sie? Ich hätte meine Narben nicht, wenn ich Dinge anders erlebt hätte. Und ja, ich bin auch dankbar dafür. Ich bin dankbar dafür, dass ich so viele Werke veröffentlichen konnte und anderen damit vielleicht geholfen habe. Ja, das bringt mir sehr, sehr viel. Meine Gemälde hängen überall, sie können von so vielen Leuten betrachtet und gefunden werden. Sie werden mich sicherlich um ein Vielfaches überleben und auf die richtigen Fragen Antworten liefern. Vielleicht für Fragen, die Sie sich noch stellen werden, vielleicht auch auf Fragen, die ich bis heute nicht beantwortet habe. Viel-

leicht kommt das Interesse an meiner Person erst dann, wenn man sich daran erinnert, dass jeder Mensch ein Ozean voller Geschichten ist, Geschichten voller Bosheit, voller Hass, aber auch Geschichten voller Glückseligkeit, Freude und Trauer. Ich erinnere mich an ein ganz besonderes Bild, das ich damals sehr detailliert gezeichnet habe. Es zeigt die russische Zarenfamilie, im Mittelpunkt die berühmte Anastasia. Ihren kleinen Bruder, vielleicht ja auch mich, habe ich daneben portraitiert. Sie wird von allen Leuten umrungen, er steht nur daneben. Es ist eins meiner besten Gemälde, wie ich finde. Und die Leute werden es ansehen, darüber vielleicht staunen — doch die wenigsten nur wissen, worum es *wirklich* geht. Etwas Geheimnisvolles steckt doch wahrscheinlich in jedem Gemälde, in jedem Text, in jedem Künstler, oder? Ich hoffe es. Ich würde mir wünschen, dass ich für niemanden als uninteressant gelte.

Warum hat meine Mutter nichts getan, als er mich geschlagen hat? Ich weiß es bis heute nicht. Ich habe sie gefragt und sie meinte, sie hätte es nicht als wichtig erachtet. Sie verstünde aber auch nicht, warum ich mich darüber so aufregen würde. Ich hätte es einfach ignorieren sollen. Darüber war ich sehr erbost und schwor mir, dass ich mich mit ihr nie wieder darüber unterhalten würde. Und sehen Sie: ich tat es nicht. Trotzdem frage ich mich bis heute, warum ich es ihr nicht wert gewesen bin. Wissen Sie, darüber denkt man am meisten nach. Es geht nicht darum, dass man schikaniert oder geschlagen wird; vielmehr geht es darum, wie andere Leute damit umgehen. Wenn ein Schüler gemobbt wird, dann ist das schlimm. Viel schlimmer ist es aber, wenn alle anderen mitmachen oder schweigen. *Das* ist schlimm, nicht, dass ein anderer jemanden ›*nicht leiden*‹ kann. Wenn man geschlagen wird und die andere Person, die man über alles auf der Welt liebt, zusieht, gar schweigt, dann bricht einem das Herz, dann möchte man nicht mehr, dann hat man nichts, wofür es sich zu leben lohnt.

Warum habe ich mich nicht verändert? Warum sollte ich mich für andere verändern? Ich habe sicher vieles in meinem Leben falsch gemacht, wie es jeder normale Mensch tut. Aber ich werde niemals den Fehler begehen, dass ich mich für andere verbiege, nur weil ich nicht in deren Bild passe. Und ja, dann soll mein Leben eben so enden, dann ist das so. Aber ich werde mich nicht verändere, damit *sie* es leichter haben. Sie sollen sehen, was sie einem antun, wenn sie andere Menschen, in diesem Fall mich, so behandeln. Sie sollen *das* fühlen, was *ich* gefühlt habe. Sie sollen fühlen, wie es ist, wenn man einen nicht leiden kann, nur weil man eine Stimme hat, die sie nicht mögen. Sie sollen fühlen, wie es ist, zu erwarten, nie geliebt zu werden, von keinem einzigen Menschen, den man je kennengelernt hat. Sie sollen fühlen, wie es ist, wenn man so weit geht, dass man sich selbst verletzt und es niemanden interessiert. Sie sollen fühlen, wie es ist, wenn man niemals Blumen bekommt, obwohl man sie liebt, obwohl andere damit überschüttet werden. Sie sollen fühlen, wie es ist, wenn man nicht mehr schwimmen gehen kann, weil alle sagen, dass man fett und eklig sei. Sie sollen fühlen, wie es ist, wenn man nie zu einem Geburtstag eingeladen wird und alleine zu Hause am Fenster steht. Das Leben ist mit Sicherheit nicht *fair*.

Warum hat meine Mutter gesagt, dass ich nicht übertreiben soll? Ich denke, sie tat es aus Schutz. Sie wollte nicht sehen, wie es wirklich war. Wissen Sie, ich habe ihr Teile meiner Geschichte erzählt. Immer vereinzelt, immer Stückchen für Stückchen und sie hat nie verstanden, wie ernst es mir war, wie ich mich fühlte. Ich solle nicht dramatisieren, sagte sie immer. Dabei war ich doch immer eine *Dramaqueen* «, er lachte. » Wie zerstörerisch muss es für eine Mutter sein, wie hilflos muss sie sich fühlen, wenn sie bemerkt, dass ihr Kind derart einsam ist und sich am liebsten nie mehr sehen wollen würde? Ich hoffe, dass sie niemals diese Gefühle gehabt hat. Ich könnte es mir nie verzeihen, wenn sie das mitbekommen hätte.

Warum ich diesen Ort gewählt habe?
Weil ich ein letztes Mal das Leben in seiner Blüte sehen wollte, so, wie es an meiner Geburt gewesen sein musste. Ich will sehen, wie die Kirschbäume in rosa stehen, auf den Weiden bunte Blumen wachsen und die Welt mit ihrer Schönheit beglücken. *Einmal* in meinem Leben wollte ich nicht zu spät sein, verstehen Sie? Ich will vor der Welt nicht mehr davonlaufen, ich will nicht mehr spüren, wie sehr ich sie verachte. Ich will direkt auf sie zugehen. Sie soll mir in das Gesicht sehen und merken, was sie tausenden Menschen täglich antut. Es geht mir nicht darum, zu sterben, sondern darum, nicht mehr dieses Leben ertragen zu müssen.

Warum ich mir keine Hilfe gesucht habe?
Weil ich nicht dramatisieren sollte. Weil ich kein Weichei sein wollte. Weil ich sie nicht enttäuschen wollte. Das wollte ich alles nicht. Ich wollte nicht das schwarze Schaf sein, obwohl ich es eigentlich schon gewesen war. Ich wollte nicht so sein, wie sie mich sahen, wie *ich* mich gesehen habe. Ich wollte nicht gezeichnet sein, derartig gezeichnet, dass man mich nur noch weniger lieben könnte. Ich wollte kein Sigel auf meiner Haut tragen, verstehen Sie? Eigentlich wollte ich ›normal‹ sein. Aber die Gesellschaft schenkt Ihnen das nicht. Sie schenkt Ihnen nicht den Vorteil der Normalität, das tut sie nicht, nicht, wenn Sie so sind, wie ich es bin. Menschen geben vor, wie man sich als Mann zu verhalten hat, wie ein gesunder Mensch ist. Das bestimmen nicht *Sie*. Und wenn Sie sich dem widersetzen, dann können Sie so enden wie ich. Wenn Sie anders sind, keine Freunde haben, denken, dass nicht mal die Menschen Sie lieben, die es am einfachsten hätten, dann glauben Sie all jenen Stimmen, die sagen, dass Sie es nicht wert wären. Sie glauben es, weil es keinen einzigen Beweis gibt, dass es

nicht so wäre. Da würde auch keine Therapie helfen, kein Wort mehr, man ist vollkommen schwarz, vergiftet mit dem Gedanken. Alles für sich, jedes einzelne Geschehen, worüber ich Ihnen so ausführlichst berichtete, ist an sich vielleicht nicht schlimm. Es ist wert, davon zu erzählen. Doch alles zusammen ergibt einen Ausblick in eine Zukunft, die *mehr* als düster ist; ganz davon zu schweigen, wie düster die Vergangenheit gewesen sein musste.

Warum ich niemanden böse bin?
Weil ich mit mir dahingehend im Reinen bin, dass ich weiß, dass *das* mein Schicksal ist, dass ich auf diese Weise leben sollte. Und wie ich erwarte, dass man *mich* und mein *Schicksal* versteht wie akzeptiert, akzeptiere ich, wie sie mit mir umgegangen sind. Ich akzeptiere es, dass es ihr Schicksal gewesen war, mich so zu behandeln. Wir *alle* machen Fehler. *Mein* Fehler war es, ein einfaches Leben zu erwarten. *Das* kann ich jetzt nicht mehr rückgängig machen, aber ich kann zufrieden sein, zufrieden mit mir selbst; das ist das *letzte*, was ich für mich tun kann. Einem Krebskranken, der jahrelang starker Raucher war, dem würden Sie sicherlich ebenfalls keine Vorwürfe machen. Ich bin mit mir im Reinen und weiß, dass ich für nichts kann, was mir geschehen ist. Ich fühle mich *gut*. Wir werden *alle* einmal sterben, die einen *früher*, die anderen *später*. Ich bin es mir selbst wert, einzuschätzen, wann dieser Tag gekommen ist. Ist es so falsch, dass ich mich diesem Hass gegen meine Person einfach nicht mehr hingeben kann?

Warum meine Mutter der beste Mensch der Welt ist?
Weil sie der einzige Mensch ist, dem die Herzlichkeit ins Gesicht geschrieben steht. Ich habe so viele Erinnerungen mit ihr, glückliche wie traurige, und sie ist aus meinem Leben nicht mehr wegzudenken. Ich erinnere mich jeden Tag an sie, so, wie sie lacht, wie sie schreibt, wie sie küsst, wie sie riecht. Ich liebe sie, auch wenn sie

zugesehen hat. Ich würde sie vor allem beschützen, was auf dieser Welt auf sie zukommen würde. Sie ist ehrlich, sie ist direkt, auch wenn sie Dinge sagt, die mich verletzen. Warum sollte ich eine Eigenschaft an ihr nicht mehr mögen, nur weil sie damals weggesehen hat? Ich liebe sie.

Warum es für mich so schlimm ist, mich hässlich zu fühlen? Ich denke, das hat viel mit meiner Erziehung zu tun und den Idealen, die mit ihr verbunden sind. In den Märchen kennen wir es bei Goldmarie und Pechmarie. Die faule Pechmarie ist hässlich, beinahe kann man sie kaum ansehen, weil ihr Aussehen vom Charakter bestimmt ist. Die gute Goldmarie jedoch, die fleißig und eifrig ist, sie ist schön, bildschön. Das Ganze hat seinen Ursprung schon in der Antike, bei den Griechen. Sie nannten es καλὸς καὶ ἀγαθός, also ›schön und tüchtig‹, heute wird es als Kalokagathia bezeichnet. Ein guter Mensch ist eben schön und ich wäre so gerne eine gute Persönlichkeit, nicht die schrumpelige Hexe, der alte Zauberer, das hässliche Rumpelstilzchen. So gerne hätte ich einen Beweis, auch wenn der natürlich nicht auf wissenschaftlichen Grundlagen beruht, dass ich ein guter Mensch gewesen bin. Das ist *das*, wonach ich mich so sehr sehne. Das ist *das*, worin ich meinen Halt gefunden hätte. Ziemlich armselig, oder? Wie tief muss jemand sinken, der sowas von sich gibt.

Warum ich denke, dass man mich nicht lieben kann? Weil es keinen einzigen Menschen gab, der es jemals gemacht hat. Weil ich keine Liebesbriefe bekommen habe, weil ich niemals der Traum von jemandem gewesen bin. Weil ich Milan bin, weil es schon unmöglich erschienen ist, Milan und Liebe in einem Satz zu verwenden. Verstehen Sie mich nicht falsch, ich orientiere mich nur an dem, was das Leben mir gezeigt hat. Wenn mich nicht mal *die* Personen lieben, die es am leichtesten hätten, wer soll es denn dann können? Wie soll mich jemand lieben, wenn ich es selbst nicht schaffe? Warum sollte ich um jemanden, um mich, kämpfen, wenn niemand es je für mich getan hat? Ich habe einfach nicht die Kraft, mein eigenes Leben, mich, für meine eigene Person aufzuopfern. Menschen verändern einen, niemand bleibt von ihnen unberührt. Das Schlimmste an allem ist nicht, dass es geschehen ist. Das Schlimmste ist, dass ich es einfach nicht akzeptieren kann. Es gibt Menschen, die werden nicht geliebt, die werden keine Familie haben, keine Kinder, weil ihre Liebe eine andere ist. Warum muss ich dazugehören? Ich habe mir so vieles anders erhofft. Der Vorteil meines Lebens ist wohl, dass ich niemals das Gefühl einer gescheiterten Beziehung erleben muss. Dafür bin ich sehr dankbar. Es tut mir so leid, dass ich Ihnen all diese Gedanken anvertraut habe. «

Milan stand auf, machte einen kleinen Knicks und bedankte sich, dass der Polizist ihm zugehört hatte. Dieser blieb nur wie verwurzelt sitzen und sah Milan nachdenklich an. Dann zog Milan seine Uhr aus, schenkte sie ihm mit den Worten: » Die brauche ich jetzt sicher nicht mehr, behalten Sie das hier in Erinnerung. Ich denke, Sie dürften jetzt alle Informationen haben, die Sie brauchen. Es tut mir leid, dass ich Ihnen diese Arbeit mache. Vielleicht steige ich ja dennoch in den Himmel empor mit Flügeln, die ich bis jetzt nicht wahrgenommen habe. « Er lächelte. Während Ihres Gespräches hatte sich der graue Himmel aufgelöst und die Sonne schien auf die beiden hinab. Es war ruhig. Die Vögel zwitscherten. Unter seinen Füßen sah Milan, wie die Bäume blühten und die Menschen die Wege kreuzten, ungeahnt, was gleich geschehen würde. Er träumte in diesem Moment genauso wie damals, als er im Kindergarten auf dem Flur schlafen musste.

» Ach ja «, Milan drehte sich noch einmal um, » das hätte ich fast vergessen: Begehen Sie niemals den Fehler, dass Sie sich Ihren Selbstwert aus der Liebe anderer zu Ihnen entnehmen. Seien Sie nicht so dumm, wie ich es war «, der Polizist nickte. Milan dachte daran, wie er nie geliebt worden war, wie niemand jemals für ihn geschwärmt hatte, wie sein erster Kuss eine Lüge gewesen war, wie er doch eine beste Freundin hatte, die er so unendlich liebte und die er nun verlassen musste. Er erinnerte sich, wie sie zehn Tage nach seinem Geburtstag nur auf seinen Großvater anstießen. Er wurde vergessen, *er vergaß sich selbst.*

Und so starb an diesem Tag nicht nur Milan Jules Plettenberg: Es starben Geschichten und Bilder, die die Welt nicht mehr erreichten. Es starb auch eine ganze Familie, eine ganze Schulklasse war in den Schlund des schwarzen Todes gefallen, den sie nie beachtet hatten. Milan gab ihnen das, was sie verdienten. So, wie sie ihn akzeptieren ließen, was er zu verdienen glaubte. Er gab ihnen fünf Minuten seines Lebens zurück, fünf Minuten von siebentausenddreihundert Tagen.

Doch eines starb in diesem Moment nicht: sein Herz. Sein Herz, sein pochendes Herz, das ihn sein ganzes Leben lang begleitet hatte, das ging an diesem Tag nicht von dieser Welt. Es verließ die Welt schon wesentlich früher, Stück für Stück hatte es sich verabschiedet und war in der Stille der Zeit verschwunden, man nahm es ihm, man nahm ihm die Kraft, das alles zu akzeptieren. Nur ein ganz kleines Teil, ein allerletztes, das er fest in den Händen hielt, vielleicht der Schlüssel war, dieses Stücken hinterließ er in seinem Nachlass, den er einer ganz besonderen Person schenkte.

Denn zum ersten Mal in seinem Leben fühlte Milan nicht, dass er zu spät kam. Er kam genau richtig.

ENDE OHNE LIEBE

Ich träume von Liebe und von endlosen Weiten
träume von Glück und endlosen Zeiten
Ich träume so sehr und liebe noch mehr
versinke im Zweifel: *ist das noch fair?*

Bin ich denn hässlich, wie ich es empfinde
so töricht, naiv: *ist in mir ein Kinde?*
Warum hoffe ich noch, warum zeige ich Mut?
So bin ich zwar schlecht, doch darin sehr gut

Die Liebe — sie ist. Für andere da.
— Ist nicht für mich und ganz wunderbar
Ich bin alleine und verzweifle so sehr
Oh, Leben, oh bitte, zieh mich aus dem Meer

WIR L(I)EBEN ALLEIN

Im Leben ist ein Unterschied
zwischen den Menschen, die ich einst mied
Der Unterschied ist klar auf der Hand:
Wir sehen ihn nicht und sind übermannt

Da gibt es nun Menschen, die *wir* stetig lieben
und welche, die aus verzweifeltem Sieben
nur auf der Welt sind, um jenen zu geben
die Liebe. — Ein allzu häufiges Streben

Der Unterschied ist es, der uns glücklich hier lässt
Am Anfang des Lebens: *ein Versuch und ein Test*
dem wir uns dann hingeben müssen
um es zu tun: ›*das-liebende-Küssen*‹

Aber es ist doch klar, der Gedanke ist fein:
Wir sind geboren. Leben und sterben *allein*
Ich brauche Antwort!
Wann seh'n wir's ein?

LEBEN DEM TOD

Das Schicksal ist ein kleiner Trost
denn das Leben ist erbost
Sein Leben hat ein'n andern Sinn
Das Leben sieht nicht den Beginn

Sein Leben will kein Leben lassen
Es gibt dem Tod den Tod zu fassen
Das Schicksal ist die gut' Antwort
auf die Wunden, seinen Mord

Das Schicksal rettet oft sein Leben
rettet Schmerz, um Glück zu geben
Worte heilen nicht die Tage
Erinnerungen — außer Frage

Das Leben ist dem Tod ganz eigen
falscher Sinn, das Glück zu zeigen
Wenn Leben gleich dem Tode ist
dann ist das Schicksal ihm die List

Es ist sein Trost, sein Lebensretter
durchsegelt weiter schlimme Wetter
Das Schicksal, das Leben, der Tod und der Hass
— *Sie werden es wissen, nur was?*

09. Mai 2018

RISSE IM BILD

Bist *du* es, der dort vor mir steht?
Du, der mir mein Leben ziert?
Bist *du* es, der den grausig Krieg
stellt über meinen endlich Sieg?

Du führst den Krieg, ich trage ihn
Obwohl das Ende leicht erschien
ist der Kampf ein harter:
Du kämpfst immer weiter

Ich seh' dich an und frage mich:
» Bist *du* es, der dem Schicksal glich?
So sehr ich auch versuchte
— wie ich schrie und wie ich fluchte —

dieses Schicksal zu umgeh'n
mit Stolz und Grazie *hier* zu steh'n
Ich schaff' es nicht, denn du bist hier
siehst mir zu und stehst vor mir «

Vor dem wunderlichen Ding
seh' ich, wie ich ging
Wohin ich ging und was ich tat
wie ich folgte meinem Rat:

» Sei du selbst *dir* selbstbewusst
auch wenn du über Opfer musst
Opfer, die du selbst dir stellst
weil *du* Strukturen überfällst «

So sagen alle immer:
» Sei du selbst, es geht nur schlimmer! «
Sie wissen nicht, was sie da taten
worauf ich darf nun sehnlichst warten:

Risse im Bild

Auf den, der meint, ich sei zu sein
die erste Wahl für ihn allein
Für den, der meint: ich wär' viel mehr
Der mich liebt, unendlich sehr

...

Doch wie kann man jemand'n lieben
den man nicht scheut zu sieben?
Weil er anders als die ander'n ist
so eklig, schrecklich, ohne Frist

Denn alle sagten es mir schon:
ich bin zu hässlich, dick, ein Sohn
auf den ein Mann nicht stolz sein kann
Verwandte fragten wann

ich denn etwas leisten würde
— Ich sei das Schicksal, eine Bürde
die die Familie gänzlich prägt
und ins Gesicht von allen schlägt

» Anders. «, » Komisch. «, » Schlechter. «, » Ich. «
Alle Worte, die man sich
nicht scheute, je zu sagen
und forderten die Fragen:

Warum ich hier noch still verweile
hier schreibe diese Zeile?
Ich könnte alles hier benennen
das Gedicht — *sie würden es nicht kennen*

Familie, Schule, Umweltkreis
ich zahle den geheimen Preis:

Risse im Bild

Ich verändere die Welt
und berg' die Opfer, die sie hält
Ein Tribut ist, den ich hier erbringe
und *mich* in dieses Schicksal zwinge

Alles soll hier besser sein
Ich geb' dem alles, sogar mein …
Ich seh' dich an und denke mir:
» Brich doch Spiegel, endlich, hier! «

25. August 2018

EIN ANDERES LEBEN
Der Sturm in mir

Stadtpfarrer Paulus war gerade auf dem Weg, seine Arbeit vor dem Dekan Adamas zu verteidigen. Im strömenden Regen lief er über das Pflaster und bemerkte, als er sodann in die kleine Gasse einbog, einen dünnen Brief.

» Meine liebe Ari, mein Sonnenschein,

ich weiß nicht, was ich sagen soll, und ich hoffe dennoch, dass du mich verstehst. Ich habe so vieles zu erzählen, zu berichten, so vieles dir zu erklären und doch schaffe ich es nicht. Du denkst dir so viel, und ich denke genauso, und zusammen denken wir gemeinsam, so denken wir doch zu zweit. Und doch sind da so viele Welten, die uns gemeinsam unterscheiden, die uns so fern voneinander lassen. Aber weißt du, das ist mir gleichgültig. Diese Differenzen sind nicht der Unterschied, sondern sie sind die Gemeinsamkeit, die uns eint und die uns so wunderbar menschlich macht.
Meine Liebe, wir führen ein anderes Leben, das weißt *du* und das weiß *ich*. Und wir wissen beide, dass es für den einen von uns auf eine andere Weise zu Ende gehen wird. Wir wissen es und wir kämpfen gemeinsam im gleichen Maße dafür, dass es nicht geschieht. Aber du weißt, und ich weiß es wohl noch mehr, dass sich diese Anstrengung nur so geringfügig lohnen wird. Du bist meine zweite Hälfte und du bist die bessere, so glaube mir, du bist alles für mich, auf einer ganz besonderen Ebene; auf einer Ebene, die kein einziger Mann, die keine einzige Frau je erreichen wird. So bist du für mich und ich könnte und würde und möchte und werde dich mit solchen Küssen und

Umarmungen überhäufen, bis du nicht mehr weinen kannst. Ich habe dich so lieb, vergiss das nicht.

Meine Ari, wir leben zwei so verschiedene Leben, wir haben so verschiedene Ideale und so verschiedene Wünsche — wir haben so vieles erreicht, wir haben so viel geschafft und wir können so stolz auf uns sein; auf uns gemeinsam, auf die Zeit von uns, auf das, was wir vollbracht haben, jeder für sich. Und glaube mir, ich bin so, so stolz auf dich. Du bist so ein tapferes Mädchen, ein so schönes und kluges, du bist so wunderbar und du wirst so viel geliebt, für immer, meine Ari; auf so viele Weisen, auf so viele Arten, wie man Liebe nur zeigen kann. Und du bist *da*, du bist für jeden da, der dich braucht, das macht dich noch viel, viel schöner als die ganzen anderen, die nur einem Gespenst nachschleichen. So bist du nicht und das weißt du hoffentlich, du kannst so stolz und glücklich sein auf das, was du erreicht hast. Ich bin es und ich freue mich so unglaublich für dich.

Wir führen andere Leben, wir haben eine andere Definition unseres Glücks, unserer Wertigkeit, Pardon für diesen Ausdruck. Du bist so glücklich, du bist es und du kannst es sein und ja, ich wünsche mir so sehr, dass ich es auch irgendwann werde.

Mein Glück, mein Leben: *es ist ein anderes*. Wir wissen es, wir beide. Wir kämpfen um das Glück, dass man *hier* bleibt. Wir kämpfen und kämpfen, aber ich kann nicht mehr. Ich kann nicht mehr kämpfen, wenn man mir meine Waffen nimmt, wenn man mich gar nicht mehr sieht. Ich kann das nicht, glaube mir, ich gehöre nicht hier hinein, in diese Welt, in eine Welt zwischen dir und mir. Zwischen dir und mir ist es viel zu lang und ich hoffe darauf, dass du mich verstehst, ich hoffe es so sehr. Ich bin nicht glücklich, ich habe niemanden, der auf mich wartet. Es klingt so banal und wider jeglicher Bestrebungen, die du von mir kennst. Ich begebe mich nicht in Abhängigkeit, das weißt du, das wissen wir, und dennoch, ja, so bin ich doch fürchterlich widersprüch-lich, ein Opfer meiner selbst. Ich wünsche mir Träume, ich wünsche mir Dinge, die so niemals eintreten werden, habe ich das Gefühl. Es wird nie funktionieren, meine Liebe. Man kann es nicht: *mich lieben*. Man kann nicht in mein Gesicht sehen und sagen: » Er ist der meine. Er ist der, den ich liebe und den ich beschütze, für den ich da bin. « Man wird es nie tun.

Die Welt ist aufgespalten. Wir leben in Zeiten der Kälte, in Zeiten, wo man Menschen hat, die lieben und Menschen, die geliebt werden. Der Großteil kann sich zu beiden Gruppierungen zählen, aber dann gibt es da die Randgruppen, wir kennen sie beide: Die, die nur lieben können, selbst nie ein Herz geschenkt bekom-men, und dann die, die man bewundert, weil sie schöner als die göttliche Barmherzigkeit selbst sind. Aber sie können nicht lieben, sie können es nicht. Manchmal wollen sie es nicht mal.

Ich habe so viele Gedanken und ich wünschte, ich könn-te sie dir alle erzählen, aber das hat keine Bedeutung. Es geht gar nicht *darum*, dann diese *eine* Lösung zu finden, ich habe sie bereits. Wir beide kennen sie, sie würde mich glücklicher machen. Sie würde es schaffen, dass ich mich nicht mehr so alleine fühle, dass ich nicht mehr der Schatten hinter so vielen großen Persönlichkeiten bin. Wir wissen davon, du und ich. Sonst weiß es keiner, nur du und ich. Es ist unser kleines Geheimnis. Das Geheimnis, dass *sie* viel mehr wert ist, dass *sie* viel mehr geachtet wird — von den Personen, die mir doch am nächsten stehen. Es macht mich so fertig, ich kann nicht mehr damit leben. Wir wissen es! Wir wissen es und ich tue alles, was ich kann und du auch, aber wir schaffen es nicht.

Die anderen, sie mögen mich nicht. Ich bin nicht so, wie sie mich wollen und ich würde mich nie für sie verändern. Wir wissen es! Und darüber bin ich so stolz, aber ist der Preis ein angemessener, ein Leben in Einsamkeit? Warum fühle ich so viel, warum geht es mir so nahe, warum wird *mir* dieses Schicksal zuteil, was habe *ich* bloß falsch gemacht. Ich suche und suche, frage so viel, doch ich erhalte keine Antwort. Könnte ich meine Gefühle nicht einfach — *anhalten?*

Ich hadere so mit mir selbst, wir wissen es. Ich hadere und kämpfe, ich kann mich nicht mal im Spiegel ansehen, ohne, dass ich vor Kummer betrübt dem Boden gleiche. Und dann soll ich erwarten, dass mich jemand mag, so, wie ich bin? Wer würde schon den Boden mögen, wer würde jemanden gern haben, der so ist, wie ich es bin.

Ich sitze in meinem Kämmerchen und warte die Zeiten ab, ich wohne hier so gerne. Aber was soll ich machen, wenn ich hier alleine bin, wenn ich dann so viel kämpfe und nicht mehr weiter kann? Was soll ich nur machen? Vor allem ist es ja so verschieden. Mal so stark, das Gefühl, und dann so schwach. Und dennoch ist es da. Das Gefühl. Gegeben von Menschen, die ich liebe, von Menschen die ich gar nicht kenne. Sie alle. *Werde ich verrückt?* Ich klinge wie ein alter Poet, ein Meister, der so viele Jahre seines Lebens hinter sich gebracht hat, der so voller Hoffnung war, doch *ich* bin *ich.* Ich bin nicht alt. Ich habe kein ganzes Leben, kein Leben erlebt.

Lass mich dich darum bitten, dass du mir nicht böse bist. Lass mir dir sagen, dass du wissen sollst, dass ich nie um das Leben, um dieses, um irgendeins, gebeten habe. Ich wollte es nicht und dennoch wurde ich in eine Welt wie diese gesetzt. Ich wurde einfach und ich hatte mich zurechtzufinden. Aber ich scheiterte und ich werde es auch nicht schaffen. Ich bin so anders, so anders, aber nicht glücklich. Es liegt an mir, an den anderen, an so vielen.

Ich habe so viel Kummer in mir, meine liebe Ari, so viel Kummer. Und der größte kommt von der Welt, weshalb ich ihr entfliehen möchte. Für immer! Ich will mit meinen Gedanken woanders sein, ich will bei den Menschen sein, die ich mir erschaffen habe. Ich will Träume weben, Welten kreieren, in denen so viele Menschen glücklich sein können. Muss ein Schmetterling, dessen Flügel gebrochen sind, bis zu seinem Tode qualvoll leben?

In dieser Welt war ich es nicht, glücklich, ich war keine Person, die das Glück bekommen hat. Ja, mein Glück definiere ich mir darüber, dass ich jemanden habe, der mich liebt, über die Personen, die mich mögen, über die Zeiten, die ich mit anderen Leuten gemeinsam verbringe, so, wie du jemanden hast, der es tut. Ich wünsche es mir so sehr und dennoch habe ich nicht die Chance, mein Glück zu vervollkommnen. Ich bin die Marionette meines Lebens, sie ist der Spieler und bewegt mich in Richtungen, die ich doch gar nicht will. Und hier strenge ich mich wieder so sehr an, du weißt, und dennoch komme ich nicht weiter. Ich schaffe es nicht, meine Liebe, nicht so, nicht in dieser Welt. Ich werde mein Glück hier nicht finden und ich hoffe, du verstehst das. Diese Welt hat keinen Platz für mich, keinen Platz für jemanden, der so voller Gefühle steckt, die doch niemand versteht und erwidern könnte. Ich finde einfach nicht meinen Platz, ich habe ihn nicht, ich suche ihn. Es ist vergebens, seit so vielen Jahren, ich glaube nicht, ich denke so, dass es sich jemals ändern wird. Das wird es nicht, ich werde so bleiben, wie ich bin. Das ist gut und schlecht zugleich, für mich. Ich bin zu viel ich. Es ist überall: *ich*.

Eines Tages wirst du hiervon leben. Du wirst diesen Brief lesen und wissen, dass ich dich so sehr geliebt habe. Aber du wirst lächeln, weil du weißt, dass ich endlich erlöst bin. Dass das, was ich erreichen wollte, vielleicht doch eingetreten ist. Die Welt hat keine Zeit für mich, egal, was ich mache.

Lass mir dir nochmal sagen, wie sehr ich dich liebe und wie sehr ich für dich da sein werde, egal, wo ich bin. Ich bin es immer; für dich da. Und ich werde dich nie vergessen, niemals, egal, was geschieht.

Ich werde mit Stolz gehen. Ich werde in den schönsten Sachen gehen und ich werde in einer Welt leben, die meine Träume in die Wirklichkeit verwandeln. Ich weiß es, davon träume ich, fast jede Nacht. Ich träume von einer heilen Welt. Und wenn ich dann gehe, dann will ich das, dann ist das schön, mein Glück, mein Glück für mich alleine; so kann ich ja nichts mehr falsch machen für diese Welt, so bin ich nicht mehr nur das Anhängsel, sondern jemand, der endlich etwas wert ist, der endlich so ist, dass man ihn lieben kann! Ja, das ist mein Wunsch! Mein Wunsch, dass ich meiner Mutter niemals mehr sagen muss, wie sehr ich mich doch verabscheue und dass ich abends so oft weine.

Es ist ein Geschenk, es ist ein Glück. Es ist keine Strafe und vor allem ist es kein Schmerz. Schmerz habe ich genug erfahren, es wird nur noch leichter. Oder?

Vergiss mich niemals. Ich habe dich so sehr in meinem Herz und ich könnte niemals ohne dich. Nur verstehe mich bitte, verstehe, wie unglücklich ich bin. Wie traurig, wie sich mein Herz so sehr selbst zerreißt. Und das nur, weil ich sicher vieles falsch verstehe. So, wie ich nun mal bin: gefangen in meinem Körper, in meinem Geist, ein kleiner Nathanael. Ich bin nicht so wie sie. Wir wissen es. Ich bin niemand, den man begehrt. Ich bin es nicht, ich werde es niemals sein, egal, was ich tue.

Denk an mich «

MEIN DRITTER ADVENT

Advent, Advent
ein Lichtlein brennt
Still tanzt nun der Mäusekönig
zu Tschaikowskis Noten fröhlich

Letzte Vorbereitungen getroffen
Ein frohes Fest! — Man will es hoffen
*» Auf den Schnee, der fällt in Flocken
und die Lebkuchen, die Kinder locken! «*

Lichterketten an den Häusern sind
angemacht, ganz schnell, geschwind
Sie blinken in dem Weihnachtstakt
was ein wunderlicher Akt!

Die letzten Tannen sind gerodet
die letzten Einkäufe geendet
Die letzten Geschenke nun verpackt
und die letzten Nüsse klein gehackt

Der Festtagsschmuck ist ausgepackt
Die neuen Bilder sind exakt
Weihnachten nun angepasst
Man hat sie aufgehangen voller Hast

Doch nun ist er da
der dritte Advent, so heißt er ja
Der vorletzte von allen
Unter dem Baume: die Geschenke sich ballen

Doch ich sehe mich nur tanzend zum Lied
Tschaikowski spielt die unglaubliche Suite!
So viel besser als die ganzen Geschenke
woran ich herzzerbrechend denke:

Mein dritter Advent

Wie sie verpackt
geordnet, exakt
nach Datum, Alter, Klasse
— *Bloß kein Unikat, es ist für die Masse*

Das ist, was mich so traurig macht:
die Oberflächlichkeit, mal angebracht
Doch ich will mich nicht beschweren
will weiterhin Tschaikowski verehren

Unter Berlins Blättern

Ich sehe in Träumen
wie sie sich säumen
Sie treffen den Wind
wie fröhlich sie sind!

Doch ich hab' zu tun
Mein Herze will ruh'n!
Endlich will es Ruhe finden
unter Wünschebäumes Rinden

Es ist ein Traum von ander'n Stern'n
der getragen ist durch sehr viel lern'n
Wie man meint: *ich sei zu sein*
nicht beachtet, nur ganz klein

Da leb' ich unter Berlins Kronen
Blätter, Häuser, die sich schonen
und in den Lüften fröhlich sind
da bin ich nur das Blatt im Wind

Denn wir sterben den unser'n
kleinen Tod, der gut und gern
gezeichnet ist durch Tage
der mit wechselbarer Lage

Die einen bekommen
die anderen nicht
So sitz ich unter Sonnen-
strahlen im Licht

Die Tage des Schreckens
vergesse ich nicht.

15. Juli 2018

DIESER ANKER IM MEER
Gewidmet meiner Mutter

In der tiefen, rauen See
da ist ein Anker schwer
Vom Floße gucke ich und seh'
wie dieser scheinbar sehr

weit nach unten reicht
sich an langen, eisern Ketten
im wilden Meere seicht
versucht *mich* zu erretten

Der Anker ist sehr schwer
und ich bekomme ihn nicht los
Er hält mich fest wie Teer:
» Der Anker stoppt mein Floß! «

Doch das Floß, es will nur weiter
weit weg von dieser See
Es will nur werden heiter
Deswegen stehe ich und seh'

ganz tief ins Meer hinein
Seh' dort den Anker klein
am Grunde fröhlich sein
funkelnd hier im Sonnenschein

Denn von unten sieht man nicht
die tosend, grausig Wellen
Er empfängt das Himmelslicht
und ich die meinen Schellen

Ich weiß, er will mich nur erretten
mit diesen langen, schweren Ketten
die ich mir einst hab' angelegt
die das Verhältnis unser prägt

Dieser Anker im Meer

Er müsste hochkomm' und mich seh'n
mich versuchen zu versteh'n!
Doch wie soll das je gelingen?
Ich müsste hochzieh'n meine Schlingen

VERBINDUNGEN
Gewidmet meiner Mutter

Kleine Zettel vor den Türen
Wörter, die zu Tränen rühren
— Die schreibt sie ihm und er nur ihr
Er wünscht sich nur, sie wäre hier

Erinnerungen zweier Leben
Küsse sie einander geben
Einander ihre Herzen dreh'n
wenn sie sich dann wiederseh'n

17. Juni 2018

DAS WEIHNACHTSFEST
DER FAMILIE PETERSON

Sehr geehrte Lesende,
die nachfolgende Geschichte soll Ihnen dazu dienen, das wohl aus-
geschmückteste Weihnachtsfest aller Familien darzustellen, bei-
spielhaft das der Familie Peterson. Bitte, vernehmen Sie die Be-
ständigkeit, Zuversicht und Dankbarkeit dieser besonderen Tage.
Erleben Sie das Märchen einer Schneekugel, deren Glas genauso
transparent wie die Wahrheit dieser Erzählung ist. Setzen Sie sich,
lauschen sie der Geschichte des besinnlichen Beisammenseins von
Mans, Madita und Thorin hinter den schneebedeckten Bergen von
Stockholm.

Jedes Jahr feiert Familie Peterson ihr ganz besonderes, ihr ganz eigentümliches *Weihnachtsfest* im verschneiten Dörfchen abseits der großen Stadt. Zu Beginn der Erzählung steht, dass der geliebte Sohn Mans aus einem schwarzen Waggon aussteigt, den goldene Elemente zieren und dessen samtene Vorhänge rot sind. Im Gedränge der schier endlosen Millionenmetropole hält sein Leben an. Überall gibt es Gewusel, sie rennen um ihn herum, doch *er* erstarrt. Seine alten Koffer platziert er rechts und links von seinen dünnen Beinen, auf die grauen Platten aus Beton, beinahe fällt jemand. In dieser riesigen Bahnsteighalle, der aus beigem Sandstein, verliert sich sein Blick. Er ist ein bisschen einsam, wenn er da so steht. Ein schwarzer Mantel bedeckt ihn, er trägt eine Mütze mit rot-gestricktem Schal, auf seinem Nasenbein ist eine Sonnenbrille. Seit seiner Ankunft thront ein glühender Feuerball über der Ortschaft, deren Häuser und Menschen sich wie verwunschen in Schnee eingehüllt haben. Zarte Eisblumen zieren die

Fenster der kleinen Wohnungen. Mans besucht sie nicht oft, die große Stadt, deren Wasserspiele am Fluss gefroren scheinen. Die Metropole ist ihm zu hektisch, die Menschen leben zu schnell, zu viele Erinnerungen verbindet er mit den Straßen, die ihm nicht gut tun. In seinem Kopf spielt Tschaikowskis Nussknacker den zweiten Akt, Pas de deux XIV., wenn er Weihnachten seine Angehörigen besucht. Er erinnert sich an die scheinbar kleine Welt, die er in seinen Händen hält, die er versucht zu schütteln, wenn er das Idyll verändern will. Die Schneeflocken verdecken den Boden, aber nicht die Illusion.

Er steigt am östlichen Knoten des Netzes aus Zubringern in die fünfte Bahn, die ihn in ein kleines Dorf abseits der Realität entführt. Manchmal liegen die Häuser in Schnee gehüllt, oft sieht er Menschen, die er noch aus seinen Schulzeiten kennt. Er mag sie nicht, er will sie nicht sehen und doch ist er dazu verdammt, mit ihnen gemeinsam ein Leben in den verschneiten Straßen zu verbringen. Manchmal gibt es Dinge, denen man nicht entkommen kann — egal, wie man sich auch anstrengt und bemüht, niemals. Einige mögen es ›Schicksal‹ nennen.

Auf einem maroden Betonsteig, schon viele Jahrzehnte alt, wartet er dann auf einen blauen Bus, der etwas eingerostet erscheint, betritt ihn und fährt die lange Allee hinunter. In der Abenddämmerung, während die kleinen Schneeflocken im Licht des Fahrzeugs nach unten tanzen, beleuchten die Scheinwerfer bereits einen Weg, der Mans noch bevorsteht. Bäume, Menschen und Häuser ziehen an ihm vorbei. Bekannte und unbekannte Gestalten verirren sich in der weißen Schneelandschaft. Ihren Weg zieren Eisskulpturen und Mans Blick, der wie festgefroren erscheint, verfolgt sie noch einige Sekunden. Die durchschaubaren Figuren ohne Schatten tragen Geschichten und Gedanken inne, die er nur erraten kann. Dennoch ist ihm bewusst, welches Schicksal sie gewählt, welches Ende sie sich ausgesucht haben. Wird auch *er* im Winde verwehen? Es ist das Ende als einer von vielen, als einer, dessen Schicksal unbedeutend ist, ein Ende, in welchem man ungenannt blieb, nichts hinterlässt, als Eisskulptur verewigt wird und für immer gefroren zu sein erscheint, ein Ende, in welchem man dennoch weiterlebt, Christbaumkugeln an eine kleine grüne Tanne hängt, fröhlich in bitteren Zeiten ist und dekorative Erinnerungen im Salon behutsam verteilt. So scheint es, als wäre man die steinerne Figur eines gefallenen Soldaten: *Man ist ein Krieger, vielleicht eine Kriegerin, der nichts mehr mitbekommt.*

Kinder fahren Schlittschuh. Sie lachen, tanzen mit den Träumern aus Eis, bevor gerade jene Unnahbarkeit der Eisskulpturen die kleinen Herzen einnimmt und das Sigel der Bewohner um ein Weiteres seinen Zweck erfüllt. Mans erinnert sich, dass er hier oft spazieren ging, um der Realität zu entfliehen. Er ging durch weiße Träume, über Wege, die so viele vor ihm gegangen waren — und doch fühlt er sich, als wäre er der erste, der diese Schritte, diese kahlen Tritte, machen muss.

Schlussendlich steht er vor der hellen Tür, ein imposantes Tor, ein Portal, das ihn in eine andere Geschichte überführt. Er nimmt langsam seinen Schlüssel, den er in seinem braunen Rucksack verstaut hatte, schließt auf und sieht sich ein letztes Mal um. Langsam atmet er aus und die Dunstwolke zieht an ihm vorbei wie die Möglichkeiten, sich seinem ›Schicksal‹ entgegenzustellen.

Ist es schon so lange her?

Das Dorf aus Eis, dessen gefrorene Skulpturen eher an feine, zerbrechliche Porzellanfigürchen erinnern, schwelgt in Träumen an eine *andere* Zukunft. Es scheint, als würde die Vergangenheit Mans einholen, obwohl er doch alles dafür gegeben hatte, dieser zu entfliehen: Einer Vergangenheit, die keine war, auf die man sich zurückbesann, an die man dachte, wenn Grundpfeiler einstürzten. Es war eine Vergangenheit, die er sich nicht erwählte. Und doch hatte diese Art von Vergangenheit mit den Vergangenheiten anderer Menschen eines gemein, ein Detail, ein so wichtiges, welches ihn in jedem Moment seines Lebens verfolgen würde. Er teilte sich diese Gemeinsamkeit gerade mit jenen Menschen, die er so sehr begehrte und mit denen, die er über alles verachtete:

Die Vergangenheit bestimmte seine Zukunft.

Als er sodann im Hausflur erschien, über den marmorierten Boden schritt, da nannte man das alles plötzlich ›Weihnachtsfest‹. Da begann die Zeit der Besinnlichkeit und die ewig während Wahrnehmung alter Verhaltensweisen gerade in jenem Moment, als *er* über die Türschwelle trat, als er von der *einen* Welt in die *andere* kam, als sich Parallelen plötzlich kreuzten, Mensch auf Mensch traf und andere Unmöglichkeiten problemlos ihren Platz einnahmen. Es war wie das Ende einer Schallplatte gewesen: sie drehte und drehte sich weiter, doch war ihr Akt *beendet*, die schöne Musik *verstummt*. Wieder fühlte er sich wie der schwarze Schwan, der seinen letzten Auftritt vollzog, bevor er am grünen Baum aufgehängt und in aller Ewigkeit von ungesagten Wünschen vergehen würde. Er würde langsam erfrieren, es sehen, nichts dagegen unternehmen können und sich seinem ›Schicksal‹ hingeben, sich ihm stellen müssen. Es war so, wie es schon immer gewesen war.

Er zog seine galanten Schuhe aus und betrat die Wohnung in der ersten Etage des alten Mehrfamilienhauses, welches so viele unendliche Geschichten in sich trug. Es waren Geschichten von Träumen, Geschichten von Wünschen und Geschichten von verschiedenen Realitäten, die sich alle hier begegneten. So geschah es gerade an jenem Ort, dieses ganz *besondere Weihnachtsfest*, eines, welches sich in so vielen Dingen zu anderen unterschied, wo man von seinen eigenen Idealen absah und dennoch wie ein tapferer Soldat seinen Kriege zu gewinnen versuchte. Es geschah dort, wo man aufgab zu träumen, dort, wo man Versuche wie einen alten Umhang beiseite legte, wo Wünsche nicht mehr Teil des Lebens waren, wo der Traum die Menschen verließ, wo die Herzen nicht mehr richtig schlugen und das Blut erstarrte. Vor langer Zeit entstand ein Ort, wo Menschen zu Porzellanfiguren wurden. Das Haus entpuppte sich als glühende Fabrik für die so schöngefrorenen Eisskulpturen der Allee. Es war das Schloss am Ende der Straße; mit einem kleinen Park, einem Wasserspiel, dem König, der Königin und einem gezwungenen Prinzen, — umgeben von einem güldenen Gitter, hinter dem er sich wie ein eingesperrter Vogel fühlte. Es war die gottgegebene Dreieinigkeit dieser Tage.

Er sagte dann: » *Guten Tag* «. So, wie es sich für einen guten Jungen gehören vermochte. Er ging in das Zimmer, stellte die Koffer ab und erinnerte sich daran, wie es war, als er das alles hier noch ›Heimat‹ nannte, als der Geist ein anderer war. Heute hatte sich jemand Befremdliches hier niedergelassen, sich eingenistet, ein düsteres Wesen, ein fremdes Gespenst, eine Gestalt, die er jahrelang versuchte zu bekämpfen. Er hatte das Schlachtfeld verlassen, er zog fort. Und doch war er nun wieder hier, war heimgekehrt, stand im Raum und beugte sich über das, mit eisiger Luft gefüllte, Bett, auf dem er die nächsten Tage versuchen würde, Schlaf zu finden. Schicksale wiederholten sich, Rosen waren Zeugen erbitterter Schlachten.

Er begrüßte Thorin, seinen Vater, er umarmte ihn herzlich und doch war da, ja, doch war dort diese Kälte und Unnahbarkeit, die sie beide voneinander trennte. Sie waren sich darüber bewusst und keiner von ihnen könnte jemals etwas dagegen tun. Eine leichte Schwere umgab die beiden.

Der Salon war geschmückt, genauso, wie er die Jahre zuvor geschmückt worden war. Im sterilen Raum, der keine Ecken und Kanten besitzen sollte, aus Brauntönen bestand, war am Ende ein kleiner Baum, der sich mit spitzen grünen Nadeln zu zieren versuchte und an welchem die Mutter die gelben und roten Kugeln so gehängt hatte, dass jede einzelne ihren gerechten Platz erhielt. Sie bestückte das Bäumchen mit jener Liebe, die sie sich so sehr ersehnte, die sie sich für diese Zeit so sehr wünschte. Doch genauso, wie sie von ihrem eigenen Bestreben geblendet war, so war sie auch blind dafür geworden, dass ihr Sohn zu dieser Zeit litt und er an diesem Tage gern woanders sein wollte, dass er ihre Hilfe brauchte. Sie sah nicht einmal die vielen Wünsche, welche er in sich trug; die guten Wünsche, die er dieser Welt bei Tag und Nacht erzählte, die sich so sehr unterschieden, die so sehr leuchteten. Sie sah es nicht, sie durchblickte seine Gestalt. Er öffnete ihr die Augen, doch sie trat nicht ein. Er war eben ein bisschen so, wie der schwarze Schwan im Baum. Ein bisschen anders, ein bisschen verträumt und ein bisschen vereist. Man würde meinen, er wäre nur Mans gewesen. *Manshaft.*

Das Zimmer besaß drei große Fenster, die zur Straße hinausblickten. Sie sendeten ihr kaltes Licht auf die verschneiten Wege des kleinen Dorfes, das unweit der großen Stadt gelegen hatte. Und das helle Licht aus dem so kalten Raum wirkte für die Spazierenden genauso warm wie jedes andere. Niemand merkte, woher das Licht eigentlich gekommen war und wie sehr das Licht sich doch von den anderen unterschied. Es gab Auffälligkeiten, ja, die gab es und der Großteil weiß davon! Aber niemals, nein, niemals hätte man doch denken können, dass all' die Befürchtungen wahr sein würden, dass dieses Licht eine so *andere* Bedeutung hatte. Sie waren geblendet von der Vorstellung, dass Ausnahmen in ihrem Leben keinen Platz fänden, dass diese Geschichte nicht zu ihrem Leben gehören würde, obwohl sie doch gleichzeitig die Ausnahme als Regelmäßigkeit verstanden.

Gedankenverloren trat Mans aus seinem Zimmer, lief zu seiner Mutter, die an den Vorbereitungen saß — so, wie es immer gewesen war. Sie stand auf frisch geputzten Fliesen, weil alles makellos sein sollte, genauso, wie Thorin es sich immer wünschte. Dann umarmten sich die beiden, viel näher, viel lieblicher, als Mans es woanders könnte. Lächelnd bemerkte er dann, wie die Scheiben der Wohnung in die Dunkelheit blickten und die Atmosphäre sich zwischen sie schlich. Er sah die vielen kleinen Dekorartikel, die Madita vor vielen Jahren ausgesucht hatte. Es war die kleine Kirche aus Porzellan mit der goldenen Verzierung gewesen, die ihn dann ganz schwach werden und eine Träne laufen ließ. Jeder einzelne Gegenstand war eine Erinnerung, ein Gedanke an *andere* Tage. Es schien für Mans teilweise, dass sich in all der Zeit, in der er so weit weg gewesen war, doch nichts geändert hätte. Die Wohnung, so kalt und steril, und die Herzen noch viel eisiger als die Luft, die zu jener Zeit vor den Türen stand. Doch war für Madita das alles wie immer. Da war das alles ganz normal. Es war eine typische Gegebenheit, in einem erkalteten Zimmer zu stehen, zerknitterte Taschentücher in den Händen und die Tage vorüberziehen zu sehen.

Es waren ganz besondere Heilige Nächte, so würden sie werden, so, wie es schon immer gewesen war. Es war ein rundum geplantes Weihnachtsfest mit denselben steifen und eisigen Protagonisten, die sich um den Tisch versammelten. Prolog ging Hand in Hand mit Epilog, Szene für Szene brachten sie auf die Bühne und ergötzten die Zusehenden. Tragik und Komödie waren wie Kain und Abel. Der Eine tötete den Anderen.

So kam am Heiligen Abend die ganze Familie schließlich zusammen, setzte sich bei Kaffee und Panettone an ihren Glastisch. Sie stützten die Arme auf die kalte Platte, umklammerten fest das Getränk und fragten dann Mans, was und warum, wie und wo. *Er rutscht somit plötzlich in den Mittelpunkt dieser Geschichte.* Weiße Haare, schwarze Roben und ein brauner Hammer saßen ihm nun gegenüber. Es waren so viele Fragen, die er nicht beantworten konnte und noch mehr, die eher nach Vorwurf als nach Liebe und Interesse klangen. So war es wie jedes Jahr. Die leitende Frage war, um Thorin an dieser Stelle zu zitieren: Warum sei er so, wie er war? Mans hatte immer noch keine Antwort darauf gefunden und vielleicht würde er sie auch niemals in den Händen halten. Vielleicht würde Mans es den anderen irgendwann sagen, dass er einfach vollkommen *anders* zu leben hatte, auch wenn sie es nie verstehen würden: Ihn, seinen Kampf und all das, was noch vor ihm lag; eben all das, was ihn ausmachte, wie Mans nun mal war, auch wenn er es selbst nicht so genau wusste.

Wie sie alle an diesem Tisch im Salon mit dem Weihnachtsbaum saßen, die Kälte der Außenwelt nicht von den Temperaturen, sondern von den Herzen hereinschlich, so saßen sie in einem angepassten Zimmer, dann sangen sie gemeinsam, selbst Thorin. Dann wurden aus Liedern und Noten Hymnen über Wünsche, Zaubersprüche, gute Segen, die doch alle niemals in Erfüllung gingen, zumindest nicht auf diese Weise, nicht an diesem Tag, nicht in diesem Jahr, nicht in dieser Zeit. Es wurden Schriften aus einem Buch vorgelesen, das die Mutter so liebte. Madita las zuerst, es war ein Gedicht. Sie mochte es kurz, eine Botschaft war ihr wichtig. Oft wusste sie aber gar nicht, was genau sie da wirklich ergründete. Mans schmunzelte dann. Der Beginn war genauso wie in jedem Jahr. Diese Eigenart ließ Mans für eine kurze Zeit glücklich werden.

Madita war ein *so* guter Mensch, einer, den man in sein Herz schloss. Und sie versuchte immer, aus allem das Beste zu machen, aber sie hatte so wenig Verständnis, sie verstand so vieles nicht und ließ ihren Sohn in dieser Welt so sehr alleine. Er redete, sie hörte zu und doch wurde es ihr nicht bewusst. Sie konnte nichts sagen, da sie diese Gefühle nicht kannte. Sie würde, aber konnte einfach nicht. Es fiel ihr so schwer, es tötete sie, wenn sie daran dachte, dass sie ihm nicht helfen konnte. Sie wusste nicht, was sie machen sollte und somit überspielte sie alles, was sie hörte, um zu zeigen, wie schön diese Welt doch sein konnte, selbst für Mans. Doch er war blind. Sie verlor ihren Sohn, sie alle verloren ihn, und sie wusste es nicht. *Sie* wussten es nicht. Sie dachten, er würde plötzlich wieder sehen können. Es war, als würde die Zeit zu Weihnachten gefroren sein, als würden sie in Mans Schneekugel leben und er sähe durch das Glas auf das, was sie ihm ungeschönt präsentierten. Es war eben genauso, *wie es immer gewesen war.* Unausgesprochene Dinge blieben hinter vorgehaltener Hand. Geschehnisse wurden ausgeblendet. Und gerade *das* war doch das wirkliche Wunder, das die Familie Peterson zu dieser Zeit besuchte. *Utopien können vielfältig sein.*

Es war wie ein Zauber, mehr noch wie ein Fluch, der diese Familie zu dieser Zeit heimsuchte. Doch keiner erkannte ihn. Denn dort, wo das Herz bereits erfroren war, der Wunsch versiegt, dort war kein Platz mehr für das, was sie einst *Träume* nannten. Dann waren sie wie jene Eisskulpturen, die sie belächelten, die die große Allee zum kleinen Bahnhof des Dörfchens zierten. Sie hatten nicht mehr den Wunsch, diesen Zauber zu empfinden, der ihr Herz so sehr erwärmte. Es fehlte das Verlangen, die Leidenschaft. Es fehlte einfach all das, was diese Zeit so wunderbar erscheinen ließ. Es fehlte eine Vision, ein Traum, es fehlte der Gedanke an eine Welt, die man sich so schön gestalten konnte. Es fehlte *Hoffnung*.

An den Fenstern von Madita und Thorin hingen Eisblumen und Eiszapfen, als Mans schließlich das Buch mit den vielen Seiten griff, darin blätterte, um schöne Worte zu finden. Es war Hesse. Literatur von Hesse hatte er sich ausgesucht, verwechselte ihn kurzzeitig mit Heine, wurde abgetan und dafür belächelt, dass er noch jung und naiv sei, während die anderen keinen von beiden überhaupt kannten. Die Meute beruhigte sich, er las vor und nach der zweiten Seite wurde es Thorin langweilig. Dann spielte der Vater ungeniert mit seinen Fingern und der Tischbedeckung, atmete laut ein und aus, verdrehte die Augen, zog die Brauen hoch — ließ sie fallen, tippte mit dem Fuß auf und ab — so, wie es Thorin *immer* machte. Was Thorin nicht mochte, das wurde auch nicht getan und das wird er auch nicht bekommen. Es waren kleine Waffen gegen Mans, denen sein Sohn nichts entgegenzustellen hatte. *Die Rose blühte.*

Mans wird abbrechen, er sollte. Thorin wollte es so, Heine — Hesse, sie alle, sie mochte er nicht hören, die großartige *deutsche* Lektüre, das, was verfasst wurde. Er wird es nicht lesen und nie von den Geschichten, von denen, die die Verfasser beschäftigten, erfahren. Er wird in seiner Welt bleiben, in seiner Einseeligkeit und Träume niemals zu seinem Gedankenschatz zählen können. Literatur sei zu schwülstig, zu viel, zu tiefgreifend. Und doch fühlte er sich sonst, als hätte er diese Kultur von Dichtern und Denkern beschützen zu müssen. Er kannte sie nicht und mochte sie auch nicht, welch' Tragik; ein Höhepunkt dieses, *seines* Dramas.

Als die Geschenke bei Kerzenschein, Schneefall, Zimtgeruch und Plätzchengeschmack entpackt wurden, ganz wild, ganz spielerisch, da wartete man auf begeisterte Gesichter, fragte Mans, warum er sich nicht freute. Mans hatte wohl zu wenig gelächelt, so, wie es eben schon immer gewesen war. Aber eigentlich freute sich Mans und bedankte sich sehr. Bei Thorin war es oft anders: Er entpackte und fragte noch währenddessen, warum ihm überhaupt Geschenke gemacht wurden.

Mans fragt sich das manchmal auch.

Thorin sagte dann, man habe festgelegt, sich keine Geschenke zu machen, hielt sodann seine anklagende Rede und wartete auf das Plädoyer. Es war gerade jenes

Verhalten, welches so viel Zwietracht säte, um den Geist dieser Zeit zu vertreiben, bewusst. Er machte es ganz bewusst. Madita sagte dann nichts, sie lachte immer, wenn er so sprach. So schien dieses Vorgehen zwar wie eine Tradition vieler Familien, doch war das bei der Familie Peterson ganz anders. Schließlich war das hier ja ein ganz *herausragendes Weihnachtsfest*. Bei dieser *eigentümlichen Gesellschaft* war ja generell alles beachtenswert. So schaffte es dieses Verhalten, dass Madita und Thorin heute auf sich ganz allein gestellt waren. Mehrere hatten sich abgewandt, weil Thorin sich so benehmen musste, wie er es eben tat. Mans schüttelte dann immer ganz kräftig an der Schneekugel und ließ es schneien. Der Schnee sollte die Häupter von König und Königin bedecken, seine Welt einfacher erscheinen lassen. Sie sollte schöner sein, als sie eigentlich gewesen war. Schnee sollte *das* bedecken, wovor er sich so fürchtete. Mans war Emigrant.

Später machten sie es sich im Zimmer mit der orangenen Tapete und den Bildern aus fernen Städten gemütlich. Sie saßen zusammen und jeder für sich. In dieser Zeit berührten sich die Körper von Mans und Madita so sehr und so eindringlich, aber die Herzen waren über viele Wege entfernt. Dann nahm sie ihn in den Arm, so, wie es immer gewesen war. Und so, wie sich das alles wiederholte, wiederholte es sich auch, dass es Madita nicht bewusst wurde. Sie sah nicht die Gedanken, sie sah keine Träume und sie sah nicht ihren Sohn, denn sie hatte keine Wünsche. Sie hatte keine Träume und sie hatte das Gefühl für diesen Zauber schon vor langer Zeit verloren, sie stand am Rand der großen Allee ganz vorne, ein Vorzeigeexemplar, berühmt wie eine Monarchin.

Im leichten Schneefall ging Mans später die Straßen hinunter, erblickte Plätze, die er aus seiner Kindheit noch kannte. Er sah die Veränderung, er sah andere Zeiten, aber vor allem sah er sich selbst. Hier war er aufgewachsen, zwischen großen Linden und noch größeren Häusern, zwischen großen Gedanken und noch größeren Träumen. Er kannte die Menschen und die Menschen kannten ihn. Aber keiner, keiner von ihnen konnte erahnen, was in seinem Herzen war, sein Schicksal vorsah und verstehen, was er an Freude empfand. Freude war nichts, was er einfach geschenkt bekam.

Er würde sich an diesem Tage wieder zu Bette legen und über den Umstand des luftgefüllten Untergrundes nachdenken, einem Gleichnis, das die Worte seiner Mitmenschen passend beschrieb. Sie spielten das beste Theaterstück; » *Weihnachtsfest* « lautete der Titel. Und zum ersten Mal wusste Mans, dass sie das nur für ihn taten. » Die ganze Welt ist Bühne und alle Männer und Frauen bloße Spieler, sie treten auf und gehen wieder ab. Ein Leben lang spielt mancher eine Rolle «, erinnerte er sich an Shakespeare. Sie spielten ein Stück, nur um ihm, ihm ganz allein, die Wahrheit zu präsentieren.

Zum Frühstück des ersten Weihnachtsfeiertages kamen sie dann alle wieder zusammen. Sie saßen an der Tafel, reichten sich Tee und Kaffee, dieselben Gesichter blickten sich gegenüber, dieselben Denkweisen befanden sich zwischen Aufstrich und Konfitüre. Mans bekam das leckere Gebäck, das seine Oma für ihn zubereitet hatte. Sie war Weihnachten nicht zugegen, war die Mutter von Thorin. Beide sprachen nicht mehr miteinander, weil Thorin es nicht wollte.

Und so saßen sie da am Tisch, bei Schneegestöber in der Außenwelt und den eisigen Temperaturen in ihrem Zimmer. Die Fragen, die am vierundzwanzigsten nicht geklärt waren, die wiederholten sich an diesem Tage und Mans war und blieb ratlos. Wie immer saß er dann an der Tafel, unwissend, denkend und wartend darauf, dass es doch alles vorbei gehe. Er tat dann so, als sei alles Spaß, kopierte Maditas Verhalten und fand sich in seiner Rolle wieder: *er sah darüber hinweg, aber eigentlich konnte er es nicht.* Eigentlich wollte Mans der Held sein, doch das Stück erlaubte es ihm nicht. Er machte es, um nicht aufzufallen.

Es war dann genauso wie an den anderen Tagen, genau wie damals, als sie alle ein ernstes Gespräch führten, weil es Mans so schlecht erging und sie in gleicher Konstellation an diesem Tisch saßen, vier Persönlichkeiten. Thorin sagte, es würde wieder vorbei gehen und anschließend den Raum verlassen. So waren sie zu dritt: Der, der nicht ernst genommen wurde, die, die es überspielte, und die andere, die gar nichts sagte, drei Schicksale, eigentlich vier, die an einem Tisch ihren zugeschnittenen Platz fanden und nur daran dachten, was sie noch alles zu tun hatten. Andere Vorbereitungen für ›das Weihnachtsfest‹ mussten noch getroffen werden: Die eine hatte zu kochen, die andere würde putzen und der letzte, er wusste nicht, was er noch sagen sollte und so entschloss er sich zu schreiben.

Eines Tages würde sich Madita entscheiden müssen, entscheiden zwischen Thorin und Mans. Der Mann war es, der sich wie ein Kinde benahm, es in seinem Herzen vielleicht sogar noch war, darunter litt. Und Mütter hatten sich schließlich um ihre Kinder zu sorgen, sie mussten sie bewahren vor allem Übel, ihre Missetaten verstehen, sie retten. So war der Fokus von Maditas Aufmerksamkeit eher auf ihren Mann als auf Mans gerichtet, dessen unberührte Kindheitstage den Wünschen und Gedanken Thorins im Wege standen. Mans wuchs und Thorin erstarrte. Madita war es nicht bewusst und Mans teilte ihre Einstellung der Verständnislosigkeit, sie verstanden einander so wenig. Mans sagte es ihr eines Tages und ihre Worte hüllten sich in eine Einsamkeit, in eine Leere der Ignoranz. Sie verstand es nicht, sie wollte es auch nicht. An diesem Tage schwor sich Mans, kein einziges Mal mehr darüber ein Wort zu verlieren. So fuhren sie gemeinsam einsam im Schneegestöber, bei Glockengeläut, die Allee hinab.

Er erinnerte sich, wie es am dritten Advent gewesen war, vor Jahren, und Thorin gegenüber Mans wieder die Hand erheben wollte. Doch Mans hörte auf sein Herz und Thorin verließ den Raum. Madita und die Oma sagten nichts, nicht währendessen, nicht danach. Sie sagten nichts, die Lippen blieben verschlossen, so, *wie sie es immer getan hatten*. So, wie Weihnachten immer gewesen war: Eine stille Nacht, in der alles so heilig war, da ja niemand etwas sagte.

Mans entfloh diesem Weihnachten am zweiten Weihnachtsfeiertag.

Nachwort

» Das Weihnachtsfest der Familie Peterson « war ein ganz besonderer *Anlass*, so, wie es nämlich immer gewesen war. Und keiner, nicht einmal Mans, hatte den Wunsch, etwas dafür zu unternehmen, es zu verändern. Es war vollkommen und genau richtig, so, wie es gewesen war. Es zeigte die Familie Peterson in all ihrer Pracht und in all ihren Facetten. Sie waren genauso besinnlich, genauso zufrieden und genauso dankbar, wie sie das ganze Jahr über gewesen waren. Das Geschehen war die herausragende Wahrheit selbst, ihr Verhalten war es, das ihnen auf dem Silbertablett serviert wurde und von welchem sie alle herzlich zugriffen. Es war im Grunde nur ein Auswuchs ihrer Taten, ein Sinnbild ihres Weltverständnisses. Es war nicht in Mans Interesse, seine Mitmenschen zu erneuern, sie zu belehren, sie waren ja schließlich glücklich, wie sie lebten, sie wollten es nicht verändern. Und dahingehend beneidete er sie um ein Vielfaches: Er beneidete sie um das Erleben eines so besonderen Weihnachtsfestes, eines so besinnlichen, wie er es sich niemals hätte erträumen können. Vielleicht lebte Familie Peterson glücklich als Sammlung von Eisskulpturen, Königen und Königinnen, vielleicht wollten sie es gar nicht anders und vielleicht war Mans einfach nur viel zu empfindlich, so, wie sie es zumindest immer sagten. Er war so neidisch auf die, die er in seiner Schneekugel erblicken konnte.

Und so ist die Antwort dieser Geschichte kein Vorwurf, keine Bloßstellung, keine Beleidigung. Vielmehr ist sie die rationale Schilderung eines Geschehens, welches am Ende einer langen verschneiten Allee stattfindet, irgendwo in Stockholm. Es ist eine Geschichte über Wahrheit, eine Geschichte über die Eiszapfen am Fenster des Salons, eine Geschichte von König und Königin, eine Geschichte über Träume und vor allem eine Geschichte über Sehnsucht.

Fröhliche Weihnachten, Mans

Die Rosen am See

Zwei lieblich rote Rosen, bedeckt vom weißen Schnee
blicken verzaubert auf den eisigen See
Sie stehen auf Bergen, fernab vom Wald
erhören den Ruf, der in der Stille erschallt

Der Rufer bin ich, einsam bei Bäumen
suche doch dich, in den endlosen Träumen
So denke ich gar: ich stehe allein
und werde vergehen, wie die Rosen dann sein

Ich bitte und flehe, doch keiner hört zu
so werde ich legen meine Stimme zur Ruh'
Sie wird nicht erhört, vergeht in den Zeiten
wird nur entschwinden in den endlosen Weiten

Ich bin vielleicht wie die Rosen am See
bin vielleicht wie die Blüten, die vergehen im Schnee
So mutig und stark — es ist dennoch gewiss:
Durch meine Adern, mein Leben, zieht ein tödlicher Riss

EIN SO SCHÖNES FEST

Wie erstaunlich es ist, dass nach einem Tag
der Zauber der Zeit entschwinden vermag
Da warten wir auf die Besinnlichkeit
und leben nach einer Woche in Einfältigkeit

Wie erstaunlich es ist, dass nach glühendem Himmel
und dem Mädchen mit Schleier auf gerittenem
                    Schimmel
man die Freude so schnell vergessen kann
— *Gleicht es nicht einem schrecklichen Bann?*

Wie erstaunlich es ist, dass so dieser Fluch
gegeben durch ein lügendes Buch
nach sieben Tagen von dannen geht
und aufgeht wie ein blühendes Beet

Es ist traurig und doch: *dieses Schicksal wir leben*
Die schönsten Lügen wir einander uns geben
Es ist ein Leben auf der schillerndsten Bühne
und wir spielen das Stück der währenden Sühne

GESCHENKVERPACKUNG

Glaubst du daran
dass jemand dich liebt?
Dir jemand all'
deine Sünden vergibt?

Vertraust du darauf
jemand mag, wie du bist?
Dich will und dich wünscht
im Traume dich küsst?

Denkst du daran
das kann alles gescheh'n?
Denn du hast diesen Wunsch
ja so oft geseh'n…

Ein Leben mit ihm
den einen du magst
Du hast dein Vertrauen
und gar nie geklagt

Behalt' das Gefühl
es ist ein Präsent
Du hast eine Hoffnung
die ein jeder nicht kennt

15. Mai 2018

Orléans' Kinder

Als Louis de Calan am Morgen des vierundzwanzigsten Dezember seine Augen öffnete, da war er sich ganz sicher, und so sicher war er sich fast nie, dass dies ein ganz besonderer Tag in seinem Leben werden würde. Er wusste ganz genau, was alles geschehen musste, was er zu erledigen hatte, damit dieser Zeitpunkt für immer in seiner Erinnerung bleiben würde.

Louis de Calan war ein einfacher Junge gewesen, dessen Eltern ein Uhrengeschäft in der Rue de Montargis zweiundvierzig besaßen. Und ebenso, wie das Geschäft der Handwerker immer mehr zu verkommen schien, so war es, dass auch die Familie so wenig Livre besaß, dass sie sich kaum eine Kugel für den so tristen Baum kaufen konnte, nicht mal Geschenke für das Fest, nicht einmal Freude.

Louis schloss ein letztes Mal seine Augen, träumte von einer Gans mit kleinen Rosmarinkartoffeln, einem festlichen Zimmer und dem so prachtvoll verzierten Salon, wie er es immer aus den Erzählungen seiner Mutter hörte, die von Zeit zu Zeit am Hofe der Chevaliers als Hausmädchen fungierte. Sie erzählte davon, wie sorgsam die Kerzen für die Kronleuchter ausgesucht und angebracht wurden, welche Größe der Tannenbaum haben musste und wie schön er am Ende des langen Zimmers arrangiert wurde. Direkt am Ende des Salon stand er dann da, der Tannenbaum, geschmückt mit roten Kugeln, weißem Lametta und güldenen Haltern für die so warm-leuchtenden Kerzen. Das Gewächs mit den grünen Nadeln stand vor dem Fenster und auf dem langen Läufer, auf dem Parkett aus dunklem Holz und neben dem so schönem Mobiliar. Louis' Mutter erzählte ihm von den vielen kleinen und großen Geschenken, die

die vier Töchter bekamen, sie berichtete, wie die Schleifen im Hause gefaltet wurden, die Geschenke im präzise geschnittenen Papier verschwanden.

Sie erzählte auch, wie schön es gewesen war, wenn es dann am Abend anfing, zu schneien, die kleinen Flocken ihren Weg nach unten tanzten und das gesamte Haus in einer solch friedliebenden Gegend stand, dass der Zwist und der Ärger, der sich über die ganzen Tage und Wochen so hartnäckig ansammelte, plötzlich verschwand. Davon träumte auch *Louis:* Von einem Fest mit Freunden, von den Zinnsoldaten, die er vielleicht bekäme und der Eisenbahn, dem Nussknacker, dem Obst, den kleinen Spielereien, welche er sich so sehr wünschte. Er träumte davon, wie sie gemeinsam vor dem geschmückten Weihnachtsbaum standen, gemeinsam sangen und im Licht der flackernden Kerzen Geborgenheit fanden. Die Welt war sicherlich nicht perfekt, aber für *einen* Augenblick schien es, für einen ganz kleinen und unantastbaren, dass es vielleicht *doch* so sein könnte, dass die Chance bestand, dass Wunder wahr werden können.

Träume und Wünsche waren in Zeiten, in denen getrocknete Orangen an den Fenstern hingen, Zimt aus der Küche duftete und die Nelken so gut zum Essen passten wie nie zuvor, näher als sonst. Es gab keine andere Jahreszeit in seinem Leben, keinen anderen Tag, an dem die Erfüllung seiner Wünsche so nah erschien wie in der Zeit dieser lieblichen Tage.

Der Winter in Orléans war immer ein ganz besonderer gewesen. Nicht nur durch die langen Nächte, welche man bei Zeiten erlebte, nein, vor allem waren es die besonderen Gegebenheiten, die sich gerade zu dieser Zeit abspielten. Ja, im Winter gab es immer die meisten Wunder — vor allem, wenn dann das Haus so lieblich geschmückt war wie sonst nie.

In Orléans feierte man schon immer gerne Weihnachten, nicht zuletzt, weil die Familie Chevalier zu diesem Anlass ein ganz besonderes Fest veranstaltete. So hörte es Louis immer, so wusste er davon. Wie Louis davon träumte, auch nur ein einziges Mal eingeladen zu sein: Eingeladen zu einer Feier, bei welcher man seine Sorgen vergaß, seine Träume sich erfüllten und so zufrieden in die Zukunft sah. Das Glück war *greifbar* geworden, zumindest für die Familie Chevalier.

Schon bevor man das Grundstück mit seinem arrangierten Wintergarten und dem Vorplatz betrat oder die Kutsche vor dem großem Tore hielt, verspürte man das Gefühl, endlich angekommen zu sein: Angekommen am Ort des Elysiums, am Ort der Glückseligkeit selbst. Auch wenn Louis nie eingeladen worden war, er sich dann manchmal vor dem Haus platzierte und seinen Kopf auf die gebeugten Arme stützte, da bekam er dann doch immer ein wenig Herzrasen, ein kleines Lächeln zog ihm dann immer über das Gesicht, weil er für einen Moment seiner kleinen unperfekten Welt entfliehen konnte. Er träumte, er wäre woanders geboren. Er war ein Prinz und die Villa der Chevaliers sein Schloss. Es gäbe gar keinen passenderen Ort, als seine Zeit an diesem Abend in diesem Hause zu verbringen.

Es glich einem Märchen, was seine Mutter ihm immer erzählte. Es war eine Erzählung, die noch Jahre später den Geist der schlimmen Kriege überstehen würde — und Louis war ein Teil davon, ein Teil, den man später vielleicht nie wieder betrachten würde. Er hörte zwar von außen, wie die Gläser klirrten, da man auf glückliche Zeiten anstieß, *dabei* war er aber nie. Er lauschte auch der leisen Klavier- und Geigenmusik, die er vernehmen konnte, als er vor den Fenstern saß, *loben* konnte er den Pianisten aber nicht.

Und da stand er nun, Louis, wie jedes Jahr, und träumte von einer besseren Welt, in der jeder gleich sein würde, nur für einen Tag, von einer Welt, in der jeder Bewohner sich ein wunderbares Leben leisten konnte, einen wunderbaren Tag mit seinen Liebsten, mit dem besten Essen, dem besten Baum und den besten Geschenken. Da stand er also, wieder einmal, der Louis, und es war genauso, wie seine Mutter es immer erzählte: Wie schön es nun war, wenn es dann am Abend anfing, zu schneien, die kleinen Flocken ihren Weg nach unten tanzten, Louis bedeckten, und das gesamte Haus in einer solch friedliebenden Gegend stand, dass der Zwist und der Ärger, der sich über die ganzen Tage und Wochen so hartnäckig ansammelte, plötzlich verschwand.

Und als Louis dann doch einsam und alleine durch den unberührten Schnee stapfte, seine eisigen Hände tief in die Taschen seines durchlöcherten Mantels vergrub und sich auf seine Familie freute, da ging er mit einem Gefühl der Glückseligkeit nach Hause, die ihm die Villa an der Loiret schenkte. Es war wohl eins der schönsten Präsente, die er heute bekommen konnte: *Dankbarkeit.* Das so schöne Haus mit den so schönen Menschen, den so schönen Kugeln am Weihnachtsbaum, den so schöngeputzten Fenstern und den so schön flackernden Kerzen, schenkte ihm ein Gefühl der Ruhe und Zufriedenheit, Dankbarkeit; *Dankbarkeit* für den Frieden und die Schönheit, die der kleine Louis vernehmen durfte.

Und als er sodann die Türklinge des hölzernen Portals in der Rue de Montargis zweiundvierzig ganz langsam hinunterdrückte, um nicht bemerkt zu werden, da fielen ihm, wie jedes Jahr, seine Eltern um den Hals, beglückten ihn mit Küssen, die er ganz verlegen entgegen nahm. Und so betrat er die geschmückte Stube, Kerzen flackerten auf dem Tisch und am kleinen Baum, der mit noch kleineren Geschenken gemeinsam in der so schönen Ecke stand, ebenfalls auf einem Läufer, ebenfalls am Ende eines langen Zimmers, doch vor einem nicht allzu großen Fenster. Eigentlich war es wie bei den Chevaliers: Es war gemütlich, sie hatten einen

Weihnachtsbaum, Geschenke, Kugeln, Kerzen, alles,
nur etwas kleiner. Aber kann man Glück minimieren?
Behält der Wert von Zufriedenheit nicht immer noch
seinen Wert, auch wenn die Größe eine andere ist?

Und als sich die Familie versammelte, jeder das
kleine Päckchen mit seinem Namen darauf vor sich zu
stehen hatte, da öffnete man es, ganz langsam und mit
aller Zeit der Welt, ganz mit Bedacht. Louis lächelte.
Für einen Tag schien es, dass die Welt in Louis' Leben
mal nicht auf dem Kopf stand, mal nicht viel zu schnell
von statten ging und mal nicht in seiner Verrücktheit
umgedreht werden würde.

Die Kerzen brannten an diesen Abend noch sehr lange.
Für eine so unendlich lange Zeit schimmerten die
Kerzen, die man von der Rue de Montargis erspähen
konnte, hinter den kleinen Fenstern mit den Eisblumen,
wenn man nur ganz genau hinsah. Dann sah man nämlich nicht nur, wie die Familie zusammen lachte, in
einem ganz kleinen Kreis, sondern auch, wie sie tanzte,
wie sie sich freute und wie sie gemeinsam sangen. Die
Silhouetten im Raum spiegelten sich nach außen und
viel öfter, als man es zählen konnte, hob man den
kleinen Jungen auf den Arm, liebte ihn und freute sich
so sehr, dass er bei *ihnen* gewesen war. Und weniger als
einmal hörte man an diesem Abend das Geschrei des
Vaters, die Tränen und Worte, die man so ungezügelt
sprach.

Und wenn man die Straße hinaufging, zur Rue
de Paul Gaugin, dann erblickte man auch *dort* eine Familie, eine *viel* größere, die zusammen das Weihnachtsfest verbrachte; in einem großen Kreis mit *viel* größeren
Geschenken, als man es sich vorstellen konnte. Und so
klein und groß die Familien und Geschenke zu dieser
Zeit in diesen so unterschiedlichen Häusern vielleicht
auch gewesen waren, so groß die Bäume in den Enden
der verschiedenen Stuben standen, war das Weihnachtsfest doch für alle gleich gewesen: Ein Fest, an dem man

viel, *viel* näher zusammenrückte, ein Fest, bei welchem im Hintergrund die Kerzen schimmerten. Es waren dieselben Flocken, die vor den Chevaliers hinunterrieselten, dieselben, die auch bei den Calans den Boden schmückten.

Und als der kleine Louis am Abend in seinem frisch gemachten Bettchen lag, er über den so schönen Tag nachdachte, da freute er sich schon auf Weihnachten; auf die Tage *nach* dem Heiligen Abend, dessen Bedeutung der so junge Louis jedes Jahr aufs Neue zu verstehen bekam; eine Zeit, in der der Frieden weilte — zumindest im Kopf von diesem kleinen Jungen, dem so *guten* Jungen mit der so blendenden Hoffnung. Louis träumte dann auch von seinem liebsten Geschenk, von der schönen Louise Chevalier, die zusammen mit ihrer Familie wohl den prächtigsten Heiligabend verbrachte, zumindest in der Fantasie von ihm.

Louis wollte mit ihr spielen, so sein wie sie, so viele Geschenke bekommen. Er wollte ihr sein Lieblingsufer zeigen, bei Schneefall mit ihr tanzen und mit selbstgebastelten Schlittschuhen die Loiret erkunden. Denn, auch wenn die vielen Straßen sie trennten, die vielen Klassen zwischen ihnen standen, war da doch der gemeinsame Fluss, der sie verband und sich nicht nur durch Orléans schlängelte, sondern auch durch die Herzen der beiden Kinder.

Und Louise, die jüngste der Familie Chevalier, die ihren Heiligabend bei Tschaikowskis Nussknackersuite verbrachte, träumte von einem ruhigen Fest. Die noch kleinere Louise wollte die Welt verändern, gut sein zu denen, die nicht so viel Geld hatten. Und so machte sie sich einen Plan, dass sie ab sofort jedes Weihnachten darauf bestehen würde, mindestens einen Menschen ohne Obdach einzuladen und zu versorgen. So, wie sie es sich von sich selbst gewünscht hätte, würde sie in einem schäbigen Dreibettzimmer wohnen, in einem schäbigen Hinterhof.

Und wie die liebe Louise ihre Träume hatte, so träumte auch der Louis von einer besseren Welt. Von einer Welt, die gar nicht mehr so verschieden sein sollte, träumten sie beide. Die Welt hatte sich zu verändern, besser zu werden, dafür kämpften beide, obwohl sie sich noch nicht einmal kannten. In einem entfernteren Weihnachten würde Louise es bereuen, einen Armen in die Stube gelassen zu haben, als er zu Tschaikowskis Schwanensee von einer Puppe den Stoff hinunterriss und die Vergänglichkeit und damit auch die Menschlichkeit im Hause Chevalier postulierte. Und noch später würde Louise ihre so große Liebe verlieren, eine Liebe, die sie seit Kindertagen gefühlt und die sie nicht mehr losgelassen hatte.

Aber das alles waren erstmal Träume, eine ungeschriebene Zukunft, die sie sich beide wünschten. Mehr Frieden, mehr Gerechtigkeit und mehr Liebe in einer so kalten Welt, in einer noch kälteren Jahreszeit. Sie kämpften gemeinsam für die Verbesserung der Welt, für die Erklärung des menschlichen Seins. Es waren Träume und Wünsche, die von Kindern geprägt wurden, und sie, im Gegensatz zu manch anderen, über ihr so langes oder auch kurzes Leben weiterführten.

Wie sie beide in ihren kleinen und großen Zimmerchen lagen, mit ihren großen und kleinen Träumen, so lagen sie doch gemeinsam zweisam, nicht einsam, nicht alleine, auch wenn sie sich lange Zeit so fühlten. Sie waren so viel mehr als Kinder, so viel mehr als Weltverbesserer. Dieser Heilige Abend hatte sie verändert. Er hatte sie mit Glück und dem Traum beseelt, bessere Menschen zu werden.

In der Straße am Wald

In einer Straße mit sechs kleinen Häusern
(Sie gleichen den Wänden von Toren den Schleusern)
scheint die Welt gar anders zu sein
Bei Nacht da siehst du von draußen hinein

stehst in der Straße umgeben von Licht
der Laternen, die Menschen sehen dich nicht
Die Straße ist grau, Musik von den Tieren
— Sie sind überall und auf allen vieren

Ein Pferd, die Katze und so viel Musik
umschlingt mich warm und ich erlieg'
Auf den Wiesen, umgeben von so vielen Träumen
bin bei den Häusern und unter den Bäumen

Die Häuser, sie sind gar schöne Gestalten
sind mir ein Heim und scheinen zu halten
gegen jeglichen Sturm und jeglichen Wind
für sie bin ich nur ein träumendes Kind

Das träumende Kind vom anderen Stern
das seine Träume ja hat ach so gern
Für die Menschen im Haus ist es nur ein Kind
das kommt wie die Liebe und geht wie der Wind

» Ach Wind, so sag, was soll ich nur tun?
Hier träum' ich im Gras unter Bäumen und nun? «
Es ist die Geschichte von der Straße am Wald
in der wohnt ein Kind dessen Schicksal es galt

anders zu sein; für sich und für dich
Es hat einen Sinn, so verschieden, und glich
wie ein Kind aus anderen Welten
So scheint es doch mir: *es ist sicher selten*

30. Juli 2018

STILLSTAND

Ein Auto kracht die Straßenbahn
Hohe Laute — Straßenwahn!
Gemetzel zwischen rot und blau
Abgas steht im Autostau

Ein nervig Hupen kommt hervor
— *der Autofahrer Nerv verlor*
Busse fahren, schnelles Hoppen
Die Ampel grün — nichts wird uns stoppen!

Menschen laufen schnell zu Häusern
rennen weg von Straßenschleusern
Große Häuser, kleine Lichter
Einsamkeit wird immer dichter!

Große Lichter, keine Sterne
keine Liebe in der Ferne
Tausend Menschen — einmal ich
›*Wer sei ich‹: das fragt man mich*

Ein Fahrstuhl fährt, das Eisen saust
nach oben, wo das Elend haust
Wir sind ganz oben und nicht unten
kennen nicht die unsern Lunten …

Die Lunten sind ja so verschieden!
Alles, was die Menschen mieden
Großstadtmenschen, Traurigkeit
Viele Menschen — *Einsamkeit*

Und hinter all den großen Städten
wo die ganzen Winde wehten
stehe ich allein mit dir
verstehst mich dann: *warum ich hier*

Deutschland MMXVIII

Aus dem Land der Intellektuellen
schlagen mächtig hohe Wellen:
Da sieht man plötzlich Menschen laufen
in scheinbar mächtig großen Haufen!

Und was sagen uns die Massen?
— die ja vieles scheinbar hassen —
Sie sagen uns, was sie nicht wissen!:
» Man hätt' ihn etwas ›weggerissen‹ «

— aus'm Leben sehr viel Heiterkeit
doch ist's Betrug — kein folglich Leid!
Freu'n sich mehr auf diese Weise
können hetzen, nicht mehr leise!

Gegen Merkel, Bund und Co.,
gegen Sara, die dem Krieg entfloh
Gegen Grüne, Linke, SPD
Deutsche Sitten? — schier Adé!

Schwarz-Rot-Gold im LKA
— Dieser Mann im Fernseh'n war!
Hat Zugriff auf sensible Daten
Rechte Täter dürfen warten

Es ist gefährlich, nah der Brand
wo man Dichter früher fand
Doch findet man sie heute wieder
singen ihre schönen Lieder:

» Ist der Ali kriminell —
in die Heimat, aber schnell! «
Sie reimen wie im Faschowahn
— So zieht das Schicksal uns're Bahn

Deutschland MMXVIII

...

Ist der Ronny wieder dumm
tät's ihm gut: er wäre stumm!
Denn das Bild der frommen Deutschen
verbrennt im Tausch mit schlecht' Gebräuchen

Komisch ist's in dieser Zeit
so scheint die andere nicht weit
Geschichte endlich ›*live*‹ erleben
Die Zukunft wir entscheidend weben

24. August 2018

DAS MEER DER TAUSEND TOTEN

Da liegen sie, sie schwimmen nicht
erscheinen dort im grellen Licht
Die Küstenwache patrouilliert
— die Trauer ihre Augen ziert

Im stillen Ozean verschwanden
Menschen falscher Landen
Das blaue Meer, es wird gar rot
sieht des Menschenkörpers Tod

und sehen tun es alle!
Sie legten selbst die tödlich' Falle
Töteten des Menschen Leben
beim Waffen an die Länder geben

Die Geber sonnen sich am Strand
wissen nicht, wer dort verschwand
Ob's nun Jung war oder Alt
ob es warm war oder kalt

So geht es ihnen wirklich gut
doch sind erfüllt von so viel Wut!
» Die kommen nur, um Geld zu stehlen
Wenn wir geben, wird's uns fehlen! «

Im Ozean bei stiller Nacht
ward des Menschheits Tod vollbracht
In Wellen Körper leis' ertrinken
während Kreuzfahrtschiffe ihnen winken

Gedanken falscher Leben
sind verdammt, nach Glück zu streben

Das Meer der tausend Toten

Was sind wir? Wir ignorieren
dass die Menschen große Leben
diesem tosend blutig Meere geben
und wir den unsern Geist verlieren!

So liegen Tote an den Küsten
von den'n wir alle wissen müssten!
Wir sonnen uns in unser'm Glück
und denken nie an sie zurück

Und es wird ruhig in jenem Meer
dieses, was wie Teer
den Menschen bringt den Abgrund hier
Sind's nicht nur sie, doch vielmehr wir

06. Juli 2018

KRIEG IN VENEDIG

IN VENEDIG WAR KRIEG. Punkt. Daran konnte man nichts mehr schön reden oder anders darstellen. In Venedig war Krieg und die Leute standen sich gegenüber. Mit ihren Geschützen feuerten sie auf ihre eigenen Landsmänner, auf die eigenen Landsfrauen und verwundeten sich somit selbst. Dieser Krieg wurde sich gewünscht und bewusst herbeigeführt.

— Vor Jahren hatte der Junge das schon niedergeschrieben und gemerkt. Der Winter hielt Einzug in Venedig. Eine Kälte machte sich breit, die Flüsse vereisten, die Pflanzen erfroren und die Türen wurden verschlossen. Er hatte es gewusst. Er hatte es gewusst und gemerkt, was dort alles auf ihn zukommen würde. Nun war es Realität. Nach einer Zeit voll Ungewissheit und Ruhe, einer Starre, löste sich die Spannung in einem blutigen Gefecht. Menschen standen Feinden gegenüber. Auch der Junge ist ein Kämpfer, die Schlachten erlebt er am eigenen Leib. Er hat Angst; Angst vor dem, was vielleicht noch kommen mag und so schreibt er:

» Was ich in diesen Tagen erlebe, schreibe ich nun hier nieder. Der Krieg ist ausgebrochen, die Häuser werden angegriffen, unsere einst so festen Fundamente organisiert beschossen. Sie graben sich in den Keller, die Feinde, sie kommen von unten. Keiner weiß, welches Haus als nächstes einstürzt, welche Institution bereits unterwandert ist. Sie sind überall, sie sind vernetzt. Ich habe gewarnt, so viele haben gewarnt und dennoch wurden wir nur ausgelacht. Als Todeslisten erschienen, die ersten Personen systematisch umgebracht wurden, da hat man nichts getan. Es ist wieder Winter und jeder sieht zu. Sie gucken, weil sie es wollen. Sie wollen den

Winter, sie genießen seine Kälte. Sie erfreuen sich an dem Schmerz seines Eises, denn es lässt sie ihr Leben spüren. Sie merken nichts mehr. Sie sind unsere Feinde.

Venedig gleicht an diesen Tagen einem Splitterhaufen. Mein so schönes, mein so blühendes Venedig liegt zertrümmert am Boden. Die Scheiben, die schönen Kirchenfenster, sind ausgeschlagen, das Rathaus steht in Flammen, die Fliesen auf dem Marktplatz sind zerbrochen. Wie konnte es so weit kommen? Wie konnten Menschen die Macht erhalten, die unsere Schönheit zerstören? Warum spielen wir so sehr mit der Kälte, wenn das Glück und die Zuversicht doch so nah sind? Wir sind naiv, wir sind verrückt, wir haben es nicht anders verdient.

So viele haben sie entschuldigt, die, die die Kälte befürwortet haben, die die Ausgrenzung und Zerstörung als Reaktion auf das derzeitige System erklärt haben. Das ist es aber nicht und das ist es niemals gewesen. Es ist unmöglich, derart kognitiv-unfähig zu sein, um das nicht zu verstehen. In der Kälte brennt es, eiskaltes Feuer umgibt sie. Und wir, die dagegen ankämpfen, sollen Schuld daran sein? Sollen *wir* die Schuld haben, weil wir Venedig in eine bessere Stadt verwandelt haben? Nein, das sind wir nicht. Wir sind nicht Schuld daran, dass Menschen dem Nationalsozialismus hinterherlaufen. Sie haben es niemals aus Protest gemacht, sie haben ihn niemals aus *Spaß* gewählt oder weil sie es als *Protest* verstanden. Niemand wählt aus *Protest* jemanden, der seine Nachbarn umbringen möchte. Sie haben *bewusst* ihre Entscheidung getroffen und wurden von ihren jetzigen Opfern noch gerechtfertigt. *Aktiv* haben sich die Täter dafür eingesetzt, dass wir Demokraten, wir Anderen, wir Geistreichen und Hoffnungsvollen vor ihnen flüchten sollen. Kann *das* die Realität sein, in der ich lebe?

Sie vergifteten das Klima. Alles starb, weil sämtliche Errungenschaft erfror. Jegliche Tempel und Gebilde, sämtliche Gebäude fielen in sich zusammen, ganze Reihen waren es, weil sie mit ihrer Sprache und mit ihrem Verhalten alles unter sich begruben, was sich ihrem Weg entgegen gestellt hatte. So war es auch, dass man bemerkte, sich gemeinsam *gegen* sie zu stellen. Aber würde man nicht seine eigenen Ideale verraten, wenn man dies tat? Ich bemerke den Fehler und die Herausforderung dieser Tage. Es ist schwierig. Ich weiß das. «

Wieder fühlte er sich alleine. Wieder war er auf sich alleine gestellt. Wieder wusste er nicht, ob er richtig oder falsch lag. Auf dem Markusplatz stieg ihm das Wasser bis zu den Knien und doch waren die Kanäle gefroren! Die Menschen spielten damit. Sie spielten mit ihrem Schicksal und fuhren auf dem gefrorenem Wasser Schlittschuh! Merkten sie nicht, was geschah?

» Was ist die Frage, die uns in dieser Zeit leitet? Können Sie es sagen? Ich habe meine Antwort gefunden. Wir streiten uns um die Frage, wie wir mit Antidemokraten, mehr noch, der Intoleranz umzugehen haben. Ist es legitim, dass wir die Antidemokratie zulassen müssen, um der Demokratie Willen? Ist es das, was wir müssen? Ein Scheideweg, ein Paradox, das wir zu lösen haben. Muss die Toleranz die Intoleranz akzeptieren? Wie kann sich Toleranz ›Toleranz‹ nennen, wenn es nicht alle Kräfte ›toleriert‹? Aber wie können wir uns ›Menschen‹ nennen, wenn wir andere ausgrenzen? Können Menschen unmenschlich sein? Wir sind aus der Ruhe ausgebrochen, Ruhe in Venedig gibt es nicht mehr. Wir zeigen die Fehler auf und ziehen dagegen, aber unsere Feinde schweigen dadurch nicht.

Sind die Menschen wirklich so naiv, zu denken, dass Rassisten aufhören würden, rassistisch zu sein? Wer weiß denn, wo das Ende ist? Erst sind es die anderen, dann die Demokraten und dann? Dann sind es die eigenen Wählenden, dann wird weiter selektiert, immer weiter, bis kaum noch einer übrig bleibt. Das ist kein neues Phänomen, das hat schon Hannah gewusst. Aber

Bildung ist in diesen Tagen schon lange nicht mehr derart angesehen. «

Er atmete schwer und sah aus dem Fenster. Am Horizont leuchtete es rot auf, blitzartig schossen die Wörter wie Lunten aufeinander ein. Es waren unglückliche Zeiten, die er durchlebte. Aber machte es ihn nicht nur stärker, machte es nicht jeden nur stärker? Die Gefahr erkannte man nicht. Fehler wurden gemacht, die sich in diesem Moment rächten.

» Unsere Feinde sind Eure Feinde. Unser Kampf ist Euer Kampf. «

Er schrieb so viel an diesem Tag, ganze Bücher schrieb er voll, um aufzuzeigen, weshalb die Gefahr um sie herum steht und sie umzingelte. Es gab kaum noch einen Ausweg, als gewaltsam auszubrechen. Es gab Menschen, die sich nicht informierten, Menschen, die es wussten, und Menschen, die sich nicht schämten. Was sollte man nur noch mehr tun, als zu zeigen, was geschah? Spätestens zu diesem Zeitpunkt war es faktisch belegt, dass niemand mehr aufgrund einer vermeintlichen Opposition sich ihnen anschloss, sondern ganz bewusst, um den Grundkonsens niederzulegen.

» Eines Tages wird man hierauf zurückblicken. Man wird zurückblicken und fragen: gab es nicht Wichtigeres? Und ja! Das gab es! Wir halten uns an Themen auf, die uns nicht weiterbringen. Doch obwohl die Ruhe in Venedig längst vorbei ist, der Winter in Venedig angekommen, schaffen wir es nicht, die Probleme anzufassen. Wir schlafen, wir ruhen, wir sind diejenigen, die in eine Schockstarre gefallen sind und wir warten darauf, dass uns jemand befreit. Doch wer ist es? Wir müssten es selbst sein, doch sie trauen sich nicht. Sie trauen sich nicht, aufzustehen, weil sie vermuten, dass es sich nicht lohnen würde. Ist das nicht verwunderlich? «

Als er wieder hochsah, bemerkte er, dass der rote Horizont ihm immer näher entgegen strahlte. » Sie kommen «, *sagte er dann und beobachtete das Schauspiel am Ende seines Blickes noch weiter. Aufmerksam verfolgte er die Kämpfe und sah auf beiden Seiten erste Opfer fallen.* » Sie kommen «, *wiederholte er dann.*

» Wir stehen vor einer der größten Herausforderungen der Menschheit, es geht *wieder* einmal um unser Überleben. Es geht um das Überleben von uns allen, von unseren Kindern, unseren Enkeln. Wir haben keine Zeit! Und dennoch befassen wir uns mit anderen Dingen, mit diesem Kampf gegen die dort draußen! Sind wir wirklich so ignorant und denken, wir könnten derart mit der Zeit spielen? Sind wir wirklich so arrogant und denken, wir sind Gott? Es ist Zeit, aufzustehen und unsere Welt zu verändern. Wenn nicht wir, wer dann? Bemerken sie denn nicht die Taktik? «

Als die Kämpfe schon vor seinem Hause waren, sein Fundament beschossen wurde und er an der Reihe war, seinen Schutz und seinen Ort zu verteidigen, da schrieb er seine letzten Worte voller Ungewissheit.

» Wir werden gewinnen, das weiß ich. Ich bin zutiefst davon überzeugt, dass Gerechtigkeit und Menschlichkeit immer siegen werden. Wir werden den Ansturm entgegenhalten, jeder für sich, jeder auf seine ganz eigene Weise. Wir werden die Häuser befreien und ihre Wunden versorgen. Die niedergefallenen Pfeiler werden wir aufrichten und unter ihnen Maifeste feiern. Wir werden tanzen, wir werden uns freuen — wir werden über sie lachen. Eines Tages wird alles wieder besser werden. Und wenn man mich fragt, dann bin ich stolz, sagen zu können: ›*Ich würde all das wieder so machen.*‹

Wir werden die Welt retten. «

INHALTSVERZEICHNIS DER ERZÄHLUNGEN

INHALTSVERZEICHNIS DER GEDICHTE

DANKSAGUNG

Für die Erstellung dieses Buches möchte ich vor allem *Sabina Pawlowska* danken, die sowohl die Illustrationen im Buch als auch das Cover erstellt hat. Ich freue mich immer sehr darüber, wenn begabte Menschen meinen Geschichten ein Gesicht verleihen und ich erfahre, wie sie die Erzählungen und Gedichte wahrnehmen. Ich bin mir über die Intensität solcher Arbeit bewusst und freue mich dahingehend umso mehr, wenn Zeit gefunden wird, um sich mit dem, was ich verfasse, auseinanderzusetzen.

Dahingehend möchte ich auch meiner besten Freundin danken, *Sarah Schulze*, die mir erneut mit Rat und Tat zur Seite steht, wenn es mehr Fehler gibt, als zwei Augen erblicken können. Eine große Stütze ist daher auch *Nico Hünniger*, der mich nicht nur inhaltlich inspiriert und mit seiner Anwesenheit täglich aufs Neue fasziniert, sondern mit mir auch konsequent neue Denk- und Betrachtungsweisen durchgeht. Auch er hat maßgeblich dazu beigetragen, dass Sie dieses Buch heute in Ihren Händen halten können.

Und schließlich möchte ich auch Ihnen danken, liebe Leserinnen und Leser, die dieses Buch gekauft, geliehen oder auf sonstige Weise in diesem Moment in Ihren Händen halten. Ich schreibe nicht, um mit meinen Büchern großartig Geld zu verdienen, sondern deshalb, weil ich versuche, die Welt in eine andere zu verwandeln. Es ist ein Geschenk, wenn Menschen die eigenen Gedanken lesen und weitertragen, sie sich damit auseinandersetzen und vielleicht einen Halt finden, Kritik üben oder überhaupt darüber nachdenken.

In der Hoffnung, einen Halt zu geben.

» Wir alle sind Blumen, auch wenn einige denken, dass Löwenzahn nicht dazu zähle. «

FLOWERS AND DANDELIONS ist eine Prosa- und Lyriksammlung. Ihr liegt die Überzeugung zugrunde, dass jeder Mensch, sei er noch so schön oder nicht, eindrucksvolle Blüten trägt — jeder auf seine Weise, jeder ganz verschieden. Denn auch wenn in den Vorstellungen vieler nur eine begrenzte Auswahl an ›wirklichen‹ Blumen existiert, seien es Dahlien, Narzissen, Sonnenblumen oder Rosen, entspricht es nicht der Wirklichkeit. Auch Löwenzahn blüht, auch vermeintliches Unkraut mag uns mit seiner Pracht entzücken.

Diese Sammlung von Erzählungen und Gedichten soll aufzeigen, wie verschieden und schön das Leben sein kann — auch wenn man sich eher als Löwenzahn statt Enzian versteht. Wir blühen, auch wenn andere meinen, wir hätten keine Krone. Doch wir tragen sie, jeder seine ganz besondere. Vielleicht schafft diese Zusammenstellung an Texten dem ein oder anderen auch ein wenig Trost zu spenden, wenn er glaubt, seine Krone verloren zu haben. Vielleicht kann dieses Buch in einer Zeit Halt geben, die durch so viel Veränderung geprägt ist.